KB239281

감성과 실용의

글쓰기

김형근 지음

보고사

머리말

"왜 글쓰기를 배우려고 하는가?"

이 책은 '글쓰기'의 기초를 위한 것이다. 자유의지로 이 책을 펼쳐 든 사람도 있겠으나, 그렇지 않은 경우도 염두에 두고 이 책은 쓰여졌다. 흔히 우리는 정답을 찾기 위해 책을 펼친다. 하지만 이 책은 오히려 처음부터 질문이다. "왜 글쓰기를 배우려고 하는데? 배워서 뭐하게?" 그것이 막연하기에 이 책을 펼친 경우라면 참 당혹스런 질문이다. 설상가상, 당혹스러운 독자에게 해결책을 제공한다. "그럼 책을 덮고, 다음에 답이 생기면 보라" 목마르지 않은 사람에게 억지로 물을 먹일 수는 없기 때문이다. 그러나 조금의 목마름이 있다면 이 책은 분명 다른 물들과 차별되는 새로운 물맛을 제공할 것이고, 누군가에게는 샘이 될 수 있으리라 기대한다.

이 책은 다르려고 노력했다. 세상 '글쓰기' 관련 책들이 많지만 그 책들을 비교해보면 내용 구성은 거의 비슷하다. 예문과 편집의 차이만 확연할 정도이다. 글쓰기라면 반드시 이것만은 알아야 하는 것들이 존재하기에 내용 구성이 비슷하다. 마치 영어문법책 (grammar)을 떠올리면 쉽게 이해할 수 있을 것이다. 그런 면에서 다른 글쓰기 책들과 비슷하게 느껴질 부분이 있지만 다르려는 노력을 했다.

필자는 글쓰기에 대한 강의를 할 때 강조하는 것들이 있다.

1. 살아가는데 써먹을 수 있어야 한다.
2. 띄어쓰기, 맞춤법을 배우는 게 아니라 '무엇'을 쓸 것인가 생각하는 것이다.
3. 다른 소통 방식과 통합해야 한다.
4. 글쓰기는 다른 공부들을 위한 기반이며, 그것들과 연계되어야 한다.
5. 실용에 감성을 더했을 때 더욱 강력한 글쓰기가 된다.

이 다섯 가지를 떠나 어떤 글쓰기이든 잘하고 싶다면 그 핵심은 '기초'이다. 운동선수가 점차 프로선수로 성장하기 위해서는 먼저 '기초 체력'을 쌓아야 한다. 그것이 바탕이 되었을 때 그다음 여러 기술 훈련들로 넘어갈 수 있다. 기초 없는 응용과 심화 훈련은 있을 수 없다. 그래서 모든 운동은 '기본, 기초'를 강조한다. 글쓰기 또한 그러하다.

글쓰기가 안 되는 이유 중 많은 경우가 '기본'의 문제에서 비롯되곤 한다. 어떤 이들의 경우는 기본이 있는데, 그것이 글쓰기에도 통용되는 기본인지를 모르고 있기도 한다. 중고등학교, 대학교를 오면서 듣고, 보고, 배우고, 경험했던 모든 것들이 모두가 글쓰기에 필요한 기초 체력이고, 그것을 발판 삼아서 기술을 얻는 것인데, 마치 새롭게 글쓰기가 따로 있다고 생각하는 것이다. 따라서 글쓰기의 제대로 된 훈련이라면 이 기본을 토대로 해야 한다. 기본이 없는 이들에게는 기본을 쌓도록 해야 하고, 기본이 있으나 그것을 글쓰기의 기본으로 전환하지 못하는 이들에게는 전환의 가능성과 방법을 알려야 한다. 그런데 거두절미하고, 글쓰기 교재와 글쓰기 강의들은 실전으로 들어가 버린다. 그래서 훈련의 성과들이 무엇인지 의심케 한다. 그래서 대부분이 글쓰기 하면 '띄어쓰기'와 '맞춤법'을 떠올린다.

이 책이 다른 글쓰기 책들과 다르고자 힘쓴 것은 '기본'의 강조이다. 실제 이 책을 보고 학습하는 사람이 그 능력을 체득하기는 힘들 수 있다. 띄어쓰기, 문장, 글의 구조 등은 글을 통해서도 학습이 가능한 부분이나 글쓰기의 기초 부분은 글로 학습할 수 있는 것이 아니다.

이를테면 "글을 잘 쓰기 위해서는 다양한 경험을 해야 한다. 그래야 글의 소재를 많이 가질 수 있고, 어떤 글을 쓸 때 다양한 경험들을 통해 저장된 것들이 자연스레 흘러나올 수 있다. 따라서 경험을 많이 하라"고 책에 쓰여져 있다. 그러나 글쓰기의 능력은 아는 것으로 이루어지지 않고, 실천으로 이룰 수 있다. 교재의 읽음이 아닌, 직접 실천해야 성과를 얻을 수 있는 것이다.

스스로 '글쓰기'의 체계적인 학습이 필요하다고 느끼는 사람도 있지만, 대부분의 사람들은 보통 그렇지 않다. 대학에 들어오면 교양필수로 꼭 들어야 할 과목으로 '글쓰기'를 두고 있는 등, 마지못해 강의실에 들어오고, 교재를 펼쳐드는 이들이 많다. 무엇인가를 배울 때 가장 좋은 자세가 열린 마음(open mind)이 아니었던가. 분명 이렇게 힘들여 배워둔 것이, 지금은 몰랐지만, 훗날 많은 도움이 되리라는 믿음을 가지며 이 책을 활용하기 바란다. 더욱이 다른 책에서는 너무 당연하다 싶어 언급되지 않는, 그러나 가장 중요한

〈글 쓰는 습관 기르기〉가 글쓰기의 비법임을 알고 생활에서 꾸준히 실천한다면 '글쓰기'의 능력만 얻는 것이 아니라 다양한 능력들을 얻는 계기가 될 것으로 믿는다.

　글쓰기 능력은 글의 성격에 따라 융통성 있게 변화하는 글쓰기를 발휘하는 것이다. 그래서 필자는 여느 '글쓰기' 책들의 문체를 지양하고, 글쓰기에 부담감을 갖는 이들에게 쉽고 빠르게 읽힐 수 있도록 썼다. 또한 단어의 선택에 있어서도, 다소 영어 표현들이 많다. 이를 한글로 옮길 수도 있으나 굳이 그렇게 하지 않은 이유는 이 책은 보다 '실용'성을 염두에 두었고, 실제 사회에서 일반 사람들이 두루 쓰는 용어를 사용하고 있기 때문이다. '글쓰기' 책과 강의가 우리의 말과 글을 살려 쓰도록 힘써야 한다고 생각하는 이의 입장에서는 이 부분도 시비 거리가 될 수 있을 것이다. 그래서 문체와 단어의 선택에 대해 미리 변명을 하고자 한다.

　글쓰기에는 왕도가 없다고 말한다. 필자 또한 동의한다. 그러나 이 말이 글쓰기에 대한 배움이 필요 없다는 말은 아닐 것이라 생각한다. 글쓰기 기초에 대한 훈련 이후에, 점차 자신의 색깔을 드러낼 수 있는 글쓰기가 가능해지기 때문이다. 유명한 소설가가 되기 위해서 소설 쓰기 연습을 하는 시기에 많이 하는 것이 잘 쓰여진 소설을 베껴 쓰는 '필사'이다. 자신의 글을 쓰기 위해서 남의 글을 베껴 쓰는 것은 어찌 보면 우스운 일이지만, 대가의 문장을 베껴 쓰면서 대가가 대가일 수 있는 미묘한 비밀을 발견할 수 있고, 대가와 어떻게 차별화 시킬지의 부분을 찾아낼 수 있게 된다. 실용글쓰기에는 따라야 할 규칙, 틀이 있기에 그에 대한 배움은 필수적이기까지 하다. 따라서 왕도 없는 글쓰기에, 왕도인 듯 신념 있게 쓰여 졌더라도 너그러이 받아들여주길 바란다.

　나 또한 나의 글쓰기를 보면 부끄럽기 그지없기에, 이렇게 '글쓰기'에 대한 책을 낸다는 것은 집필의 어려움보다 부끄럼을 감내해야 하는 어려움이 크다. 그러면서도 그간 나의 부끄러운 글과 강의를 통해 도움이 되었다는, 심지어 삶이 변화되었다고 말해준-물론 나의 기본을 좋게 해주려는 마음이었다 하더라도-나의 제자들을 생각하면서 용기를 내보았다. 나의 강의와 직접 배움을 접할 수 없는 이들에게도 제한적이나마 이 글이 도움되리라는 나름의 희망을 가져본다.

2013년 12월
저자 김형근

차례

머리말 / 3

1. 글쓰기에 대한 오해들

1) 난 왜 '글쓰기'를 배우는가? ·················· 11

2) 선입견 하나, 글쓰기는 스킬이다 ·················· 15

3) 선입견 둘, 글쓰기는 어렵다 ·················· 19

2. 글읽기

1) 글쓰기의 전제조건, 글읽기 ·················· 26

2) 글의 갈래, 그리고 읽기 ·················· 27

3) 글쓰기를 위한 적극적 글읽기 ·················· 37

3. 글 쓰는 습관 기르기

1) 메모 ·················· 48

2) 아이디어 쓰기 ·················· 55

3) 일상 기록(life log) ·················· 64

4) 창의성 기르기 ·················· 70

4. 글쓰기의 기본

1) 글을 잘 쓴다는 것 ·· 81

2) 글의 단위별 쓰기 1 – 단어와 문장 ·························· 85

3) 글의 단위별 쓰기 2 – 단락 ···································· 89

4) 글의 단위별 쓰기 3 – 글 한 편 ······························ 97

5. 글쓰기의 전략과 과정

1) 글쓰기의 전략 ·· 106

2) 글쓰기의 과정 ·· 119

3) 말하기(프레젠테이션) ·· 135

4) 보고서(레포트) 쓰기 ·· 149

【부록】

▪ 한글 맞춤법 규정 ··· 157

▪ 문장 부호 ·· 190

▪ 각주 및 참고문헌 작성 ·· 202

▪ 문서 교정기호들 ··· 208

▪ 혼동되는 표현들 ··· 209

▪ 글쓰기에 유용한 인터넷 사이트 ····························· 213

【실습과제】

▪ 글쓰기에 대한 오해들

　글쓰기의 필요성 ··· 25

▪ 글읽기

리딩(reding)에서 유징(using)으로의 독서 ································ 36

명언 만들기 ································ 39

이어쓰기 ································ 42

▪ 글 쓰는 습관 기르기

메모 습관화 ································ 54

브레인스토밍 ································ 58

마인드맵 ································ 62

나의 일상 기록하기 ································ 70

창의성 기르기 ································ 76

나의 지성, 이성, 감성 지수 그래프 ································ 78

'나'에 대해 쓰기 ································ 84

한 단락 쓰기 ································ 94

서론 한 단락 쓰기 ································ 103

▪ 글쓰기의 전략과 과정

구상 ································ 134

개인 프레젠테이션 ································ 148

팀 프레젠테이션 ································ 149

‘사과’를 사진으로 찍어오세요.

글쓰기 강의 첫 시간, 학생들에게 과제를 내주거나 시간을 주어 ‘사과 사진을 찍으라고’ 말한다. 대부분의 학생들이 적잖이 당황한다. “글쓰기 시간에 사진이라니?” 교수라는 일종의 ‘갑(甲)’이 학점을 인질삼아 시키는 것이니 안할 수는 없겠지만, 다소 불만들이 있는 눈치이다. 여러분이라면 어떻게 사진을 찍을 것인가?

1. 글쓰기에 대한 오해들

1) 난 왜 '글쓰기'를 배우는가?

왜 글쓰기를 배우려고 하는가?

대학에서 '글쓰기'는 대부분 교양필수 과목으로 지정되어 있다. 선택 과목들은 나름대로 본인이 그것을 선택한 이유들이 있지만, 필수 과목들은 그 '이유'가 희미하다. 이유 불문하고 들어야 하는 것이 '필수'이기 때문인지도 모른다. 하지만 필수 교과목이어도 본인이 이 강좌를 통해 얻고자 하는 바가 뚜렷하지 않다면 좋은 결과를 기대할 수 없다. 그렇다 문제는 '좋은 결과'를 기대하지 않는다는 점이다. 비단 글쓰기 뿐 아니라 대학 교육의 문제점은 바로 그 '기대'하지 않음에서 기인한다. 과연 이 책을 펼친 여러분은 무엇을 '기대'하고 있는가? 무엇이 글쓰기를 배우면서 '좋은 기대'라 말할 수 있을까?

성의 없는 대답의 예, "글 쓰는 법을 배우려고요."
비유하자면, 〈연극의 이해〉라는 강좌를 왜 듣는가 묻자 "연극을 잘 알고 싶어서요."라고 대답하는 것과 같다. 많은 학생의 경우 '기대'가 없기에 대답할 것이 변변찮다. '기대'가 있다면, 그 기대의 내용도 구체적이게 된다. 조금 구체적인 대답을 하는 학생은 "저는 제가 생각하는 것만큼 말하거나 글쓰기가 안돼요, 생각을 효과적으로 전달하는 법을 배우고 싶어요.", "대학에서는 레포트를 많이 써야 하고, 발표를 위한 프레젠테이션을 배우고 싶어요." 등등의 대답을 할 것이다. 물론 이보다 다양한 글쓰기의 필요 이유가 있겠지만, 학생 나름의 구체적 '이유'가 있어야 실천의 동기부여가 된다. 사람들은 보통 '하면 좋은 일'은 잘 안하게 된다. 그러나 '해야 하는 일'은 한다.

스스로 물어보자. '글쓰기가 왜 나에게 필요한가?' 그 대답을 물론 이 책 내지는 강좌에서 교수가 해줄 수도 있지만, 본인의 생각이 없다면 자기 것이 되지 않는다. 진지하게 묻자. "왜 필요한가?"

'글쓰기'가 무슨 소용이길래, 강의를 듣고, 학점을 얻어야 할까? 이 답변이 궁색한 학생의 경우 보편적인 문제점이 하나 발견되기도 한다. '글쓰기' 강좌에만 목표의식이 없는 것이 아니라 전반적으로 다른 강좌에도, 심지어는 대학과 인생에 있어서도 목표의식이 희미한 경우가 많다는 것. 그러니 이 학생들의 경우는 '글쓰기'의 본격적인 공부에 앞서서, 아니 다른 강좌들의 공부에 앞서서 먼저 삶의 목표를 그리고 시작해야 한다. 그리고 그 '삶과 글쓰기'의 관계를 연결 지어 생각해보면, "왜 글쓰기가 내게 필요한가?"라는 답변을 나름대로 해낼 수 있다. 질문을 구체적으로 해본다. 곰곰이 생각해보길.

넌 무엇을 하고 싶은 사람이며, 그것을 하는데 글쓰기가 무슨 도움이 될 것인가?

우리는 지금까지 성장과정에서 다양한 형태의 글쓰기를 해왔고, 대학을 다니는 지금 하고 있고, 앞으로 살아가는 동안 할 것이다. 글쓰기를 배워야 하는 이유는 우선 나를 둘러싼 사회가 다양하게 글쓰기를 요구하고 있기 때문. 대학에서는 보고서를, 조금 더 전문적으로 들어가면 논문을 요구할 것이다. 대학을 다니는 동안 다양한 대외활동을 하기 위해서는 자기소개서와 다양한 제안서, 보고서를 작성해야 한다. 프로젝트들을 하다 보면 프레젠테이션도 필요하다. 사회에 나가면 이런 활동을 더욱 전문적으로 하게 된다. 이렇게 주어진 글쓰기에 대한 요구를 잘 감당해내기 위해서는 훈련이 필요하다.

반드시 글이 타인의 요구에 의해서만 쓰여지는 것은 아니다. 본인 스스로도 글을 쓸 때가 많다. 다이어리나 일기를 작성하거나, 다양한 인터넷 글쓰기를 한다. 동호회 활동을 하며 글을 올린다거나, 블로그를 운영한다거나, 트위터(twitter)나 페이스북(facebook)같은 SNS(social networking service)에 글을 올리게 된다. 그냥 편하게 자기가 하던 대로 글을 써도 그만이기는 하다. 하지만 조금 더 잘 표현해내고 싶다면 좋지 않을까? 이런 개인적인 욕심 때문에도 '글쓰기'를 배울 필요성이 있다. 아니 이건 '필요성'이 있다고 말하지 않아도 스스로 하고 싶음을 느낀다. 사실 시나 소설 등 문학적인 글은 아니더라도, 위의 글들을 잘 쓰고 싶은 욕심이 있는 사람들이 많아지고 있고, 이들을 대상으로 한 사회인 글쓰기 강좌들이 많이 늘고 있다.

물론 글쓰기를 평생토록 거의 하지 않을 사람도 있을 수 있다. 그러나 다행이도 '글쓰기'라는 의미가 문서에 문자를 적는 행위만을, 또는 그에 대한 기술을 배우는 것이 아니므로 평생 글을 쓸 것 같지 않은 이들에게도 글쓰기는 필요하다고 설득하고 싶다. 조금 더 인내심을 가지길, 그리고 기억하길.

글쓰기를 익히는 것은 글을 쓰는 것 자체만을 위해서가 아니다.

어떤 학생들의 경우 자신은 앞으로 글쓰기와 무관한 삶을 살 것이라 주장한다. 예를 들어보자. 어떤 학생은 학교를 졸업하고 인터넷 쇼핑몰을 창업한다고 한다. 그래서 논문을 쓰는 글, 비평하고 분석하는 글, 프레젠테이션, 이력서 등등 다양한 글쓰기 교육을 받을 필요가 없을 것이라고 말한다. 인터넷 쇼핑을 한 번이라도 해봤다면 그런 말을 못한다. 하나의 상품을 클릭하면 그 안에 쓰여진 다양한 글들은 무엇인가? 상품을 더 잘 알게 설명하거나, 인터넷의 사진만으로 실감할 수 없는 색감이라던가, 스타일 등의 이야기를 아주 상세히, 그리고 너무도 그럴듯하게 쓰는 것이 요즘 그야말로 잘나가는(?) 쇼핑몰의 조건 아니던가? 상품의 객관적인 정보만을 주는 것과 판매자 나름 글쓰기 솜씨를 발휘한 것의 차이는 곧 판매율 차이로 이어진다. '굳이 사장인 내가 글을 써야 하는 것은 아니다'라고 항변할 지도 모르겠다. 예상되는 바다. 비로소 '글쓰기를 익히는 것은 글을 쓰는 것 자체만을 위해서가 아니다'라는 말의 의미를 설명해야겠다.

세계적으로 유명한 MIT(메사추세츠공과대학, Massachusetts Institute of Technology)에서는 '글쓰기와 의사소통센터'(writing and communication center)를 설치하고 매 해 한 과목씩, 4년간 네 과목 이상을 필수적으로 지정하고 있다. 한국에서는 4년 동안 딱 한 과목만으로 끝나는 것이 보통이다. 게다가 인문대 중심이 아닌 공과대 중심인 MIT의 시스템치고는 파격적이다. 그래서 많은 사람들은 의아하게 생각한다. '왜 MIT가 글쓰기 교육에 관심을 갖게 되었는지' 그곳의 소장의 답변은 이러하다.

"1980년 무렵에 졸업생들에게 글쓰기를 필수과목으로 지정하라는 건의를 많이 받았다. 사회에서 생존하는 데 글쓰기가 꼭 필요하다는 게 그 이유였다. 대부분 기술자와 과학자인 그들은 업무의 35% 이상이 글쓰기와 관련 있다고 말했다. 그래서 MIT는 유능한 사회인을 배출하려면 글쓰기를 필수과목으로 지정하는 것은 물론 글쓰기 센터를 설립해야 한다고 판단했다.[1]"

사회에서 일한다는 것은 곧 여러 사람들과 함께 일한다는 이야기이다. 그들과 함께하기 위해서는 소통이 필수적이며, 가장 기본적인 소통 방식이 말과 글이다. 따라서 이에 대한 교육은 필수적이라는 말이다.

사실 '글쓰기'가 문자언어인 '글'로만의 의사소통을 의미하는 것은 아니다. 의사소통의 기본으로 '글'을 중심으로 교육하는 것뿐이다. 따라서 '글' 교육을 통해, '말', 그리고 그 외 다양한 표현으로 의사소통에 용이하도록 만드는 것이 교육 목적이라 할 수 있다. 그러나 현실에서는 '글'을 중심으로 다뤄지고 있다. 이 때문에 정작 말은 잘하면서, 글이 안 되거나 반대로 말은 되지만 글이 안 되는 이른바 말과 글의 균형(balance)이 안 맞는 학생들이 많다. 따라서 글쓰기를 배울 때 '글'에만 집중하지 말고 '표현'이라는 점에 집중해야 한다. 이제 우리가 익힐 것은 '글쓰기'가 아니라 '표현하기' 또는 '소통하기'이다. 바로 소통을 잘하기 위해서 '글쓰기'를 익힌다.

인류의 역사가 진행됨에 따라 사람 간의 소통 방식들이 다양화되어 왔다.

〈소통방식의 변화〉

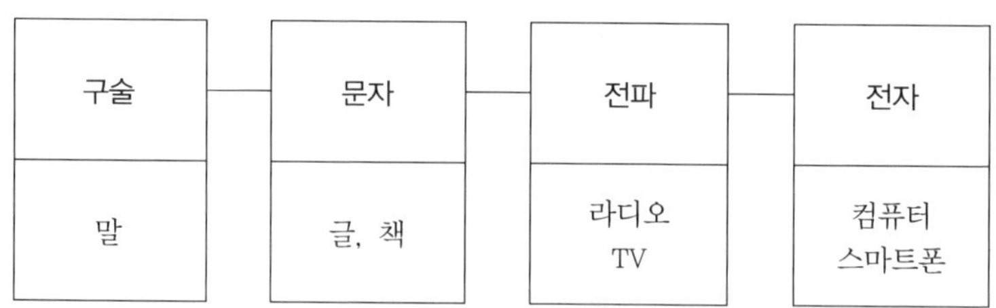

문자가 창작되기 이전에 인류는 오로지 말(구술, 口述)을 통해 소통할 수 있었다. 이렇

---

1) 「MIT가 글쓰기교육에 심혈을 기울이는 사연」, 『오마이뉴스』, 2008. 3. 13.

게 소통되는 정보는 멀리 퍼질 수 없었고, 오랜 기간 정확하게 전달되기에는 부족하였다. 이때 획기적인 소통의 방식이 나타나게 되는데 그것이 '문자'이다. 문자를 만들면서 '글, 책'이라는 형태로 소통을 할 수 있게 되었다. '글'과 '책'은 말보다 다른 공간의 사람들에게 전달되기에 쉬웠고, 후세 사람들에게 전달되기에도 용이했다. 과학문명의 발달로 라디오, TV 등의 대중매체가 나타나면서 소통의 범위는 더욱 광범위해졌다. 서울의 소식이 동시간대에 전국으로 퍼져나갈 수 있으며, 라디오나 TV를 가진 사람 누구에게나 동시 전달될 수 있어 그야말로 대중매체(mass media)인 것이다.

게다가 이 매체들은 녹음·녹화가 가능하고 쉬워서 정보의 확산은 이전의 것들과 비교해보면 대단하다고 할 수 있다. 여기에 더 거대한 매체가 개발되었는데 그것이 컴퓨터이다. 컴퓨터는 집이나 회사에 놓고 쓰는 물건이었는데, 몸에 지니며 다닐 수 있는 스마트폰을 통해 그 기능을 대치할 수 있게 되었다. 이제는 한 나라가 아니라 전 세계의 정보들을 만날 수 있게 되었다.

라디오, TV, 컴퓨터, 스마트폰이라는 기기가 개발되고, 소통의 방식이 다양화되었다. 그러나 글이 있다고 말이 사라지는 것은 아니었다. 라디오나 TV가 나왔다고 해서 책이 사라지진 않았다. 컴퓨터나 스마트폰이 개발되었다고 라디오와 TV가 사라지진 않았다. 더욱 중요한 것은 라디오, TV, 컴퓨터, 스마트폰을 넘어서 더 획기적인 기기들이 나온다 하더라도 결국 우리는 그 속에서 '말', '글'을 듣고, 읽고, 보는 것을 벗어나지 않는다. 말과 글은 그래서 의사소통의 기본요소라 할 수 있다.

2) 선입견 하나, 글쓰기는 스킬이다

소통하기 위해서는 전제가 필요하다. 소통할 '무엇'이 있어야 한다는 것. 즉, 내용이 있어야 한다. 그것이 생각이든, 정보이든, 이야기(story)이든 무엇이 있어야 한다. 글쓰기로 말하면, '쓰고자 할 내용'이 있어야 '글쓰는 방법'을 고민할 필요가 있다는 것이다. 사실 글쓰기 교육에서는 이것이 핵심이다. 왜냐하면 글쓰기의 어려움을 토로하는 사람들의 상당수는 '표현방법'을 몰라서가 아니라 '표현할 내용'을 갖고 있지 않다는 점이기 때문이다. 따라서 글쓰기를 익힌다는 것은 소통할 '내용 만들기'라 할 수 있다.

요리를 만들려면 두 가지 요소가 중요하다. 재료(ingredient)와 요리법(recipe)이다. 보통 요리법이 가장 중요한 것처럼 인식하지만, 더 중요한 것이 재료이다. 재료가 없으면 요리법이 있어서도 음식이라는 완성체를 이룰 수 없기 때문이다. 쓸 내용이 없는데 어떻게 글이 이루어지겠는가? 요리에서 재료가 중요하듯이, 글쓰기에서는 내용을 만들어내는 것이다. 그 내용을 만들기 위해서 우리는 경험, 공부, 생각을 하고, 느끼고, 조사를 하는 등의 다양한 활동을 한다. 글쓰기에서 가장 중요한 훈련은 바로 이것들이다.

실제 글쓰기의 질적 차이는 표현 차원이 아닌 내용 차원에서 벌어진다. 예를 들어보자. 여러분이 보고서를 낸다. 학점의 차이는 어디서 벌어지는가? 서론 본론 결론 나누어서, 띄어쓰기며 오탈자 없이 고쳐서 내는 것은 기본이다. 그렇다면 결국 무엇을 담고 있는지 내용이 중요한 것이다. 우리가 회사를 다닌다고 가정해보자. 다음과 같은 미션이 주어졌다.

> 우리 회사가 해외의 유명브랜드 ○○○를 한국에 도입(런칭)하고자 한다. 그 브랜드가 우리 회사를 공식 한국 유통업체로 선정할 수 있도록 라이선스 계약 및 유통, 홍보 제안서를 준비하라. 세 개의 팀으로 나누어서 경쟁을 통해 최종안을 결정하기로 한다.

이 제안서를 잘 쓰고 못쓰고는 결국 경쟁에서 뽑히느냐 아니냐이다. 그렇다면 살아남는 제안서는 어떤 것인가? 예쁘게 디자인된 것? 문법적으로 오류가 없는 것? 아니다. 결국은 '아이디어'이다. 우리가 글쓰기의 영역이 아니라고 생각하는 부분에서 글쓰기의 성공이 결정되는 것이다. 사실 우리는 이런 경우를 더 많이 경험할 지도 모른다. 글쓰기와 직접적 관계가 없는데, 결국 글쓰기와 관련된 것들에 관한 경험들.

또 다른 예를 들어보자. 대학을 다니는 동안 대외활동을 하거나, 졸업하여 입사 지원을 위해서 '자기소개서'를 작성한다. 요즘에는 지원하는 곳마다 인터넷 지원시스템이 되어 있어 써야 할 항목들을 정해준다. 그리고 양도 제한한다. 똑같은 제목에서 쓰게 되는 글에서 그 차이는 어디에서 벌어지는가? 띄어쓰기나 맞춤법에 유의하며, 명확하고 간결한 문장이 중요하다. 그러나 그것은 기본적으로 갖추어야 하는 것이고 핵심은 아니다. 결국 핵심은 '무엇'을 썼는가 하는 내용인 것이다. 그래서 자기소개서의 차이는 글쓰기의 차이가 아니라 경험의 차이인 것이다.

위의 예에서도 보았듯이 우리가 살아가는데 있어 글쓰기의 실력은 '스킬'이 아니다. 글쓰기를 잘하고 싶다면, 다양한 경험을 해야 하고, 지식을 쌓아야 한다. 넓게 아는 것도 중요하듯 깊이 있게 생각해내는 사고 내지는 논리력도 필요하다. 어떤 대상에서는 이성적인 생각보다는 감성적인 느낌이 중요하기도 하다. 도저히 나의 지식과 경험으로서 해결하기 힘들 때는 여러 자료들을 모으고, 그것을 정리하거나, 응용해보면서 내가 할 말 또는 쓸 글 내용을 만들어낼 수 있다.

우리가 듣는 대학에서의 모든 강의는 글쓰기 과목과 연계된 것이고, 반대로 글쓰기 또한 그들 과목과 연계된다. 여기에 덧붙여 우리가 살아가는 삶 자체가 글쓰기의 학습과정이라고 할 수 있다. 그런데 모두들 '글쓰기' 강의 시간만을 글쓰기를 익히는 시간으로 알고 있다. 글쓰는 방식, 표현법만을 글쓰기라 생각하고 있다. 바로 이 굳은 생각을 깨는 것으로부터 우리는 '글쓰기' 배움에 한걸음을 내딛을 수 있다.

**글쓰기에서 중요한 것은 요리에서 요리법보다 재료가 우선 필요한 것처럼
글쓰는 방법, 이른바 기술(skill)이 아니라 내용(contents)이다.**

다시 이 책의 가장 처음 주었던 과제를 떠올려보자. '사과 사진 찍기'. 어떻게 사과를 찍을 것인가? 도대체 왜 글쓰기를 이야기하면서 사과를, 사진을 이야기할까?

'사과'를 사진으로 찍어오세요.

사회복지를 전공하는 한 학생은 사과를 사등분한 사진을 찍어왔다. 그 이유인즉슨, 하나의 사과는 한 사람만을 만족시킬 수 있지만, 네 조각의 사과는 네 사람이 함께 그 만족을 공유할 수 있다는 메시지를 주기 때문이라고 했다. 경영학을 전공하는 한 학생은 아침에, 낮에, 저녁에 시간별로 창가에 놓인 사과 사진을 찍어왔다. 시간에 따라 물건(상품)의 가치는 동일하지 않다는 '시간과 상품의 가치 상관관계'를 표현한 것이라고 설명하였다. 그냥 보이는 대로 사과를 찍으면 누구나 찍을 수 있는 사진이 되지만, 생각을 하면 세상에 유일한 사진, 의미 있는 사진이 된다.

'사과' 사진 한 장 찍기. 사진은 기술 이전에 무엇을, 어떻게 찍을 것인가 생각이 전제되어야 한다. 그래서 사진을 찍는 것이나 글쓰기는 다른 것 같지만 같다고 할 수 있다.

3) 선입견 둘, 글쓰기는 어렵다

무엇인가 배우려고 할 때 가장 문제는 '어렵다'라는 느낌, 그래서 '난 못하겠어.'라는 포기이다. 어렵고, 힘들고, 난 못하겠어도 '해야 하기'때문에 참고 묵묵히 하는 수밖에 없는 것인데, 우리는 너무 쉽사리 '포기'라는 선택권을 꺼내 들고 만다. 해야만 되는 일은 어렵고 힘들어도 하게 되는데, 우리 마음속에 '꼭 이거 아니어도'라는 생각이 들게 되면 포기하게 된다. 힘들게 얻어져야 '성취감'이라는 뿌듯함을 얻게 되고, 그 속에서 '실력'이 내공으로 전환되어 자리 잡게 된다. 글쓰기를 잘하기란 쉽지만은 않겠지만, 우리가 생각하는 것보다 어렵지는 않다. 따라서 너무 쉽게 포기한다거나, 필요 없다는 생각을 하지 않기를.

▌글쓰기는 어렵다?

어떤 글쓰기를 하느냐가 문제이지, 우리가 해야 하는 글쓰기는 어렵지 않다. 아니, 글쓰기면 글쓰기지 '어떤' 글쓰기는 따로 있고, '우리가 해야 하는' 글쓰기는 또 무엇인가라는 의문이 들 것이다. 그렇다. 세상에는 글쓰기가 다양하며, 쉽고 어렵고의 난이도도 차이가 난다. 또한 어떤 글쓰기는 내가 할 필요 없는 경우도 있다. 마치 영어 단어를 외울 때도 내가 일상생활에서 회화 정도만 쓸 사람이라면 외울 필요 없는 전문적인 단어들이 있듯이. 세상의 글쓰기는 다양한 기준으로 나눌 수 있다. 보통 우리가 중고등학교에서 배울 때는 글의 성격에 따라 설명하는 글(설명문), 증명하는 글(논설문) 등등으로 배운다. 그러나 여기서는 우리가 어떤 글쓰기를 목표로 공부할 것인지 명확히 하기 위해, 글을 누가 쓰며, 무엇을 위해 쓰는가에 따라 나누고자 한다. 그것은 다음의 표처럼 문학 글쓰기, 학술 글쓰기, 일상 글쓰기, 실용 글쓰기로 나뉜다.

문학 글쓰기	학술 글쓰기	일상글쓰기	실용 글쓰기
시, 소설, 시나리오	논문	트위터, 블로그, 일기, 편지	보고서, 기획안, 프레젠테이션

누군가에게 '글을 잘 쓰는 사람 또는 직업'하면 누가 떠오르는지 물어보면 대부분 '작가'의 이름들을 떠올린다. 일반인들의 인식 속에는 문학적인 수사법, 은유하고 상징화하

는 표현, 대상을 인식하는 나름의 철학 등을 들어 작가의 글이 좋은 글이라 생각한다. 그러면서 본인의 글은 비루하다 상대적으로 열등감을 느낀다. 그런데 세상의 글에는 시, 소설 등만 있는 것은 아니다. 또한 모든 사람들이 시, 소설을 창작해야만 하는 것도 아니다. 또한 시, 소설 등의 문학적 글쓰기가 다른 글쓰기들에 있어서도 효과적인 표현만은 아니다. 다른 글쓰기들에게는 그 글쓰기의 성격에 따라 '잘 쓴' 것의 기준이 다르기 때문이다.

▮ 문학 글쓰기

'문학'을 하는 직업적 작가나 또는 문학으로 취미삼아 하는 이들이 하는 글쓰기이다. 문학 글쓰기는 문학적 감수성 내지는 감각이 필요하며, 예술이기에 선천적 자질이 필요하기도 하다. 물론 이것이 없다고 해도 문학을 좋아하고, 부단한 습작(연습 삼아서 많이 창작해보는 것)을 통해 문학 글쓰기의 수준을 높여갈 수 있다.

문학 글쓰기 훈련이 되지 않는 사람이라면 아름다운 광경에 대한 느낌을 그야 말로 '말할 수 없이 아름답다'라고 말하지만, 작가들은 그 아름다움을 묘사하거나 비유해내는 능력을 가진다. 시를 쓰는 이들은 묘사와 비유라는 직접적인 표현보다 은유하고, 상징하며 추상적으로 표현하기도 한다. 이런 문학적 표현들은 선천적인 감수성과 글쓰기 훈련을 통해 이루어낼 수 있고, 일반인들이 쉽게 따라할 수는 없다.

그런데 이런 글쓰기가 다른 글쓰기까지 적용될까? 문학 글쓰기를 잘하면, 실용 글쓰기와 학문 글쓰기를 잘할 수 있을까? 도움은 되겠지만 사실은 별개의 글쓰기들이다. 그래서 별개의 훈련을 통해 잘할 수 있다. '문학'이라는 분야에 있어서는 묘사적이고, 함축적이고, 비유적이고, 개성적인 글쓰기가 미덕이지만, 실용과 학문 분야에서는 그렇지 않기 때문이다. 따라서 '문학가'들을 떠올리며, 우리의 글이 그렇게 쓰여야 한다는 선입견을 가지면 우리는 쉽게 '글쓰기' 배우기를 포기할 지도 모른다.

▮ 학술 글쓰기

학술 글쓰기는 보통 '논문'이라고 형태의 글쓰기이다. 대학이나 연구소 등 학문을 업으로 삼는 사람들이 쓰게 되는 글이다. 대학원을 다니고 졸업하기 위해서 석사논문과 박사

논문을 써야 한다. 예전에는 대학을 졸업할 때도 졸업논문을 쓰는 경우가 많았으나 요즘에는 많이 사라졌다. 그래서 학술 글쓰기는 대학원을 가거나 '학문'을 업으로 삼지 않는 이상 쓸 일이 거의 없는 글쓰기다. 다만 대학을 다니는 동안 과제로 주어지는 보고서(report)의 경우, 전공에서는 이런 논문 스타일을 요구할 때가 있다.

학술 글쓰기인 논문(論文)은 말 그대로 논하는 글이다. 그래서 '논증'이 가장 기본적인 형태이다. 알려지지 않은 사실에 대하여 근거를 들어 설득하는 글이다. 무엇보다 근거는 자신의 추측보다는 이른바 사실(fact) 자료가 필요한데, 문헌자료, 통계자료, 실험자료 등 각자의 분야에 맞는 자료들이 활용된다.

학술 글쓰기는 개성 있게 쓰는 것이 중요하기 보다는 얼마나 좋은 주제를 가지고, 그것을 설득력 있게 썼는가가 중요하다. 학술 글쓰기의 독자는 학문하는 사람들이기에 일반인들이 보면 이해하기 어렵다. 반대로 학문하는 사람들이 보기 때문에 지적 수준이 높다. 따라서 한 편의 논문을 작성하기 위해서는 많은 시간의 공부와 연구가 필요하다.

학술 글쓰기는 보통 사람들 모두가 쓰는 글쓰기가 아니며, 또한 그 글쓰기에 필요한 구성요소들이 있다. 따라서 일반 사람들이 쓰기에는 그 형식이나 내용 모두에 어려움을 겪게 된다. 대학에서의 보고서들은 바로 이런 학술논문의 축약 형태의 방식으로 요구받게 된다. 그래서 쓰기가 쉽지 않으므로, 특별히 그 형식이나, 내용을 만드는 훈련을 받아야 한다.(그 형식적인 면은 이 책의 5. 글쓰기의 전략과 과정 중 4) 보고서(레포트) 쓰기에서 설명된다.)

▎일상 글쓰기

일상 글쓰기는 개인이 소소하게 쓰는 글쓰기를 의미한다. 트위터, 블로그, 일기, 편지 등 크게 목적성과 독자를 상정하고 쓰는 글쓰기는 아니다. 그래서 이 글쓰기에는 정석도 없고, 본인이 쓰고 싶은 대로 쓰면 된다. 일기 내지는 자신의 하루 일과들을 간단히 메모하는 스케줄러(scheduler) 등이 일상 글쓰기에 속한다.

옛날에는 일상의 기록들이 펜과 종이로 이루어졌지만 오늘날에는 전자기기가 많이 활용되고 있다. 트위터, 블로그 등은 이전에 없었던 형태의 글쓰기이며, 손으로 쓰고 우표를 붙여 보냈던 편지 대신 이메일이 대세가 되어버렸다. 심지어 손으로 써야 제 맛이라고 느껴왔던 일기와 스케줄러마저도 스마트폰의 앱(application)을 사용할 수 있게 되었다. 그러나 매체의 변화가 달라졌지만 쓰고, 읽는 행위가 없어진 것은 아니다. 꼭 손으로 문자를 그려내는 것만이 쓰기가 아니라, 자신의 생각, 느낌 등 그 시점 자신의 머릿속에 있는 것을 촬영하거나, 녹음하거나, 타이핑하는 것 모두가 쓰기인 것이다.[2]

일상 글쓰기는 습관과도 같다. 어떤 이들은 이런 글쓰기를 하든 안하든 차이가 없다고 느껴지고, 오히려 귀찮은 것이라고 느낀다. 반대의 어떤 이들은 으레 쓰는 것으로 받아들인다. 그러면서 일기는 자신의 하루를 정리해볼 수 있는 시간이 되기도 하고, 훗날엔 추억이 될 수 있다고 말한다. 스케줄러를 통해 시간을 짜임새 있게 쓸 수 있다고 말한다. 블로그를 통해서 내가 알고 있는 정보들을 남들과 공유하면서 남들에게 인정받을 수도 있고, 일상적인 나의 하루를 이야기하면서 남들과 소통할 수 있다고 한다. 그렇더라도 이것이 귀찮은 사람에게는 안 해도 그만이라고 생각할 것이다.

그러나 글쓰기를 배우겠다고 생각하면 먼저 시작해야 할 것이 바로 일상 글쓰기이다. 실제 다른 글쓰기를 할 때 도움이 되기 때문이다. 필자가 글쓰기 강의를 할 때 가장 먼저 부여하는 과제가 바로 '일상 기록하기'이며, 이 기록은 강의 내내 수행케 한다. '쓰는 행위'가 습에 베여야 어떤 글쓰기를 하더라도 부담감을 줄일 수 있기 때문이다. 이런 가벼운 일상의 쓰기부터 어색해하거나 힘들어하면 더욱 전문적이게 될 다른 글쓰기가 높아보이게 된다.

가볍게 이런 글쓰기를 자주 하면서 스스로가 쓰기에 대한 감각을 느낄 수 있게 된다. 예를 들어, 사진을 배우고 싶어 하는 입문자에게 가장 먼저 조언하는 것이 '가능한 많이 찍어보라'는 말이다. 스스로 이렇게 저렇게 좌충우돌 해가면서 배우는 것이 진짜 배움이기 때문이다. 그렇게 스스로 실습해보면 어떤 조언이 필요한지, 그리고 그 조언을 들었을 때 즉각적인 적용을 하게 된다. 기계를 잘 만지는 사람은 먼저 매뉴얼부터 읽지 않는다. 만져보다가 막힐 때 매뉴얼에서 그 부분을 찾아본다. 글쓰기도 마찬가지다. 전문적인 글은 혼자 스스로 실습하기 어려우나, 자신의 일상을 쓰기는 쉽기에 이것부터 꾸준하게 실천해보는 것이 글쓰기의 첫 번째 훈련이 된다.

---

2) 일상의 모든 것들을 있는 그대로 기록하는 것을 '라이프 로그'(life log)라고 말한다.[고든벨, 짐 갬멜(홍성준 역), 『디지털 혁명의 미래』, 청림출판, 2010)
현재 스마트폰에는 이 라이프 로그를 돕는 어플리케이션들이 인기이다. 사람의 기억이란 불완전하기에 다양한 방식(소리, 영상, 문자)으로 기록을 남기고, 시간이 흘러 언제나 쉽게 찾아볼 수 있는 기능을 제공하는 것이다. 여기서 더 나아가 라이프 로그는 많은 서비스를 예측할 수 있다. 이를테면 혈압 등을 자동 체크하도록 하여서 그 정보가 질병을 예측하거나, 치료의 자료로 삼을 수도 있게 된다.

▌실용 글쓰기

실용 글쓰기는 대부분의 사람들이 하게 되는 글쓰기이다. 일상 글쓰기가 자신이 주로 독자인 것과 달리, 실용 글쓰기는 내가 아닌 다른 이가 독자가 된다. 문학 글쓰기는 문학가나 문학을 사랑하는 사람들로, 학술 글쓰기는 학문을 하는 사람들로 작자와 독자가 한정되어 있다. 따라서 일반인들이 미리 이런 글쓰기를 학습할 필요는 없을지 모른다.[3] 그런데 실용 글쓰기는 대부분 이 사회를 살아가는 사람들이라면 요구받게 된다. 쓰고 싶어서 쓰면 되는 것이 아니라 써야만 되기 때문에 쓰는 경우가 많다. 이점은 일상 글쓰기와도 구별되는 점이다.

당장 대학을 다니는 동안 우리는 많은 글쓰기를 요구받는다. 학점을 받기 위해 치러야하는 시험과 보고서(report)가 모두 글쓰기이다. 특히 서술로 치러지는 시험이 많으며, 조사, 실험 등등의 보고서를 요구 받기도 한다. 스펙(spec)이 중요시되면서 다양한 대외활동들을 하려고 하면, 늘 요구하는 것이 자기소개서이다. 다양한 공모전에서는 미션들에 대한 결과들을 '글쓰기'라는 형식으로 요구하고 있다. 회사에 취업을 준비하거나, 회사를 다닐 동안에도 보고서, 제안서, 프레젠테이션 등 실무적인 글쓰기들을 요구받게 된다.

실용 글쓰기는 문학 글쓰기나 학문 글쓰기에 비해 익히기 어렵지 않다. 개성을 부릴 필요도, 논증적일 필요도 없이 사실만 명확하게 전달하는 것이 보통이다. 또한 무엇을 써야하는지 써야할 항목들이 보통 정해져 있기에 내용만 채우면 된다. '쓰기' 자체는 쉽다. 그런데 실용 글쓰기는 늘 '평가'를 받게 되며, 그 평가의 중요 요소들은 '쓰기' 그 자체보다 '무엇'을 썼는지 내용과 어떻게 꾸몄는가 '포장'에서 벌어진다. 따라서 실용 글쓰기 중심으로 글쓰기를 배우더라도 쓰기 그 자체만을 배워서는 안 된다. 앞서도 이야기했지만 글의 내용은 경험으로 채워지기 때문이다.

▌정리해보자

글쓰기는 단순히 '글쓰기'라는 과목이 필수여서 배우는 것이 아니라, 우리가 삶을 살아가

---

3) 영어회화를 배울 때도 일반회화와 달리 비즈니스 잉글리시(business english) 부분을 특화시켜 놓고 있다. 비즈니스를 하는 사람에게 알맞은 상황의 설정이나, 전문용어를 중심으로 수업을 한다. 이것은 비즈니스 분야의 사람만 하면 된다. 이처럼 글쓰기에 있어서 문학 글쓰기나, 학문 글쓰기도 그러하다.(물론 배워서 나쁜 것 없고, 꼭 관계없는 것은 아니겠지만)

면서 너무도 일상화되게 하고 있는 '소통'을 잘하기 위함이다. 이 소통의 모습들은 다양할 것이다. 친구, 가족과 만나 가벼운 대화를 하거나, 스마트폰의 카카오톡 등 메시지 서비스를 통해서, 트위터나 페이스북 등 소셜네트워킹서비스(SNS)를 통해서도 한다. 대학을 다니면서 보고서를 작성하고 발표를 해야 한다. 회사에 나가면 더욱더 전문적인 영역에서 소통을 해야 할 때도 있다. 또는 무엇인가 말하고 쓰는 것으로 직업을 삼기도 할 것이다. 우리의 삶이 '소통'과 뗄 수 없기에 소통을 더욱 효과적으로 잘할 수 있는 훈련을 하는 것은 너무도 당연한 것이다. 다양한 소통 방식의 공통분모가 바로 '말'과 '글'.

글쓰기는 스킬이 아니다. 글쓰기를 배운다는 것이 글을 쓰는 방법, 표현법을 배우는 것이라는 선입견을 버려야 한다. 왜냐하면 글 외에 소통하기 방식이 다양하므로, 그 방식들에도 통용될만한 방법을 배워야 하기 때문이다. 따라서 '내용'을 생산해내는 훈련이 바로 가장 기초적이며, 제대로 된 '글쓰기' 훈련이 될 것이다.

글쓰기는 어렵지 않다. 시, 소설을 읽으며 이름난 문학가의 글들이야말로 제대로 된 글쓰기라고 생각할 필요 없다. 교수님들의 학문적인 글을 보며 왜 이렇게 글이 어려울까 절망할 필요 없다. 우리가 문학가나 연구자가 되지 않으면 그런 글 안 써도 그만이기 때문. 우리가 써야만 하는 글만 잘 쓰면 되고, 그런 글들은 어느 정도 매뉴얼도 있고, 후천적인 노력들로 충분히 채워질 수 있으므로 글쓰기는 절대 어려워할 필요 없다. 다만 앞서도 말했지만 글의 차이는 '내용'에서 벌어지기 때문에, 내용 만들기 능력을 키우기 위해서는 오랜 시간의 노력이 필요하며, 정해진 매뉴얼이 없다는 점이 힘들뿐.

글쓰기 책과 강좌에서 우리가 힘써야 할 것은 '쓰기'(표현)를 어떻게 할 것인가 방법이 아니라, '무엇'(내용)을 쓸 것인지가 핵심이다. 따라서 글쓰기를 훈련하는 것은 '글쓰기' 강좌와 교재에 있는 것이 아니라, 다른 책들과 강좌 모두가 글쓰기 훈련에 해당된다. 심지어 학교가 아닌 집에서 TV를 보거나, 맛있는 음식을 먹으러 가거나, 영화를 보거나, 친구를 만나 대화를 한다거나 일상 속에 경험하는 모든 것이 글쓰기의 훈련 과정인 셈이다. 그럼 그냥 열심히 살면 글쓰기를 잘할 수 있는가? 그것만으로는 물론 부족하다. 그런 일상의 경험들을 글쓰기와 연계시키며 살아야 하고, 그것을 표현하는 습관이 배어야 한다.

글쓰기에 대한 오해들(글쓰기의 필요성)
실습과제

01 글쓰기가 내가 앞으로 살아가는데 있어 어떻게 필요할 것인가?
(일반적인 필요성이 아닌, 바로 내 자신에게)

02 최근 기업체의 자소서 항목을 조사해보고, 그 항목에 대한 답을 어떻게 쓸 것인가?

03 글쓰기의 치료(healing) 효과를 말하기도 한다.
어떤 효과인지 알아보고 스스로 실천하여 그 효과를 말해보자.
또는 새로운 방법을 제안하거나, 새로운 효과를 발견해도 좋다.

2. 글읽기

1) 글쓰기의 전제조건, 글읽기

커피, 이젠 한국사회에서도 국민의 음료가 되었다. 이 글을 읽는 사람 대부분 커피를 마실 것이다. 그런데 "커피의 맛을 구별할 수 있는가?" 자판기 믹스 커피만을 마셨거나, 커피전문점을 자주 다니더라도 커피의 맛 구분을 못한다. 수많은 원두의 차이, 그리고 그것을 어떻게 볶았느냐(로스팅)의 차이, 원액을 어떻게 추출했는가의 차이 등으로 다양한 맛의 차이가 있지만 그냥 '커피 맛은 커피 맛'이라고 생각한다. 하지만, 커피를 좋아하고, 원두를 구분해가면서 그 차이를 인지하며 맛을 보고, 그 경험이 쌓이게 되면 점차 커피의 맛들을 구별해낼 수 있다. 그리고 커피의 맛을 알아야 커피를 만들 수 있다. 글도 마찬가지이다. 다양한 글들의 맛들을 잘 구별해내서 느낄 수 있어야 하고, 그런 다음에 글을 잘 쓸 수 있다. 글을 잘 읽는 것은 글을 잘 쓰기 위한 전제조건이 되는 것이다.

치열한 경쟁을 하며 살아왔던 우리는 끊임없이 발전과 성장을 해야 한다고 생각하며, 그렇지 못할 경우 도태된다는 압박감에 시달리곤 한다. '지적 콤플렉스'. 독서는 하지 않지만 남들이 사는 책은 꼭 사야 될 것 같은, 그리고 그것을 사는 순간 읽지 않아도 대중 속에 포함될 수 있다는 안도감. 책을 읽어야 한다는 의무감에 사로잡히면서 도리어 책이 싫어지는 현상이 벌어지고 있다. 원해서 글을 읽고, 원해서 글을 쓰지 않으면서 어떻게 책을 읽어야 할 지, 어떻게 글을 써야 할 지 비법서들만 난무한다.

글읽기의 비법은 없다. 그런데 이상한 현상이 있다. 당장 '책 좀 읽어볼까?'하는 생각을 갖는다고 할 때, 무슨 책을 읽을 지 그 선택을 못한다. 그래서 주위 사람들에게 책을 추천해달라고 한다. 청소년이 읽어야 할 권장도서, 대학생이 읽어야 할 권장도서 등등 우리가 커오는 과정에서 책이란 마치 돌잔치 어린아이의 돌잡이처럼 골라잡기만 하면 되었다. 그래서 스스로 책을 선택하는 것이 익숙하지 않다.

문제는 권장도서들은 좋은 책이긴 하지만, 그야말로 '좋은 책'이기만 할 때가 많다. 글 읽는 사람이 가진 관심사, 독서를 통해 무엇을 얻을 것인가 목적성, 내용을 이해하거나 공감할 수 있는 능력이나 경험 등을 고려하지 않은 좋은 책이다. 클래식 음악에 생소한 이가 음악을 추천해달라고 한다. 그럼 마치 '바하', '베토벤', '슈베르트'를 추천하는 격이다. 클래식에 입문하기 전 뉴에이지 음악이나, 크로스오버 음악을 먼저 접하여 클래식 악기와 분위기에 익숙하면서 서서히 수준을 높여나가야 한다. 처음부터 진지한 것을 듣게 되면 지루하거나, 어려움을 느끼고, 곧 '클래식은 내게 맞지 않아'라고 포기할 수 있기 때문이다. 따라서 책은 스스로 추천하는 것이 가장 좋은 방법이다.

2) 글의 갈래, 그리고 읽기

▌도서관과 서점의 도서 분류

책의 성격에 따라 책을 선택하고, 읽고, 활용하는 방법이 다르다. 책의 성격? 책의 종류라고 잠정적으로 말해두자. 책의 종류라면 먼저 도서관이 떠오른다. 도서관에 가면 수많은 책이 있다. 그 수많은 책들은 종류별로 책꽂이에 꽂혀 있다. 전문 용어로 하면 '도서 분류법'에 따라 배열한다. 보통 듀이십진법(DDC ; Dewey Decimal Classification)을 많이 사용했다. 듀이십진법이란 1876년 미국의 멜빌 듀이(Melvil Dewey, 1851~1931)가 개발한 분류법을 말한다. 우리나라에서의 도서관들도 이를 이용하였으나, 한국의 특성이 반영되지는 않았기에 불편함이 있었다. 그래서 1964년 한국십진분류법(KDC)을 만들어 쓰고 있다. 대학도서관에서는 DDC를 쓰는 곳이 많고, 공공도서관에서는 주로 KDC를 이용하고 있다.

기호	듀이십진분류법(DDC)	한국십진분류법(KDC)
000	총류	총류
100	철학	철학
200	종교	종교
300	사회학	사회학
400	언어	자연과학
500	자연과학	기술과학
600	기술과학	예술
700	예술	언어
800	문학	문학
900	역사	역사

이런 십진법은 글의 내용별 분류이다. 이 방식으로 분류하지 않고 다른 방식으로 분류할 수도 있다. 온오프 대형서점인 교보문고, YES24, 알라딘, 반디앤루니스, 영풍문고 등에서도 분야별로 책들을 모아두고 있다. 그리고 분야별로 많이 팔린 책들의 순위들을 보여주는 '분야별 베스트셀러'를 집계하기도 한다.[4]

소설	시/에세이	경제/경영	자기계발	아동
인문	역사/문화	외국어	가정/생활	정치/사회
과학	기술/공학	예술/대중문화	컴퓨터/IT	종교
초등학습	취업/수험서	건강	요리	취미/스포츠
만화	잡지	어린이영어	유아	여행/기행
중/고등학습	사전			

어떤 것은 출판물의 갈래이기도 하고, 어떤 것은 내용의 갈래이기도 하면서 중구난방이다. 기본적으로 도서관처럼 내용을 중심으로 하되, 많은 사람들이 찾는 책들을 독립시켰다. 이를테면 한국의 출판물 중 가장 많이 팔리는 책들이 아동, 학습서이므로 이것들을 따로 코너로 분류하는 것이다.

---

4) 『2013 1분기 KPIPA 출판산업 동향』, 한국문화산업출판진흥원. 2013. 120쪽에 여러 서점별 도서분류 비교표가 있다.

▍대학생들이 읽는 책들

책의 성격에 따라 책을 선택하고, 읽고, 활용하는 방법이 다르다. 앞서서 도서관과 서점에서 말하는 책의 종류로 말하니 선뜻 잡히지 않는다. 따라서 이해가 쉽도록 이 글을 읽고 있을 대학생들이 읽는 책들은 무엇인가를 보자. 전공에 따라 책을 읽는 분야가 다르다. 그냥 무작위로 보통 독서를 한다면 어떤 책들을 읽는가 물으면 다음의 갈래(장르)들로 거칠게 말할 수 있다.

- 자기계발 : 리더십, 성공기, 마인드컨트롤
- 문학 : 시, 소설
- 전문지식 : 전공 관련
- 교양 : 지적 호기심, 상식, 취미

어떤 문화가 대중의 사랑을 받는 대중문화가 되려면 그 문화의 전제조건은 '쉽다(easy)', '재밌다(fun)'라는 코드를 가지고 있어야 한다. 이 두 가지가 없으면 인내력을 요구하게 되고, 그 인내력을 참을 수 있는 사람만 남게 되면 이미 대중문화가 될 수 없기 때문이다. 대학생들이 좋아하는 책 또한 이 두 가지 코드를 가지고 있다. 물론 가장 많이 팔린 책을 꼽는다면 단연 '토익' 관련 교재들일 것이다. 하지만 자기의 의지로 읽고 싶어서 읽는 책으로는 단연 자기계발과 문학 서적을 선택한다.

자기계발과 문학서를 많이 읽게 되는 이유는 무엇보다 '유익'함이 빨리 체감되기 때문이다. '지식'을 중심에 둔 책들은 이해의 어려움이 따르고, 또한 그것이 쌓였을 때 비로소 체감된다. 따라서 자기계발이나 문학 책에 비해 그 효과가 바로 느껴지지는 않는다. 또 다른 이유로 '해소와 공감'을 들 수 있다. 대학생들의 당면 목표인 '취업'을 위한 지침, 자극, 동기부여 등이 된다는 면에서 자기계발서를 많이 읽게 된다. 문학은 무엇보다 '재미'라는 점에서 선택된다. 유익, 해소, 공감, 재미 이런 관점에서 볼 때 '지식'을 중심으로 한 책들은 쉽게 선택되지는 못하고 있다.

그러나 자기계발서들은 너무 천편일률적인 결론이다. 즉 '네 가슴이 뛰는 일을 하라', '열정을 부려라', '자신을 믿고 긍정적이어라' 이렇게 발전과 성장을 독려하거나, 또는 쉼 없이 경쟁체제 속에 살아가야 하는 한국사회를 탓하며 오히려 자신이 하고 싶은 일을 하라고 권한다. 사회 경쟁의 낙오가 인생의 낙오가 아님을 깨우치며 위로한다. 어느 쪽이든 심적 응원을 해주고 있는 것이다.

그러나 역시 인생은 내 몸으로 살아야 하는 것이기에 읽을 때는 심히 공감되나, 원하던 비법도 없고, 결국 내게 변화도 없어 다시 제자리이다. 우리의 몸은 너무도 자주 자극에 노출되면 그 자극에 내성이 생기면서 더 이상 반응하지 않는다. 자기계발서만 자주 읽는 사람들의 문제가 그러하다. 답은 내 안에서 찾고, 중요한 것은 방법이 아니라 실천임을. 오히려 독서를 하겠다고 맘먹었다면 나의 지성과 감성을 살찌우는 독서로 전환하기를 추천한다.

▌책에만 '글'이 있는 것은 아니다

글이란 사람의 머리 또는 마음속에 있는 내용물(content)들을 다른 사람들이 인지할 수 있도록 표현해낸 방식 중 하나이다. 그림 그리는 사람은 그 내용물들을 그림으로 표현한다. 음식을 작품으로 인식하는 요리가들은 맛으로 표현한다. 음악하는 이들은 소리로 들려준다. 따라서 우리가 '책'에서 읽어내야 하는 것은 '글'이 아니라 '내용물'이다. 글읽기 공부 또는 훈련한다고 했을 때 우리가 궁극적으로 도달할 지점이 이 부분이다. 단순히 책만을 잘 요약해내고, 이해하는 것이 아니라 다양한 표현물들을 읽어내는 능력, 이른바 독법(讀法)을 갖는 것이다. 그림을 보지만, 음악을 듣지만, 영화를 즐기지만 그것을 읽어내는 심지어 자기가 살아가면서 마주하게 되는 다양한 삶들을 읽어내는 힘이 필요하다. 그러기 위해서 '글'이 책에만 존재한다는 선입견을 버려야 한다. 오감각을 통해 인지되는 다양한 자극들이 모두 '글'인 셈이다.

최근에 스토리텔링(storytelling)을 이용한 문화콘텐츠(cultural contents)라는 말을 많이 들을 수 있을 것이다. '이야기'를 이용하여 다양한 문화상품을 만드는 것을 의미한다. 이야기를 가진 다양한 문화상품이 무엇이 있을까? 가장 흔한 것은 영화, 연극, 방송 등이며, 이보다 더 많은 예들이 많다.

위의 문화콘텐츠라는 것도 보고, 듣고, 체험하지만 결국 그 기반은 '이야기'이다. 책을 안 읽는다고 우리가 책을 안 읽고 있는 것은 아니다. 정확하게 표현하자면 책을 안 읽는다고 우리가 다양한 타인의 내용물들을 입수하지 않는 것은 아니다. 이제는 매체의 시대이기 때문이다. 매체를 통해 내용물들을 접하는 것이, 책을 읽는 것과 같을 수는 없으며, 여러 장점들을 대치할 수는 없겠지만 상당 부분, 그리고 책이 줄 수 없는 다른 장점들을 가지고 있다. 따라서 읽기 귀찮아 잘 손에 가지 않는, 그러면서 지적 콤플렉스를 주는 애증관계의 책에 연연해하기 보다는 쉽게 접할 수 있는 매체를 읽어내는 것이 더 현실적이라 할 수 있다.

오감각으로 통해 인지되는 것을 책 읽는 것처럼 하기란 쉽지 않다. 왜냐하면 훈련이 안된 탓이다. 이를테면, 그림은 작가의 생각, 또는 느낌을 표현해낸 것이며, 작가는 자신의 생각과 느낌을 보는 이들과 소통하려고 한다. 그림을 본다는 것은 그림이라는 언어를 통해 작가와의 소통을 한다는 것이어야 한다. 그런데 우리가 학교에서 이른바 '미술'을 어떻게 배웠는가? 소위 암기 과목으로 배웠다. 어떤 시대, 어떤 화풍, 작가, 그림 제목이 중요했다. 그래서 교과서에 실리지 않은 그림 앞에서는 그 아무것도 우리는 말하지 못하게 된다. 도대체 세상에 그림이 왜 존재하는 것일까? 심지어 문학마저 그렇게 가르치곤 한다. 중고등학교에서 문학을 배우는 이유는 교과서의 작품들을 발판삼아 다양한 문학의 맛을 느끼거나, 가치, 효능을 느낄 수 있는 이른바 문학 행위의 힘을 길러주기 위해서이다. 그러나 외운다.

책 아닌 것들을 읽어내기 힘든 또 다른 이유는 글이 아닌 다른 장르 또는 매체들은 그들만의 언어가 있기 때문이다. 그리고 그 언어에 대한 기초적인 이해 또는 앎이 전제되어야 이해할 수 있게 된다. 영화를 본다. 그리고 그 영화를 읽어낼 때 단순히 시나리오의 줄거리만 이해한다고 그 영화를 온전히 읽어낸 것은 아니다. 영화의 기법들 카메라의 앵글, 특수효과, 영화 편집, 배우의 연기, 배경음악 등 다양한 영화를 이루는 요소들에 대한 이해가 있어야 한다. 따라서 고전적인 책읽기 능력만으로 바로 다른 매체들을 척척 읽어낸다는 것은 쉽지 않다.

표현되는 모든 것은 '내용'을 담고 있기에 우린 그것을 읽어낼 수 있다. '책읽기'를 우리가 공부해온 것은 바로 다양한 '읽기'를 위한 기초이기 때문이다. 이 점을 염두에 두고 생활 속에서 보고, 듣고, 만지고, 맛보는 다양한 경험들을 느낌과 함께 읽어내는 연습들을 해보자. 그러면 그 다양한 경험들이 새롭게 느껴지거나 인식되고, 그 속에서 재미를 느낄 수 있다. 또한 그를 통해 이른바 다양한 창의적인 아이디어들이 나온다.

▌통독(通讀) 콤플렉스를 버려라, 리딩(reading)에서 유징(using)으로

한국인들은 누구나 정기적으로 '아, 책 좀 읽어야 되는데…'라는 생각을 떠올린다. 왠지 책을 읽지 않은 시간이 길어지면 지식으로 많이 뒤떨어지는 듯한 느낌을 받는다. 큰맘먹고 책을 읽으려고 하는데 무슨 책을 읽을지 선택을 어려워한다. 그래서 보통 서점에 가거나 인터넷에서 주문할 때 '베스트셀러'를 먼저 찾게 된다. 국문학, 글쓰기를 지도하는 필자가 자주 받는 요구도 책 추천이다.

책 추천은 자기 스스로 하는 것이다. 이렇게 말하면 사람들은 당황해한다. 당황할 필요 없다. 음악으로 예를 들어보자. 우리가 좋은 음악을 찾아내서 즐길 때 어떻게 하는가? 물론 누군가에게 추천받기도 한다. 그런데 사실 추천받아서 들어보면 좋은 곡도 있지만, 자기 취향과 다른 경우가 많을 것이다. 책도 그렇다. 좋은 책이 있지만 내 취향과 다를 수 있다. 또는 좋은 책이지만 내가 지금 그 책을 읽기에는 지적 수준이 안 되어서 이해 자체를 못할 수도 있다. 좋은 책은 있을 수 있다. 하지만 그 책이 '내게도' 좋은 책인 것은 아니다.

스스로 읽고 싶은 책을 고르는 방법은 책이 많은 곳을 '어슬렁' 거리는 것에서부터 시작한다. 대형 서점이나 도서관에서 책의 표지나 제목을 보면서 가벼운 마음으로 산책을 하는 것이다. 그러다 문득 눈에 들어오는 책이 있을 것이다. 그럼 그 책의 머리말, 목차 등을 읽고, 한 페이지 정도만 읽어보면서 읽고 싶은 책인지를 판별해내는 것이다. 대형 서점에 나갈 시간이 없다면 학교 도서관에서 공강시간을 이용하여 때때로 하는 것도 좋다. 특히 자기 분야의 공간에서 이 작업을 많이 하게 되면, 전공 과제를 해결할 때 필요한 자료를 찾기 용이해진다. 또한 자기 전공 관련한 지금의 흐름들(trend)을 알 수 있다. 비단 그 책을 지금 그 순간 읽지 않더라도, 어떤 책들이 어느 곳에 놓여 있다는 것만으로도 충분히 도움 되는 작업이다.

책 읽는 방법, 대부분의 사람들은 일률적이다. 통독과 정독. 책을 읽기 시작했으면 끝을 봐야하고, 읽을 때는 찬찬히 그 내용의 의미들을 음미하면서 읽어야 한다고 생각한다. 좋은 독서의 방법이다. 하지만 모든 책을 이런 방식으로 읽을 필요는 없다. 통독해야 할 필요성이 있다면 통독해야겠지만, 그럴 필요가 없다면 굳이 그럴 필요가 없다. 출판시장이 가열되면서, 다양한 출판 기획들이 선보인다. 그러다보니 책의 제목과 포장, 마케팅에 비해 그 내용이 부실한 경우가 참 많다. 게다가 책 한 권 중에 좋은 내용이 일부분인 경우도 많다. 마치 예전 가수의 CD를 사면 타이틀 곡 외에 한 두 곡 정도만 좋은 노래이고 나머지는 들러리인 경우가 많은 것처럼. 지식을 차곡차곡 체계적으로 쌓아야 할 책이라면 통독의 과정이 필요하지만, 그렇지 않은 책들의 경우 읽기 싫어지거나 별로 감흥이 없으면 안 읽어도 된다.

책을 읽다가 이해의 어려움 때문에 더 이상 진도가 나가지 않는 경우가 종종 있다. 이 한 권에 막혀 있기에, 다른 책으로 옮겨 타지도 못한 채 끙끙대며 멈추어 있게 된다. 다소 융통성이 있으면 다음에 다시 읽어보고 일단 이 부분은 지나간다는 생각으로 갈 텐데, 통독과 정독에 익숙한 독자라면 책이 이기나 내가 이기나 마치 씨름을 하게 된다. 읽으면서 이해의 어려움이 따르는 책은 과감히 덮는 것이 좋다. 나의 이해 수준이 올라와야 그 책을 받아들일 수 있으므로, 일단 덮고 추후의 만남을 기약하는 것이 현실적이다. 마라톤 완주하는 것처럼 책의 끝 페이지까지 그저 문자를 '읽어 나간다'는 것은 독서가 아니라 인내심 훈련이라 할 수 있기 때문이다.

공부를 업으로 삼는 학자들은 책이 많다. 필자 또한 그러해서 서재의 책을 보면 사람들은 한결같이 묻는다. "이 책을 다 읽으신 거예요?" 그들의 기대대로 "그렇다"라고 대답해 주어야 할 것 같지만, 솔직히 말해서 "언제 다 읽니?"라고 답한다. 아니 읽을 시간은 충분할지 모른다. 하지만 "왜 다 읽어야 하니?"가 더 정확한 표현이다. 그러면 그들은 의문을 갖게 된다. "그런데 왜 사셨어요? 또는 왜 가지고 계세요?" 일단 책을 쓰고 읽는 것이 직업이므로 책이 많이 들어온다. 또 어떤 책의 딱 한 두 줄이 필요해서 산 책도 많다. 사실 처음부터 끝까지 다 읽게 되는 소설은 한 번 읽고 버리거나 다른 이에게 주는 편이지만, 한 줄이라도 필요한 책은 가지고 있을 수밖에 없다. 언제 어떻게 필요할지 모르므로.

읽기 위하여 책을 찾는 것만은 아니다. 오히려 사회에 나가게 되면 읽는 책보다는 이용하는 책으로, 즉 리딩(reading)에서 유징(using)으로 책의 이용이 바뀌게 된다. 물론 유징(using)도 기본적으로 리딩이 수반된다. 하지만 차이가 있다. 리딩은 책을 처음부터 꼼꼼히 완독해야 하고, 꾸준한 독서 습관 속에서 많이 읽어두어야 하는 것으로 간주된다. 하지만 유징은 내가 무엇을 하는 데 필요할 때 여러 검색을 통해 자료가 될 만한 것을 찾아내고, 그 필요에 맞는 부분만 읽고 이용하는 것이다. 이를 선독, 발췌독이라 부른다.

읽고 싶어서 책을 찾는 빈도수보다, 읽어야 하기 때문에 책을 찾는 빈도수는 단연 많아진다. "책을 읽어야 하는데 읽어야 하는데…"라는 밀린 숙제 같은 느낌으로 책을 찾기보다는, 살아가면서 어떤 재료가 필요할 때 그 재료가 '책' 속에 있음을 염두에 두자. 그리고 필요할 때 그 책들을 이용하자. 또 우리의 건강을 위해서 비타민을 챙겨 먹는 것처럼, 지금 막 필요한 것은 아니지만, 꾸준히 읽어두면 도움 될 것이기에 평상시에도 책을 읽어야할 이유는 충분하다.

▌그럼에도, 글 읽기의 매력은 있다

최근 '인문학'이 주목받고 있다. 인문학은 인간과 인간문화에 관심을 갖는 학문분야로 자연과학에 대립되는 영역으로 구분되어왔다. 문학, 역사, 철학, 예술 등의 분야가 있다. 디지털사회로 이행되고, 경제가 중요한 가치의 측면이 되었으며, '실용'성을 중요시하면서 그에 반하는 '인문학'의 영역들이 저평가되어왔다. 비록 디지털시대가 되어도, 그 디지털은 인간을 위한 것이며, 그것을 이용하는 것도 인간이다. 이를테면 스마트폰을 계발한다고 했을 때, 그 계발의 방향은 '소비자가 무엇을 원하는가?'를 고민하는 것에서부터 시작한다. 즉, 기술의 계발은 인간의 이해를 기반으로 이루어질 수 있다. 이런 관점에서 '인간에 대한 이해'를 목적으로 하는 '인문학'에 대한 재평가가 이루어지고 있다. 이런 인문학에 대한 이해와 흡수는 단연 '책'을 통해서이다. 이렇게 '인문학'이 유행처럼 번지

자 기업체에서 자소서의 항목으로 ‘자신의 삶을 바꾼 독서’ 내지 ‘최근 읽은 책과 느낌’을 묻기 시작하고 있다. 최근 기업체에서는 ‘독서경영’, ‘지식경영’이 새로운 경영의 기법으로 대두되고 있다. 책이란 시간 되면 읽는 취미의 하나가 아니라, 분명 자기계발의 한 방법이다.

책읽기는 상상력과 창의력을 키운다. 원작 소설을 배경으로 영화한 작품을 본 경험이 있을 것이다. 이 경우 만족하는 사람이 드물다. 글이란 직접적으로 그려주는 것이 아니라, 우리의 상상력이 그것을 그려야 하기 때문이다. 그래서 작가가 쓴 글을 통해 상상하는 그 모습은 제각각이며, 무척 거대하다. 그런데 그것을 영화로 표현하면 내가 상상했던 그 모습과 다르거나, 그 규모가 작아진다. 그러면서 실망하게 된다. ‘읽는 맛’이란 바로 이렇게 내가 상상할 수 있는 자유를 주는 매력이 있다.

전문 지식과 관련한 정보들은 사실 ‘책’에만 존재하는 경우가 많다. 아무리 인터넷이 발달하여도 인류가 축적해온 지식, 출판된 지식이 인터넷을 통해 접속 가능하지는 않다. 저작권 문제 때문에. 물론 오늘날 많은 서적들이 전자책(E-Book)의 형태로 전환되는 과도기이긴 하지만 여전히 고급 지식 정보들은 책의 형태로 유지되고 있다. 대학생들이 과제를 할 때 손쉽게 인터넷으로 해결하려고 한다. 염두에 둘 것은 고급정보는 도서관의 책에 있다. 인터넷 검색하기 이전에 먼저 그 분야의 도서관 서가에 가서 두리번거리는 것이 더 나은 과제의 시작이다.

최근 ‘힐링(healing)’이라는 단어가 사람들의 입에 많이 오르내리고 있다. 몸의 이상에 있어 ‘정신, 심리’는 무척 중요한 부분이다. 이에 대한 치료를 위해서 약물 보다 더 효과적인 치료들을 고민하게 되었다. 그러면서 다양한 대체 치료법들이 나타나기 시작한다. 음악치료, 미술치료, 문학치료 등이 그러한 치료들의 예이다. 이중 문학치료, 독서치료 등이 있다. ‘글’을 통해 심리 상태를 파악하고, ‘글’을 통해 치료를 받는 것이다. 이를테면 어려움을 겪는 한 사람이, 그와 유사한 이야기 속 인물을 만나면서 감정 이입을 하게 된다. 그리고 이야기 속 주인공이 극복하는 모습을 통해 자신도 할 수 있다는 힘을 얻게 된다. ‘글’을 읽고, 쓰면서 힐링의 느낌을 받는 것은 꼭 심리, 정신적 환자만 필요한 것은 아닐 것이다. 삶에 때론 지치고, 힘든 날이 많은 우리들 모두에게는 충전의 기회가 필요하며, 그 하나의 방법으로 ‘글’을 읽고, 쓰는 행위가 있다.

정리하자면, 책을 많이 접하고 읽음은 여러 가지로 도움이 된다. 물론 책이어야만 하는 것은 아니다. 책 이외에 다양한 모습으로 내게 다가오는 것들을 의미화 시키는 것이 중요하다. 책을 읽어야만 한다는 부담감 가질 필요 없다. 좋은 책이 따로 있다는 생각도 할 필요 없다. 자기의 흥미를 끄는 것들로부터 가볍게 읽기를 시작하면 자연스레 '읽는 맛', 눈과 귀로, 직접적으로 전해지는 그 맛과 다른 매력을 느낄 수 있게 된다.

글읽기[리딩(reding)에서 유징(using)으로의 독서]

실습과제

책을 고르는 안목 기르기를 하기 위해서는 어떤 책들이 요즘 출판되고 있는지 서점이나 도서관을 어슬렁거려야 한다. 하지만 오프라인이 아닌 온라인상에서도 이것을 할 수 있다. 우리는 이 과제를 통해 책들의 다양함을 만날 수 있을 것이며, 읽는 독서를 넘어서 이용하는 독서로 나아갈 것이다.

01 작성해야 할 부분 1-책을 고르자

- 네이버 〈오늘의 책〉(http://book.naver.com/todaybook/todaybook_recent.nhn)

- 분야별로 보기를 클릭하고 1) 경제/경영, 2) 인문, 3) 역사/문화, 4) 사회, 5) 과학/공학, 6) 예술/대중문화에서 흥미 있어 보이는 책을 분야별로 2권을 선택한다.(전체 12권)

- 선택한 책들을 짧게 소개하고, 선택의 이유를 적는다.

02 작성해야 할 부분 2-능동적으로 읽기

위에서 골랐던 책 중 한 권을 선택하여 읽는다. 읽으면서 다음의 사항을 따른다.

– 왜 이 책을 선택하여 읽게 되었는가? 밝힌다.

– 책을 읽으며 맘에 들었던, 기억하고 싶은 문장, 표현 등을 적는다.

– 책을 읽으면서 내용과 관련하여 질문 열 개를 만들고 답한다.
  (질문은 절대 퀴즈식이어서는 안 되며, 생각을 묻는 질문을 만든다)

– 선택한 책을 학교도서관에 가서 어디에 꽂혀있는지 확인한다. 그리고 그 주위에 어떤
  책들이 같이 배치되었는지 보고 주목되는 책들의 제목을 적어보자. 왜 주목되었는지
  이유와 함께.

3) 글쓰기를 위한 적극적 글읽기

'무엇인가 생산을 해내기 위함' 때문에 독서를 하는 것은 아니다. 그 자체로 좋기 때문에 글을 읽는 사람이 많다. 음악을 들었을 때 즐거워지는 마음, 재미있는 영화를 봤을 때의 재미와 뿌듯함처럼 글을 읽었을 때 드는 그 느낌, 그 자체만으로도 읽을 이유는 충분하기도 하다. 반드시 무엇을 얻어야만 어떤 일이 가치 있는 것은 분명 아닐 수 있다. 우리가 일반적으로 생각하는 독서란 이러한 형태이다.

무엇인가 하려함 없이 그 자체로 유익함을 얻는 글읽기만 있는 것은 아니다. 학교에서 과제를 할 때 이해를 위해서, 인용할 자료의 목적으로, 아이디어를 구하고자 글을 읽는 경우. 공모전이나 대외활동을 할 때, 회사에서 기획서나 보고서를 작성할 때. 마음의 양식을 쌓는 유희의 글읽기가 아닌 필요에 따른 목적성 글읽기가 점차 많아지게 된다. 따라서 이때의 글읽기란 단순히 글을 읽고 이해하는 1차적인 글읽기 행위에서 그치지 않는다.

가장 기초적인 글읽기는 글의 내용을 파악하는 것이다. 지식을 담은 글이라면 그 지식

을 잘 이해하고 기억하려는 목적 때문에 읽는다. 일반교양 서적이면 기억까지는 아니더라도 그 글을 읽음으로 해서 몰랐던 사실을 알아가는 재미를 느끼기도 한다. 작가의 경험, 느낌을 나누는 글이라면 마치 이야기를 듣듯 작가의 메시지, 느낌을 받아들인다. 어떤 글읽기이든 글의 내용을 요약하고, 이해하는 것은 가장 기본적이다. 물론 감성적 글이라면 머리로의 이해가 아닌 가슴으로의 느끼기가 될 것이다.

그러나 글읽기에서 멈추지 않고 글을 쓰기 위해서는, 무엇인가 끄집어내기 위한다면 1차적인 독서, 즉 책을 읽고, 이해하는 것에서만 그쳐서는 안 된다. 기록을 통한 기억 지속시키기를 하거나, 나의 말과 글로 바꾸어보기, 다른 아이디어로 전환하기, 다른 시각으로 바라보기, 사실에 대한 해석, 의미 부여하기, 쟁점 비판 및 대안 모색하기 등의 다양한 제2차적인 활동들을 해야 한다.

▌기록을 통한 기억 지속시키기

〈요약하여 핵심 파악하기〉만으로는 그 기억을 지속시키기는 어렵다. 심각하게 자신을 흔들어놓은 책이 아닌 경우 시간이 흐르면 줄거리 정도, 글의 취지 정도만 기억날 것이다. 더 시간이 흐르면 책 제목 정도만 기억에 날 것이고, 더 심하면 책꽂이에 꽂혀있음에도 '내가 이 책을 읽었던가?' 기억을 더듬어야 하기도 한다. 그래서 글을 읽으며 느껴진 본인의 느낌과 생각, 또는 내게 울림으로 다가오는 구절이나, 필요할 것 같은 사실(fact)들을 남겨두는 기록이 필요하다.

다이어리 등을 쓰는 사람이라면 다이어리에, 포스트잇 또는 메모지에, 최근에는 스마트폰 앱들을 통해 기록을 한다. 이런 기록을 해둔다면 필요할 때나, 또는 의식하지 않았을 때 문득 그것들과 마주할 수 있게 된다. 감동을 적어놓은 글귀라면 그 감동의 여운을 지속시켜 나갈 수 있다. 나의 글을 쓸 때는 이런 기록들이 직접 인용되듯 이용될 수도 있고, 나만의 표현법을 찾기 위한 아이디어를 주기도 하는 등 막연히 글의 핵심과 취지만을 기억하는 것보다 실질적 도움이 된다.

▌나의 말과 글로 바꾸어보기

〈기록을 통한 기억 지속시키기〉는 읽었던 글의 원문을 그대로 적는 것이라면, 이것을 나의 언어로 바꾸어 기록하는 연습을 해보는 것도 좋다. 글을 온전히 이해했다는 것은 그 글귀를 암기한다는 것을 말하지 않는다. 그 내용을 자신의 언어로 표현했을 때 이해했다고 말할 수 있다. 가슴을 울려주는 인상 깊은 한 문장 또한 자신의 표현으로 바꾸는 연습을 해보면 글의 소비자가 아닌 생산자가 될 수 있게 되는 것이다.

세상의 유명한 말들, 명사(名士)들의 어록들 찬찬히 읽어보면, 그것들을 읽기 이전에 이미 그것을 알고 있거나, 느꼈던 것일 경우가 많다. 세상의 유명한 명언들 대부분은 내가 몰랐던 사실을 알려주었다기보다는, 내가 이미 알고 있는 생각과 느낌을 잘 포장해주어서, 공감해서, 또는 지금 내게 필요한 말이어서 좋은 경우가 오히려 더 많을 것이다. 더 재미있는 것은 어록들을 모아보면 똑같은 내용에 표현들만 다르다는 것을 알게 된다. 표현만 바꾸면 나도 근사한 어록을 남길 수 있는 것이다.

글읽기[명언 만들기]

실습과제

01 내가 좋아하는 문장을 적는다.

02 그 문장을 나만의 표현으로 다시 적는다. 똑같은 뜻이 아니어도 되며, 다른 뜻을 만들어도 된다.

(예) 인생은 짧고, 예술은 길다.(훌륭한 예술은 시대를 초월한다)

– 바흐를 만날 순 없지만, 바흐의 음악은 들을 수 있다.

– 돈은 배를 채우고, 예술은 가슴을 채운다.(돈만으로 사는 것은 아니다)

– 인생은 길고, 예술은 짧다.(대중예술을 비판)

▌다른 아이디어로 전환하기

우리의 배움이란 직접적 가르침으로는 한계가 있다. 이를테면 PPT를 멋지게 만드는 방법을 알려준다고 해보자. 일반적인 매뉴얼이 있어서 다양한 기능들을 설명해주고 나름 대로 화려한 기술들을 알려준다. 하지만 알려줄 수 있는 수준은 거기까지이다. 그 이상으로 하려면 본인이 고민하여 기존의 것들과 차별화시켜야 한다. 또한 미감들은 시간에 따라 변한다. 내가 만들어놓은 PPT를 1년이 지난 후에 다시 보게 되면 부끄러움을 느끼게 되는 것도 미감의 발달 때문이다. 이런 것들을 어떤 책이나, 누군가가 어떻게 가르쳐 주겠는가? 일정 정도의 기본은 가르침이 가능하나 그 이상을 위해서는 본인의 터득이 필요하다. 그 무엇도 배움의 길이란 이와 같고 글쓰기 또한 그러하다.

'터득', 스스로 이루어낸 차별화된 경지. 이것이 이른바 요즘 대두되는 창의성이다. PPT를 아름답게 만들기 위한 방법은 PPT 교재와 강의 밖에 있다. 살면서 자기가 보고 듣는 것들을 PPT에 응용했을 때 발전된 것을 만들 수 있다. 이를테면 필자의 경우 PPT에 인쇄광고, 포스터 등을 많이 보고 응용한다. 그러면 간단하지만 인상 깊은(simple and impact)한 화면을 만들 수 있게 된다. 또 TV나 영화, 광고의 도입부(intro) CG를 응용하여 PPT 애니메이션 효과를 만든다. 동적인 PPT화면은 강의를 듣는 학생의 주목을 이끌어 낼 수 있다.

만약 지금 설명하고 있는 바를 PPT화면으로 만든다면 필자는 다음과 같이 만든다. 즉, 포스터처럼 상징적인 이미지에, 제목을 얹는 방식이다. 이는 광고포스터를 응용한 방식이다.(생각해보라. '왜 하필 영국의 공중전화 사진일까?)

얼마 전 영국의 한 마을에서는 핸드폰으로 인해 쓰임이 없는 공중전화 박스를 철거하지 않고, 그곳에 마을 책방으로 활용했다는 뉴스가 있었다. 자신들이 다 읽어 필요하지 않은 책들을 그곳에 갖다 놓으면, 원하는 사람들이 언제나 그 책을 가져가 읽을 수 있는. 전화를 하는 용도로 만들어진 공중전화박스를 다른 아이디어로 전환한 예이다.

글을 쓸 때, 다른 정보들을 끌어온다면, 아이디어를 전환한다면 보다 좋은 글이 될 수 있다. 글을 쓸 때 예시를 들거나 비유를 할 때가 많다. 개념을 설명하면 선뜻 이해되지 않지만, 예를 들어주거나 비유를 들면 흥미도 있고 이해도 빠르게 된다. 비유와 예시가 들어있는 한 단락의 글을 보자.

> 글쓰기는 '디자인(design)'이다. 디자이너는 보는 사람의 마음을 훔치는 것이 생명이다. 예를 들어, 냉장고를 산다고 해보자. 이제는 기술력의 평준화가 되면서 브랜드 사이의 격차가 거의 없다. 그래서 소비자들이 냉장고를 살 때 많이 고려하는 것이 가격대 성능비와 함께, 디자인이다. 여러분이 휴대폰이나 노트북 등을 살 때도 마찬가지로 디자인은 상당히 고려대상일 것이다. 얼마나 제품을 매력적으로 보이게 하는가 디자이너는 고민한다. 글을 쓰는 사람 또한 고민한다. 얼마나 나의 글이 매력적일까를. 어떻게 읽는 사람의 마음을 움직일까를. 그래서 글쓰기는 디자인이다.

'좋은 글이란 독자를 염두에 두어 감동을 주어야 한다.' 이 한 문장이면 요약되는 글이다. 디자인과 글쓰기의 공통점을 들어 설명의 이해를 높였다.

> 경영학 영어로 벤치마킹(benchmarking)이 있다. 간단하게 말하면 잘하는 회사 보고 따라하기. 물론 그대로 똑같이 따라하지는 않는다. 자신의 회사 실정에 맞게, 그리고 오히려 그것을 뛰어넘으려는 노력을 함께 기울인다. 벤치마킹은 비단 경영학에서만 중요한 개념은 아니다. 글쓰기에도 벤치마킹이 필요하다. 누군가 잘 쓴다고 여겨지는 사람의 글을 흉내 내어 써보기. 그러면서 점차 그것과의 차별화를 꾀하면서 자신의 글솜씨를 높여 나갈 수 있다. 소설을 쓰는 이들이 이른바 유명 소설가의 '필사', 베껴쓰기를 훈련하기도 한다. 베껴쓰기를 하면 그 작가와 똑같아 질 거라 여겨지지만, 그 과정에서 읽을 때 안보이던 장점과 단점을 발견할 수 있다. 남을 잘 알아야 차별화도 가능해지는 것이다.

경영학의 벤치마킹 개념을 글쓰기로 전환하고 있다. 한 분야의 정보는 곰곰이 생각해보면 다른 분야로의 확장, 전환이 무궁무진하다. 따라서 그 분야의 울타리에서만 글을 이해하는 데서 그치지 말고, 그것을 나의 분야로 끌고 올 수 있어야 한다. 〈다른 아이디어로 전환하기〉는 내 글을 읽는 사람의 이해를 돕기 위한 예시, 비유 등의 기법으로도, 나의 사고 확장에서도 도움될 만한 활동이다.

글읽기[이어쓰기]

실습과제

01 아래에 제시한 문장에 이어질 문장을 자신의 경험과 전공지식 등을 이용하여 써 보자.

(제시문장)
"카레는 만든 지 하루 된 것이 맛있다. 막 만들어진 것보다 시간이 지나야 맛이 더해지는 경우도 있다." 어찌 이 뿐이겠는가?

▌다른 시각으로 바라보기

글을 읽는 가장 고전적인 이유는 글쓴이의 생각을 흡수하기 위함이다. 글쓴이의 메시지(message)를 해독해내는 것이다. 소설을 읽을 때 소설가는 인물과 사건을 통해 이야기를 들려주지만 그 속에는 독자들에게 말하고픈 메시지가 있기 마련이다. 그 메시지를 우리는 흔히 주제라고 말한다. 〈심청전〉하면 효, 〈춘향전〉하면 정절이라는 주제를 담고 있다고 정리하듯이.

그런데 문학이란 작가의 생각이 곧 정답은 아니다. 작가는 이런 의도에서 썼지만, 읽는 사람이 다르게 이해할 수 있는 것도 대단히 소중한 문학 행위라고 말한다. 〈춘향전〉이 정절을 말하는 것 같지만, 다른 측면에서 오늘날 드라마에서도 반복되고 있는 '백마 탄 왕자' 만난 착한 여성 주인공과 유사하다는 것을 발견할 수 있게 된다. 그래서 오히려 '정절'의 키워드 보다 '대리만족, 인간의 욕망'이라는 키워드로 〈춘향전〉을 읽어낼 수 있는 것이다.

예술 작품은 이렇게 열린 해석의 자유가 있다. 오히려 예술은 맘껏 해석의 나래를 펼칠 기회를 제공하는데서 존재 이유가 있기도 하다. 공감과 이해가 최고의 감상법만은 아닌 것이다. 이런 해석의 자유가 문학을 이해하는 것에만 국한되지는 않는다. 학자들의 논문도 이런 해석의 자유 경쟁이기도 하다. 특히 전공 교수들이 요구하는 밀도 있는 레포트는 이런 '다른 시각으로 바라보기'를 요구하곤 한다.

한편 늘 우리가 주목하는 것만 주목할 필요는 없다. 우리의 초점을 다른 곳으로 두면 우리는 또 다른 이야기를 할 수 있다. 이를테면 〈춘향전〉을 춘향이와 이몽룡, 변학도 세 사람이 주인공이라 할 수 있는데, 한번 주인공을 이몽룡의 종 방자로 볼 수는 없을까? 그러면 정절, 신분상승이라는 프레임(frame)이 아닌 다른 이야기들이 가능해진다.[5] 어떤 면에 있어서 방자는 이몽룡의 충성스런 하인이기도 하지만, 상전의 약점을 잘 알고 있어 뒷담화를 하는 인물이다. 또한 빛나는 조연이 얼마나 극을 재미있게 만들 수 있는지를 알 수 있게 된다. 오늘날 영화나 드라마에서 주연 못지않게 빛나는 조연의 역할을 이미 조선시대의 사람들도 맛보고 있었던 것이다. 여기서 조금 더 상상력을 발휘하는 사람은 영화 〈방자전〉처럼 방자와 춘향이의 로맨스라는 또 다른 이야기를 만들어내기도 한다.

▮ 사실에 대한 해석, 의미 부여하기

의견, 주장을 펼칠 때는 여러 작업들이 필요하다. [자료수집]-[정리]-[분석] 이라는 과정을 거쳐서 자신의 주장을 완성해나간다. 가장 기본은 사실 정리이다. 이른바 팩트(fact)를 아는 것이다. 이를 위해 자료를 수집한다. 이때 함께 수집해야 할 정보는 같은

---

5) 프레임(frame)이란 '틀'로 해석된다. 영상이나 사진에서 사용하기도 하고, 기계 분야에서도 사용한다. 요즘에는 언론이나 정치에서 많이 사용한다. 흔한 용법으로 '프레임에 갇히다'식으로 쓴다. 즉, 어떤 사건을 편중된 정치 시각으로 바라보는 것을 의미한다. 따라서 프레임이란 '바라보는 시선, 논점'이라고 거칠게 정의할 수 있다.

주제를 가지고 기존에 어떤 사람들이 어떻게 주장했는가, 이른바 '선행주장'들이다. 선행주장을 보고 굳이 내가 또 새롭게, 다르게 주장할 것이 아니라면 굳이 글을 쓰거나 말을 할 필요는 없기 때문이다. 선행주장들이 나의 주장과 어떤 면에서 갖고 다른지를 함께 언급해야 동어반복이 되지 않는다.

모아진 자료를 정리하고, 그것을 분석 내지 해석하는 것이 그다음 일이다. 단순히 사실만을 모은다고, 그것에서 결론이 나오지 않는다. 그것에 대한 해석을 해야 한다. 예를 들어, 〈한국 교육의 문제점〉에 관한 글을 쓴다. 그러면 먼저 한국 교육에서 문제가 되는 현재의 상황들을 정리해야 한다. 공교육의 붕괴와 사교육의 과열, 학생들의 인성 결여, 과열된 경쟁에 의한 학생의 행복권, 학벌 위주의 사회 등등의 사례들을 모을 수 있게 된다. 그런데 그 사실을 말하는 것만이 주제의 귀결은 아니다. 주제는 문제점이라고 하지만 실상 그 문제에 대한 해결 방안까지 언급해야 하는 것이다. 해결 방안을 마련하려면 드러나는 문제점이 아닌, 그 문제점을 일으키는 원인을 고민해야 한다. 이것이 바로 해석이다. 그 원인을 입시 위주의 교육 방식으로 볼 지, 성공과 학벌을 우선시하는 사회의 분위기로 볼 지, 과열된 부모들의 열망으로 볼 지 바라보는 시각에 따라 원인과 결과는 달라지기 때문이다.

대학에서 가장 쉬운 과제 중의 하나가 '무엇무엇 조사'이다. 인터넷에서 키워드만 집어넣으면 바로 보고서(report) 작성할 정도의 글들이 나오고, 그것을 복사해서 짜깁기만 하면 되기에 많은 시간이 소요되지 않는다. 그런 조사 과제를 내주면 거의 제출된 결과들이 유사하다. 그러나 결국 학점을 잘 받는 학생들은 다른 학생과는 차별된 결과를 제출한다. 어떻게 하면 차별화될 수 있을까?

다른 학생들이 인터넷 정도에서 정보를 수집할 때 조금 더 성실하게 도서관의 책들을 인용하여 조사의 범위를 넓힐 수 있다. 또는 단순히 '조사'만 하지 않고 그 조사된 정보를 해석하거나 분석, 더 나아가 활용한다. 예를 들어, 〈스마트폰의 발전〉을 조사해오라는 과제가 주어진다면 무엇을 할 것인가? 어떻게 스마트폰 기기의 사양(스펙), 어플리케이션, 서비스(속도, 서비스범위), 정책, 가격 등이 시간적으로 변화해왔는가를 조사할 것이다. 이것은 누구나 할 만한 내용이다. 그런데 더 고민하는 사람은 여기에 해석, 분석, 응용을 덧붙이는 것이다. 여러 나라들의 스마트폰 서비스와 비교하면서 한국의 스마트폰 시장 특수성을 밝힌다거나, 스마트폰의 발전이 가능했던 배경 원인들을 고민해볼 수 있다. 또는 스마트폰의 발전을 자신의 전공과 결부시키는 응용을 할 수 있다. 자신의 전공이 사회복지라면 〈사회복지와 스마트폰의 발전〉이라는 항목을 더할 수 있다.

염두에 둘 것은 '사실'을 아는 것은 그 다음 무엇을 하기 위한 기반 작업이라는 것. 그냥 '사실'을 아는 것에서 멈추지 말고, 그것을 해석하거나 의미를 부여하는 적극적인 글읽기를 해야 한다.

▎쟁점 비판 및 대안 모색하기

의견이나 주장이 담긴 글을 읽을 때, 그 사람의 주장과 의견을 아는 것에서 그치지 않아야 한다. 단순히 이해의 목적이거나, 정리가 목적이라면 읽는 글의 주장을 정리만 해도 된다. 하지만 그것을 통해 나의 생각을 가다듬을 때는 항상 '비판'의 의식을 가지며 글을 읽는 습관을 들여야 한다. 이런 식의 읽기를 '필자와 겨루듯이 읽기'라 말할 수 있다. 필자의 말이 진리가 아니라 하나의 의견이고, 그 의견이 나와 어떻게 같고 다른지 일정한 거리를 유지하며 읽는 것을 말한다. 세상에 우리가 말하는 진실, 진리들은 많은 경우 상대성이 있다. 바라보는 시선에 따라, 해석에 따라 다른 답들이 가능하다. 따라서 글을 읽을 때 항상 '그래? 아닐 수도 있잖아'라는 반론을 제기하듯 읽을 필요가 있다.

학문적인 글쓰기가 있다. 대표적으로 논문이라 말한다. '논(論)'하는 글이다. 주장을 하고, 그 주장을 설득하기 위하여 그에 대한 근거를 제시하는 글을 말한다. 교수들이 쓰는 논문이 그러한 형태이며, 그에 따라 학생들의 레포트들도 이런 논문의 형식을 요구하는 경우가 많다. 대학의 저학년일 경우 과제의 수준은 조사, 느낌과 생각에 대한 글쓰기 정도이다. 하지만 점차 수준이 높아지면 점차 몸이 바빠지거나 머리가 아파지는 과제를 내주게 된다.

몸이 바빠지는 과제는 시간을 요하며, 어떤 행위를 해야만 얻어지는 과제들을 말한다. 실험이나 작품을 제작한다거나, 다양한 공간을 답사 내지 탐방해야 하거나, 실제 삶의 경험들을 통해 과제 결과를 얻게 하는 것이 그러한 과제들이다. 이보다 더 힘든 과제는 머리를 아프게 하는 과제이다. 이해하기 힘든 자료들을 읽고 해석해야 한다. 이해만도 어려운데 그에 대한 나의 주장을 마치 교수처럼 내놓기를 원하기까지 한다. 이런 과제는 바로 작은 논문, 이른바 소논문의 형식을 갖고 쓰게 된다. 이것을 잘 소화해내기 위해서는 쟁점을 비판하고, 대안을 모색하는 훈련을 쌓아야 한다. 그러기 위해서 항상 글을 읽거나 무엇을 들을 때 '왜?', '정말?'이라는 반문을 하는 습관을 가져야 한다.

비판하고 대안을 모색하기 위해서는 비판적으로 글을 읽어야 하는데, 문제는 이렇게 읽기 위해서는 기반 지식들이 필요하다는 점이다. 하나의 글을 이해하고 비판하기 위해서 몇 배, 몇 십 배의 글을 읽어야 하는 수고로움을 경험해야 한다. 물론 자기가 알고 있는 선에서 "그건 아니고, 이럴 수 있지 않을까?" 주장할 수도 있다. 하지만 내 주장과 의견이 내가 읽은 것보다 답에 가깝다는 증명은 어떻게 할까? 그러기 위해서는 여러 근거 자료들, 나의 의견에 근접한 다른 의견들 다양한 증거들을 확보해야 하는 것이다.

우리가 토론 프로그램을 보거나, 살아가다 보면 너무 자신에 차서 자신의 주장을 펼치는 사람들을 본다. 때론 멋져 보이기도 하지만, 또 어떨 때는 너무 독선적이게 비쳐지기도 한다. 불완전한 근거를 들이대면서 자신의 주장이 맞다고 주장한다거나, 근거 없이 자신이 진리라고 외치거나, 근거라고 제시한 자료들을 자기 편한 대로 해석한다거나. 항상 무엇인가를 주장하기 위해서는 신중함이 필요하다. 그리고 반대의 입장에서도 서봐야 한다. 그래서 항상 '반론'을 예상하면서 자신의 의견과 주장을 가다듬는 자세가 필요하다.

3. 글 쓰는 습관 기르기

무엇인가를 잘하기 위해서는 어려움의 단계를 넘어서야 한다. 비약적으로 잘하려는 생각에 우리는 '비법'을 찾곤 하지만, '비법'은 없다. 그러나 방법은 있다. 쉬운 것에서부터 어려움의 단계로 차근차근 옮겨가는 것이다. 글쓰기의 쉽고, 어려움의 단계라니? 우선 지금 당장 글을 쓰더라도 쉬운 글은 어떤 글일까?

– 전문적인 분야에 대한 글쓰기보다 내가 잘 알고 있는 글쓰기가 쉽다.
– 문학적인 수사법이 들어간 글쓰기보다, 사실을 있는 그대로 적는 것이 쉽다.
– 어떤 주장을 하는데 있어 내 주장을 펼치기보다, 다양한 주장을 정리하는 것이 쉽다.
– 구성과 형식을 갖춰서 써야 하는 글보다 자유롭게 긁적이는 것이 쉽다.
– 평소 관심도 없었던 주제를 쓰는 것보다 나와 관계되는 것을 쓰는 것이 쉽다.
– 쓰는 것보다 때로는 그리는 것이 쉬울 때가 있다.

앞서 보았던 세상의 글쓰기 종류와 연관 지어 보면, 보다 익히기 쉬운 글쓰기는 일상 글쓰기이다. 그 다음 실용 글쓰기, 그 다음은 문학과 학술 글쓰기라고 할 수 있다. 따라서 자신의 필요에 의해서 어떤 글쓰기를 익힌다 하더라도, 가장 먼저 시작해보면 좋은 것이 일상 글쓰기의 영역들이다. 이런 일상 속의 글쓰기는 특별할 때 간간히 쓰는 것이 아니라 생활 속에서 습관으로 갖는다면 좋은 것들이다.

글쓰기의 훈련을 위해서가 아니라 그 자체로 도움이 될 만한 일상 글쓰기로 메모, 일상 기록 등을 권할 수 있다. 이는 누구나 다 알만한 것이고, 실제 쓰는 사람들도 많을 것이다.

다만, 쓰는 이들 경우 그 방식을 조금 더 입체적으로 한다면 좋을 것이고, 일상기록 등을 하지 않는다면 시도해보는 것이 좋다. 이와 아울러 글쓰기는 내용을 표현하는 수단에 불과하다. 표현의 방법보다 더 중요한 것이 '내용'에 있다. 그래서 글쓰기의 핵심은 '내용'이라고 할 수 있다. 내용을 만들어내는 훈련, 내용을 만드는 일상에서의 습관이 필요하다.

이 장에서는 글쓰기를 잘하기 위한 일상의 습관들로 쓰는 습관과 생각하는 습관 두 가지 부분에서 이야기하고자 한다. 쓰는 습관으로 메모, 아이디어 쓰기, 일상기록에 대해서 말할 것이고, 생각하는 습관은 창의성이라는 항목에서 말할 것이다.

1) 메모

메모(memo)는 다른 사람에게 말을 전하거나 자신의 기억을 돕기 위하여 짤막하게 글로 남기는 것을 의미한다. 메모장이나 포스트잇에 글로 쓰기도 하고, 스마트폰의 메모 관련 앱을 이용하기도 한다. 다소 써야할 내용이 많거나, 다소 입체적인 메모를 하고 싶은 경우 노트를 이용하기도 한다.

굳이 어떤 방법이 나은지 따질 필요는 없을 것 같다. 어떤 방법이든 내가 실천하기에 용이한 것을 선택하는 것이 낫다. 필자 같은 경우도 손에 가장 빨리 닿는 것에 메모를 한다. 자판으로 두드리는 것보다 쓰는 것이 빠르기에 펜과 종이를 이용한 메모를 많이

썼지만, 어디를 가더라도 필요할 때 꺼내볼 수 있고, 문자(텍스트)가 아닌 이미지나 소리 등도 저장할 수 있는 장점이 있어 대체로 스마트폰을 이용한 메모를 많이 하고 있다. 그럼에도 반드시 기억해야 할 것들, 그래서 눈앞에 계속 보여야 하는 것들은 포스트잇에 써서 노트북에도 붙이고, 책상, 방문, 냉장고 등 가능한 많이 붙여둔다. 심지어 방의 불을 켜고 끄는 스위치까지도. 무엇보다 중요한 것은 방법이 아니라 실천이다. 이를

습관화해야 한다.

메모가 유용하다는 점은 수많은 책들이 증명하고 있다. 인터넷에 '메모'라고 검색해보면 수없이 많은 책들의 목록이 정렬될 것이다. 사회에 이름을 날리는 많은 사람들이 '메모광'이라 불릴 만큼 메모는 그 실용적인 이점들이 많은 듯 보인다. 다양한 메모의 쓰임, 그리고 그것이 어떤 이점들을 주는지 살펴보자.

▌기억 유지 : 해야 할 일들, 잊지 않아야 할 것들

가장 흔한 메모는 '해야 할 일들'을 기록해두는 것이다. 그리고 그 메모를 눈에 잘 보이게 붙여두곤 한다. 중요한 약속 사항을 적어놓는 다거나, 꼭 내가 해야 할 일을 눈에 잘 띄게 붙여놓음으로써 '딴짓 하기'를 막기도 한다. 무엇인가를 사야할 것이 있는 경우 리스트(list)를 적어놓지 않으면 막상 마트 등에 가서는 눈에 보이는 대로 사게 되거나, 정작 사야했던 중요한 한두 가지를 사지 않고 돌아오는 경우도 있다. 메모는 기억의 유효기간을 늘려준다.

▌지적 호기심, 다시 찾아봐야 할 것들

무엇인가 보고 듣고 감각 체험할 때, 호기심이 가는 단어들을 잡아낸다. 예를 들어서, 소설책을 읽는데 그 속에서 이런 부분이 나왔다고 해보자.

수없이 많은 사람들로 둘러싸여 있는 그의 귀는 이어폰으로 차단되어 있었다. 거기서는 글렌굴드(glenn gould)의 바흐 골든베르그 변주곡이 흘러나오고 있었다. LP로 녹음된 이 음반에는 녹음하고 있는 장소의 공기 입자 소리마저도 녹음한 듯한 생생함이 있었으며, 글렌굴드의 읊조리는 허밍음이 고스란히 담겨 있었다. 작은 방안, 피아노와 대화하는 한 피아니스트, 그 속에 마치 그가 초대된 듯, 그는 두 눈을 감았다. 이내 그는 피아니스트가 된 듯 읊조리며, 허공을 향하여 손가락들을 움직이고 있었다.

이 글을 읽는 독자는 '글렌굴드(glenn gould)의 바흐 골든베르그 변주곡'이 무엇일까 궁금해질 수 있다. 이때 그냥 그러려니 지나가는 것보다는 직접 찾아보거나, 아님 정말 그 음악을 틀어놓고 소설을 읽어보는 것이 좋다. 더 생생한 환경으로의 감정이입을 할 수 있으므로. 또는 작가가 어떤 느낌을 전달하고 싶은지를 더 가깝게 느낄 수 있기 때문에. 상황이 여의치 않는다면 나중에라도 그 음악을 찾아보기 위하여 연주가와 음악의 제목을 메모해 두면 좋다.

책이 아닌 무엇을 보거나, 들을 때 생소한 용어가 나오거나, 호기심 가는 것이 나오면 즉시 그것들을 메모해두는 것이 좋다. 왜냐하면 스치듯 본 정보들은 그야말로 스치듯 사라지곤 하기 때문이다. 시간이 흘러 '그때 봤던 것 같은데'하며 아무리 기억을 되살리려고 해도 쉽게 떠오르지 않았던 경험은 누구나 수차 해봤을 것이다. 사라지는 기억들의 발목을 잡아, 그 기억들을 유지시키는 방법으로 메모는 이렇게 중요한 것이다.

또 한편으로 이런 메모가 중요한 이유는, 지식의 확장을 위해서이다. 한 가지의 사실을 만날 때 거기서 촉발되는 또 다른 사실을 릴레이식으로 알아가는 습관은 참으로 좋은 습관인 것이다. 하나하나씩 개별로 지식들을 습득하면 그 지식들을 연결 짓기가 어렵다. 또한 이런 릴레이들은 하나의 재미가 되곤 한다. 마치 인터넷의 하이퍼링크처럼 클릭하면 또 다른 세부적인 정보를 만나면서 입체적인 정보를 접할 수 있는 것과 같은 것이다.

▌감동, 그 여운을 문장으로

멋진 표현, 문장을 만나면 마치 어떻게 이런 표현을 생각해낼 수 있을까 감탄을 느낄 때가 있다. 이런 감동을 유지하고 싶어서 그 표현어나 문장을 그대로 메모의 형식으로 받아 적는 경우가 많다.

그 문장이나 표현을 직접 손으로 받아 적으면 읽을 때는 몰랐던 글자 하나하나에 대한 매력이 몸으로도 전해지는 듯한 느낌을 받을 수도 있다. 그리고 그렇게 기록하고, 때때로 보면서 차츰 그 문장들을 기억하게 된다. 이렇게 기억된 문장이나 표현은 타인과 대화할 때나, 또 다른 글을 쓸 때에 인용할 수 있는 재료가 되기도 한다. 누군가의 강연을 듣거나, 칼럼을 읽을 때 흔히들 '누군가가 이렇게 말했습니다.' 식으로 말하는 것처럼, 멋진 표현구나 문장을 많이 기억해두면 실질적으로 내가 말을 하거나, 글을 쓸 때 큰 도움을 받게 된다.

멋진 표현이나 문장은 자극제가 되거나 치유(healing)가 되기도 한다. 예를 들어, 수험생들의 방을 떠올려보자. 이 글을 읽는 여러분들도 한 번쯤 책상머리 맡에 써 붙여 놓기도 했을 것이다. "피할 수 없다면 즐겨라", "결과는 노력을 배신하지 않는다" 등등. 이런 표현이나 문장들을 통해 풀어져 있을 때 긴장할 수 있는 계기가 되고, 때론 힘들고 지쳐 있을 때 말 한 마디이지만 고비의 위기를 모면할 수 있게 된다.

아래의 사진은 광고 크리에이티브 박웅현의 『여덟단어』라는 책을 읽다가 발견한 좋은 문장이다. "우리 인생은 몇 번의 강의와 몇 권의 책으로 바뀔 만큼 시시하지 않습니다.", 즉 삶을 살 때 자존(自尊)감을 가지고 살아가라는 응원이다. 그렇다. 20년간 살아오면서 퇴적층처럼 쌓여진 신념, 생각 등이 단 몇 시간 만에 해체되지는 않다. 오히려 해체된다면 그야말로 20년을 헛산 것은 아닌지 의심을 해봐야 할지도 모른다. 괜찮은 말을 만나면 이렇게 받아 적어보면, 한 글자 한 글자를 다시 음미해볼 수 있게 된다. 그리고 언제든 가끔씩 이 문장들을 보며 나의 마음을 다시 한 번 여밀 수 있게 된다.

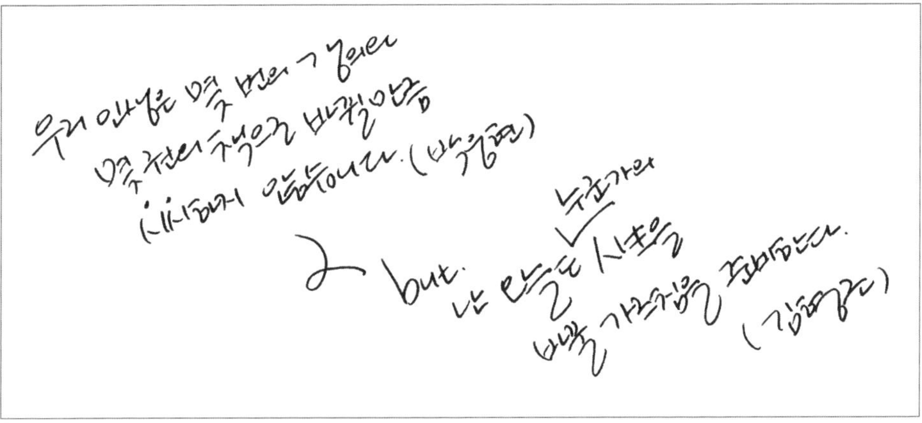

그러나 그 문장을 받아 적는데 그치지 않고, 나름대로 나의 생각을 덧붙일 수 있다. 필자는 강의할 때마다 강의를 듣는 학생의 '변화'를 꾀한다. 많지는 않지만 나를 만나면서, 나의 강의를 만나면서 인생이 바뀌는 아이들을 본다. 물론 전적으로 그것이 '나와 나의 강의' 때문만은 아니다. 그 학생이 내적으로 변화하고자 하는 마음이 있고, 외적인 충격이 아주 절묘한 타임에 만나야 가능한 것이다. 그럴지라도 난 항상 강의를 할 때면 꿈꾼다. 몇 번의 강의로 누군가의 삶을 바꾸고 싶다는 희망을. 이처럼 좋은 말을 만나면 다시 한 번 음미하면서 나의 생각으로 바꾸거나 비틀기를 해보는 것도 좋은 글쓰기 훈련이다.

▌나의 생각과 표현으로 바꾸기 또는 비틀기

아주 긴 글이 맘에 들기도 한다. 그런데 그 글을 다 메모할 수는 없을 것이다. 이때는 메모보다 복사를 하는 것이 더 나을 수도 있다. 복사물을 지니고 다닐 수 없어 언제나 휴대할 수 있을 정도의 메모를 해야 한다면, 가장 중요한 글의 핵심을 요약하면 된다. 핵심 요약을 할 때 원문의 중요 키워드 외에는 읽는 사람의 관점에서, 읽는 사람의 표현으로 적는 것이 좋은 방법이다.

많은 사람들의 경우 요약 기술들이 없는 경우가 많다. 흔한 대학 과제중 하나인 '텍스트 읽고 요약하기', 대부분의 학생들은 중요 문장에 밑줄 치고, 그 밑줄들을 쭉 연결하는 것이 요약이라 생각한다. 즉, 용량 줄이기 한 것을 요약이라 오해한다. 요약이란 요지를 축약하는 것으로, 글을 읽은 사람의 문장으로 하는 것이다. 물론 긴 글이어도 핵심문장이 있더라도, 그것을 그대로 베껴 쓰는 것도 좋겠지만, 그것을 내 언어로 바꾸는 연습을 끊임없이 해야, 남의 말이 아닌 나의 말을 할 수 있게 된다. 유명한 명언이나 어록들을 보면 결국 같은 뜻이지만, 표현의 다른 경우가 많지 않은가? 나의 말을 할 수 있다면, 명언을 만들 수도 있게 된다.

앞서의 필자가 메모한 예에서 보았듯이 굳이 동의하는, 좋아하는 문장만 메모하지 않고, 반대로 나와 생각이 다른 문장을 메모할 때도 있다. 그리고 난 어떻게 생각이 다른지 수정을 같이 한다면 더욱더 좋은 메모가 될 수 있다.

▌짧은 의사소통(communication) 또는 친교

메모는 자신이 쓰고, 자신이 읽는 것이 보통이다. 그러나 간단한 메모로 다른 이와 의사소통하는 경우도 많다. 필자의 어렸을 적 핸드폰이 없었던 시절, 학교를 마치고 집에 돌아오자 어머니가 안 계실 때, 나의 책상에는 저녁 값과 어머니의 메모가 남겨져 있곤 했다. "아들, 엄마 잠시 어디 좀 갔다 올게. 이 돈으로 맛있는 거 사먹고, 숙제 하고 있어. 금방 다녀올게. 엄마가"식의 메모이다.

대학의 도서관에서 공부하면 자주 이런 풍경들도 목격된다. 한 학생이 자리를 비운 사이, 그 학생의 친구로 보이는 학생이 몰래 레드 뭐시긴가 핫 뭐시긴가가 적혀있는 음료수와 함께 응원의 문구가 적혀있는 메모지를 놓고 사라지는 것이다. 또는 마음으로 찍어

둔 여학생에게 선뜻 말 걸기가 부끄러워 메모지에 자신의 연락처를 남겨놓는 학생들도 있다. 회사에서도 직원들 간 응원을 위해 메모를 활용하거나, 업무에 대한 간단한 '확인'을 위해서도 메모는 이용된다.

물론 앞서의 다른 메모 상황들도 이제는 펜과 메모지를 이용하기 보다는 컴퓨터나 스마트폰으로 대치되는 경우가 많다. 더욱이 짧막한 타인과의 소통에 있어서는 더욱더 펜과 메모지의 필요성이 약화되어가고 있는 것도 사실이다. 그러나 특히 사람과의 소통에 있어서 디지털의 힘보다는 아날로그의 힘이 강력할 때가 많다.

▌메모하기, 좋은 줄 알지만, 실천이 안 돼

메모가 무엇인지, 어디다 메모를 할 지, 어떤 목적으로 하는 지는 굳이 여기서 설명을 안 들었다고 해도 우리가 충분히 아는 부분일 수 있다. 그러나 중요한 것은 실천이 잘 안 된다는 것. 그리고 안하는 것과 하는 것의 차이를 크게 느끼지도 못한다. 분명 머리로는 메모하는 것 좋을 수도 있겠다 이해할 수 있지만, 실천하기란 귀찮게 느껴지기도 한다. 바로 이래서 습관화가 필요하다. 이를 위한 실천과제(미션)를 한번 수행해보길.

글 쓰는 습관 기르기[메모 습관화]
실습과제

- 1주일간을 정해서 메모를 의도적으로 실천한다.

- 최대한 많은 메모를 남기는 것이 중요

- 포스트잇, 스마트폰 앱 등 다양한 형태의 메모를 해볼 것

- 메모의 다양한 기능을 활용해보고, 자기만의 활용방법을 고안해볼 것

- 각 메모는 방식 별로 보고서에 붙이고, 붙이기 어려운 것은 인증샷 첨부
  (메모장, 포스트잇, 스마트폰 어플)

- 이 활동을 통해 무엇을 느끼고 얻었는지 소감을 쓴다.

메모의 실천이 안 되는 이유 중 또 하나는 언제 무엇을 메모로 남겨야 할지에 대한 감이 없는 경우가 많다. 이를테면 가장 흔한 메모 중 하나인 좋은 글귀를 발견했을 때. 메모가 습관화되어 있는 사람들은 그 말을 기억하고 싶어 할 때 메모를 쓴다. 또는 한번 그 말을 받아 적어 봄으로써 그 말의 의미를 더 곰곰이 생각할 시간을 갖는다. 그러나 메모의 습관화가 안 된 사람들은 그 순간만 "아, 좋은 글이네"하고 지나가는 정도이거나, 아예 그것에 대해 인상 깊어하거나, 감동을 느끼지 못한다. 쓰는 습관은 단순히 손의 습관이 아니며, 그래서 글쓰기란 손이 써내는 손기술이 아니다. 글쓰기는 바로 감·느낌·감성의 기술이기도 하다.

메모의 실천을 한다는 것은 실용적인 목적에서만 중요한 것이 아니라 어떤 대상을 새삼스러이 받아들이는 감각, 감성의 훈련이기도 하다. 감각과 감성의 훈련은 나의 글을 발전시키는데 있어서도 중요하고, 창의성의 핵심 부분이기도 하다. 메모의 습관화와 훈련을 통해서 이것들을 얻을 수 있다는 것은 단지 취업의 서류 통과를 위해서 준비하는 토익

공부의 효과보다 더 지속적이고, 크다고 할 수 있다. 당장 토익 점수는 눈에 보이므로 준비하게 되는데, 오랜 기간 쌓아야 하는, 그리고 가시적으로 발전의 모습이 잘 드러나지 않는 것들에 대해서 우리는 잘 신경 쓰지 않는 경우가 많다. 다시 강조하지만, 감각과 감성의 훈련은 무척 실용적 힘을 지니고 있다.

2) 아이디어 쓰기

무엇인가 착상, 아이디어를 내야할 때 그냥 머리를 굴리며 이 생각 저 생각을 할 수도 있지만, 그렇게 순간순간 일어나는 생각을 그대로 머릿속에서만 굴리다보면 금방 잃어버리게 된다. 따라서 사라지기 전에 흔적을 남겨두는 것이 좋다. 흔적에 남겨진 것들을 다시 한 번 찬찬히 눈으로 보면서 또 다른 생각을 낸다거나, 아니면 그 흔적들을 혼합하거나, 비틀거나, 뒤집거나, 포장하면서 또 다른 생각으로 키워낼 수 있다. 글쓰기를 할 때도 가장 먼저 해야 되는 것이 아이디어를 써보는 것이다.

흔히 아이디어 회의를 할 때 회사에서는 브레인스토밍(brainstorming)과 마인드맵(mind-map) 기법을 이용한다. 공동의 아이디어를 모을 때 이용하던 이 방법들은 다시 개인에게도 활용되어서, 본인 혼자서 어떤 아이디어를 내야 하거나, 글을 쓴다거나 할 때 자연스레 하게 되며, 심지어 대학 강의 필기 때도 이 방식들을 이용하기도 한다.

▌브레인스토밍(brainstorming)이란?

브레인스토밍(brainstorming)은 직역하면 '두뇌 폭풍'이다. 보통 아이디어 회의를 할 때 자유롭게 아무나 자신의 생각을 말하는 것을 '브레이스토밍한다'라고 넓게 말하기도 하지만 전형적인 브레인스토밍하면 단어 중심으로 떠오르는 것을 마구 질러대듯 말하거나 쓰는 것이다. 이렇게 말해진 것을 한 사람이 적어도 되고, 때로는 포스트잇을 이용하여 한 단어씩 적어 벽 같은 곳에 붙이기도 한다.

예를 들어, 한 커피 브랜드가 대학생을 상대로 매년 공모전을 연다. 자신의 브랜드가 더욱 널리 알려지거나(홍보), 더욱 고객들로부터 만족도를 높여가기 위한 아이디어 경쟁 대회를 한다. 만약 여러분이 그 공모전에 참여하기 위하여 팀을 꾸렸다고 하자. 경영이나

마케팅을 전공하는 친구, 디자인을 할 친구, 카피라이팅이나 문장을 가다듬을 친구 등이 모였다. 그럼 첫 번째 하는 아이디어 회의를 어떻게 할 것인가?

팀리더가 팀원들에게 첫 마디를 한다. "어떤 방법이 있을까?", 이렇게 시작하면 보통 묵묵부답일 확률이 높다. 따라서 본격적인 운동에 앞서 머리 운동을 위한 워밍업부터 하게 된다. 그것이 바로 브레인스토밍이다. 팀리더는 이렇게 첫 마디를 건넨다. "커피, 커피가게 하면 떠오르는 단어 아무거나 말해보자"

순서에 상관없이 생각나는 대로 아무나 막 말하기 시작하면, 커피 종류, 커피 브랜드, 맛, 향기, 가격, 위치, 고객 등에서부터 아주 필요 없을 것만 같은 단어들까지 무한정으로 나오게 된다. 브레인스토밍을 할 때는 필요와 불필요를 구분하지 않고, 무조건 '질러대는' 것이 핵심이다. 신선한 아이디어는 무의식적으로 '질러대는' 데서 나오기 때문이다. 판단하여 이것저것 따지다보면 그냥 평범한 생각에서 자유로울 수 없기 때문이다.

1차 브레인스토밍을 하다 점차 떠오르는 단어들이 줄어들 때쯤이면 잠시 정리 시간을 갖는다. 중구난방으로 쓰여진 것들을 한데 모으고, 다시 그것들을 어떤 유사점으로 분류해놓는 정리를 한다. 그리고 또다시 내가 말한 단어, 남들이 말한 단어들을 보면서 또다시 새로운 것이 떠오르게 된다. 그럼 또다시 처음과 같이 2차 브레인스토밍을 갖는다.

▮ 브레인스토밍(brainstorming)에서 '아이디어'로

갑작스레 말을 하려면 말문이 막히는 것처럼, 생각 또한 갑자기 하려면 생각문이 막힌다. 따라서 서서히 이 문을 여는 작업이 바로 브레인스토밍이라고 할 수 있다. 그러나 이것만으로는 아이디어가 만들어지는 것은 아니다. 여기서 발전시켜 구체적인 아이디어로 연결짓는 후속 작업이 있어야 한다. 게다가 브레인스토밍 과정 중에 나온 단어들은 별로 현실화 될 수 없는 것같이 보이기 때문이다. 아이디어는 신선하더라도 그것이 현실화될 수 없는 것이라면 우리는 것을 '쓸모없는'이라고 표현한다. 신선한 아이디어와 현실화 사이에 존재하는 틈(gap)을 찾아봄으로써 상상 속의 아이디어가 현실로 전환될 수 있게 된다.

예를 들어, 브레인스토밍 과정에서 어떤 학생이 '메주'라는 단어를 말했다. 언뜻 듣기에 '메주'가 오늘 우리가 만들어 내야 할 아이디어와 무슨 상관있냐고 무시할 수 있다. '메주'를 말한 학생 또한 그냥 커피는 콩(bean)이고, '콩'하면 생각나는 속담이 '콩으로 메주를 쑨다고 해도 안 믿는다'여서 그냥 말했다. 하지만 이런 관계없는 단어를 관계 지으려 고민하면서 실현 가능의 아이디어가 만들어진다.

커피의 맛을 좋게 하기 위해서는 여러 단계가 종합적으로 모여야 한다. 좋은 원두를 선별해야 하고, 그것에 맛과 향을 만들어내기 위하여 볶아야 한다(로스팅), 그다음 그 콩을 알맞은 크기로 분쇄하고 커피 원액을 추출해야 한다. 그리고 다양한 다른 재료들과 혼합하여 여러 커피 음료를 만든다. 어느 하나가 중요하다 할 수 없고, 일련의 과정 과정이 맛에 관련된다. 여기에 '메주'를 대입시켜보면서, "콩으로 메주를 만들고, 그것으로 간장을 만드는 / 우리 어머니들의 손맛처럼 / 신선한 콩에 바리스타의 손맛까지 더했습니다."라는 문구를 만들어 볼 수 있다. 그럼 새로운 아이디어가 하나 나온 셈이다. 기존 체인점 커피는 보통 기계로 추출하여 그 손맛이 느껴지지 않는데, 손맛이 느껴지는 드립 커피나 더치커피를 메뉴로 넣어보면 어떨까하는. 또는 좋은 콩을 손으로 일일이 선별하여 메주를 만들듯, 좋은 커피 콩(bean)만을 손으로 선별하면 어떨까하는.

글을 쓸 때 가장 먼저 해야 하는 것이 이른바 '착상'이다. 작전회의를 하고 경기에 들어가는 것에 비유할 수 있다. 어떤 자료를 이용해서, 어떤 식으로 이야기를 풀어갈 지, 나는 이 부분에 대해서 어떤 컨셉(concept)을 가질지, 어떤 결론으로 갈 지 등을 생각하고 글을 써야 한다. 이것 없이 글을 쓰기 때문에 자기가 써놓고도 무슨 말을 하는지 모른다. 또 일단 시작은 했는데, 중간에 막혀서 어떻게 풀어가야 할지 모르게 된다. 이것이 없기 때문에 베끼게 되며, 베낀 후에 자기가 무엇을 베꼈는지도 기억을 못한다. 이 착상의 과정에서 보통 하는 것이 바로 '브레인스토밍'이라 할 수 있다.

글 쓰는 습관 기르기[브레인스토밍]
실습과제

01 자신이 가고 싶은 한 나라를 선택하여, 그곳의 여행계획을 세워라.
어떻게 쓸 것인가?

1) 최대한 많은 단어를 써본다.

2) 그 단어들을 항목별로 나눠본다.

3) 여행계획서의 목차(개요)를 적어본다.

▌마인드맵(mind map)이란?

마인드맵(mind map)은 직역하면 '생각의 지도'이다. 브레인스토밍처럼 떠오르는 생각을 '단어' 중심으로 쓰는 것이 기본으로 하는데, 그것을 어떻게 시각화 하는가가 틀리고, 단어들 간의 관계를 염두에 두어야 한다는 점이 틀리다.

그렇지만 본질적으로 브레인스토밍과 다르지 않다. 브레인스토밍도 단어를 떠올리는 시간과 함께 그것을 정리하는 시간을 갖는데, 이 두 가지를 융합하는 것이 마인드맵이라 할 수 있기 때문이다. 물론 '정리'를 해가면서 단어를 생각해야 하기 때문에 브레인스토밍에서 목적하고 있는 '뜬금없는 아이디어', '얻어 걸리는 아이디어'가 가능치 못하다는 단점이 있을 수 있으나, 반대로 전혀 상관없는 것들을 떠올리며 시간 낭비 할 것 없이 목적에 맞는 것들로 한정하여 실효성을 높이는 장점이 있을 수 있다.

브레인스토밍은 시각화와 상관없이 단어 리스트처럼 나열하거나, 포스트잇에 단어만 적는 형식이지만 마인드맵은 보다 시각성을 중요시 여긴다. 색감이나, 글자가 아닌 그림은 조금 더 창의적 감성에 도움이 된다고 한다. 그래서 이 부분을 적용시킨다. 무엇보다 브레인스토밍과 다른 마인드맵의 차이는 상위항목과 하위항목을 염두에 두고 단어를 떠올린다는 점이다.

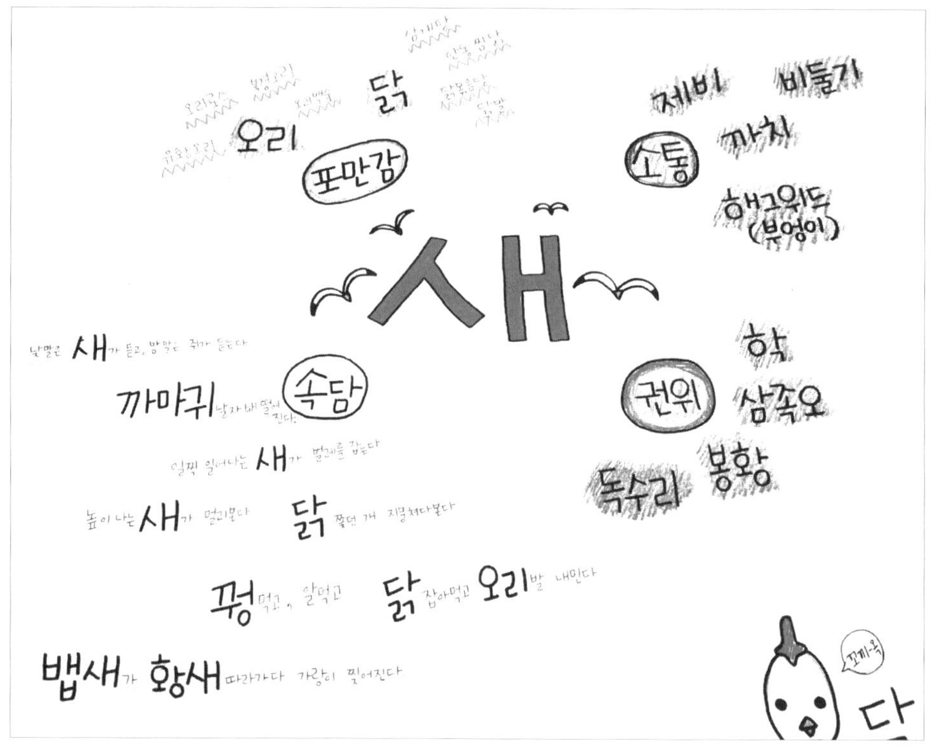

▌마인드맵(mind map) 방법

앞서 커피 공모전의 예를 마인드맵으로 진행시켜보자. 브레인스토밍에서는 '커피전문점의 홍보 또는 서비스 개선'의 아이디어를 위해 '커피', '커피가게'로 좀 큰 범위 내에서 자연스럽게 떠오르는 단어를 단어 간의 관계없이[6) 쏟아낸다. 그러나 마인드맵에서는 바로 '커피가게의 차이'라는 구체적인 주제로 시작할 수 있다.

주제를 정한 뒤에 먼저 해야 할 것은 큰 가지를 뻗치는 것이다. 잠시 주제에 대한 생각을 하고, 어떤 생각을 할 지 체계적으로 나눠본다. 커피가게는 차별화를 하여야 고객을 유치할 수 있고, 차별화의 방법에는 무엇이 있을까 그 항목을 먼저 추출해내는 것이다. 커피의 맛, 가격, 메뉴, 인테리어, 접근성(위치), 이벤트 및 홍보의 측면을 생각해볼 수 있다. 이를 제목에서 가지처럼 뻗어 동그라미를 그리고 쓴다.

---

6) '아메리카노', '로스팅' 이 두 단어 간에는 관계가 없다. 그러나 '아메리카노', '카페라떼'는 커피의 종류에 해당하여 관계가 있다.

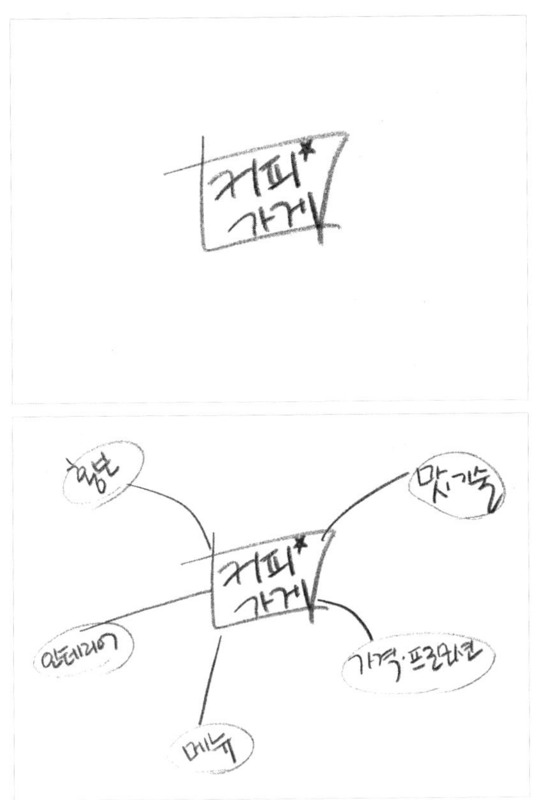

큰 가지를 뻗은 다음부터는 브레인스토밍이다. 큰 가지 각각을 브레인스토밍 하듯 그 것에서 떠오르는 단어를 생각해내면 된다. 단어를 떠올리다가, 큰 가지 6개에 속하지 않는 중요한 가지가 인지된다면, 다시 큰 가지를 추가할 수 있고, 반대로 굳이 큰 가지로 분리할 필요 없이 비슷한 것들은 통합될 수 있다.

▌마인드맵(mind map)의 활용

최근 마인드맵은 아이디어 회의 때만 쓰지 않고 대학생들의 노트 필기, 하루 일과 계획, 레포트나 프레젠테이션 준비할 때도 쓰인다. 직장인들의 경우도 회의나 일상 기록으로 이용하기도 하고, 자기소개나 간단한 프레젠테이션을 할 때도 쓰인다. 점차 이를 생활 속에서 이용하는 사람들이 많아져서 회사의 사원교육이나 특강이 열리고, 심지어 컴퓨터에서 손쉽게 할 수 있는 마인드맵 프로그램이 개발되기도 하였다. 이처럼 마인드맵 방법을 익히고, 이를 습관화하면 여러 가지로 활용할 수 있게 된다.

글 쓰는 습관 기르기[마인드맵]

실습과제

01 각자 PPT를 이용하여 자기소개를 할 예정이다.
자기소개를 '마인드맵 형식'으로 준비하여라.

02 〈캠퍼스의 구성원들에게 '힘'이 될 수 있는 작은 실천〉이라는 주제로 캠페인을 계획하고, 실제 실행하여 UCC 만들기

1) 마인드맵핑을 해본다.
2) 구체적인 계획서를 작성한다.

▌아이디어 스케치(idea sketch)

글을 쓰거나, 무엇인가를 만들어내기 위하여 이 생각, 저 생각할 때 브레인스토밍이나 마인드맵이라는 형식에 맞출 필요는 없다. 자연스럽게 이것저것 떠오르는 바를 적으면 된다. 핵심은 그냥 머릿속에서 썼다 지웠다를 반복하기 보다는 유형적인 '문자로' 그것을 표시하는 것이 좋다는 점이다. 머리로만 생각하면, "아, 방금 내가 했던 생각이 있었는데 뭐였더라…"하며 머리를 긁적이는 경험을 하게 된다. 따라서 이를 모두 글자로 표현해놓고 정리하는 방법이 좋은 것이다.

이때 이를 단어 또는 문장으로만 정적으로 표현해두는 것이 아니라 다소 입체적으로 하는 것을 이른바 아이디어 스케치(Idea sketch)[7]라 할 수 있다. 표시해도 좋고, 관계있는

단어들은 선으로 연결 짓기도 하고, 중요한 것은 별표도 그려보고, 영어를 썼다가 한자를 썼다가, 그림도 그리는 등 자기 나름대로 다양하게 여백을 채우고, 정리하다보면 아이디어를 내고, 정리하는 데 큰 도움이 된다. 필자의 경우 메모는 손에 잡히는 대로 좋으나, 스마트폰을 오가지만, 아이디어를 꺼내놓아야 할 때는 나만의 '아이디어 스케치북'을 만들어서, 거기에만 하고 있다.

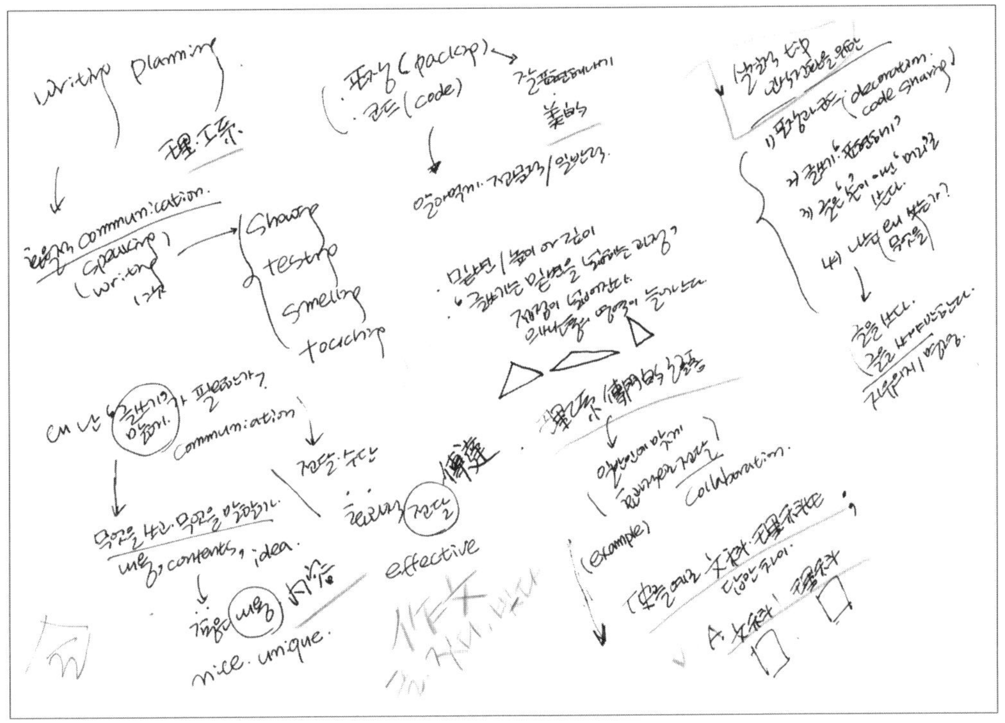

글을 쓸 때 미리 쓸 내용에 대한 밑그림을 그리는 것은 중요하다. 이를 '글쓰기'에서는 개요작성이라는 말로 표현한다. 한 번쯤은 '개요'라는 말을 들어봤을 것이다. 그런데 개요는 다양한 생각들이 정리된 결과를 의미하고, 거기까지 이르는 다양한 생각들, 그리고 그 생각들을 정돈하여 최종적으로 개요까지 가는 긁적거림이 필요하다. 그것이 문장으로 표현될 수도 있고, 기호로 표현될 수도 있고, 그림으로 표현될 수도 있다. 개요는 중심

---

7) 아이디어 스케치는 보통 미술, 디자인 쪽에서 자신의 아이디어를 그림으로 표현하는 것을 의미하는 용어이지만, 여기서 필자가 쓰는 '아이디어 스케치'는 문자로만 적지 않고, 때론 문자로, 때론 그림으로 그려질 수 있고, 또 그것을 줄맞춰 쓰는 것이 아니라 입체적으로 쓰는 것을 의미한다.

제목에 대한 것이나, 글의 밑그림을 그리는 과정에서는 그 내용들도 메모되어 있으므로, 그것을 중심으로 살을 붙이면 한 편의 글로 완성되기가 쉬워진다.

한편 아이디어 스케치는 강의를 들을 때 필기법으로 응용할 수도 있다. 교수가 강의하는 바가 교재나 PPT 화면에 그대로 있다면, 굳이 그것을 받아적기 할 필요는 없다. 그 시간에 교수가 말하지 않는 것을 적는 것이 더 나은 필기법이다. 물론 이 필기는 반드시 해야 하는 것도 아니며, 시험에 나오는 것도 아니다. 하지만 교수의 강의 내용에서 촉발되어 무엇인가 생각하며 긁적거린다는 행위는 강의에 집중력을 키울 수 있고, 또한 강의에서 나온 정보들을 자기 나름대로 다르게 응용할 가능성이 있다.

3) 일상 기록(life log)

쓰는 습관의 메모와 브레인스토밍, 마인드맵 등은 특별한 사안이 있을 때 기록한다면, 일상 기록은 다소 개인적이거나, 일상적인 것을 의미하며 우리가 어렸을 적 많이 썼던 일기의 확장된 개념이다. 일기하면 우리는 초등학교 시절 썼던 일기를 떠올린다. 하루 동안에 내가 무엇을 했는지, 행위 중심으로 기록하는 것이다. 무엇을 했고, 나의 기분이 어땠는지, 하늘이 맑았는지 흐렸는지 정도를 기록한다. 일상 기록은 이것의 수준을 다소 높이거나, 더욱 입체적인 기록을 의미한다.

일기를 지금까지 꾸준하게 써온 사람들도 있지만, 그렇지 않은 사람들이 더 많다. 매일 써야만 한다는 강요가 오히려 흥미를 잃게 만들며, 더 중요하게는 쓸 것 없는 일상이 일기를 멀어지게 했을 것이다. 따라서 일상 기록은 써야만 하는 것이 아니라, 쓰고 싶은 것이고, 매일이 아니라 쓰고 싶을 때 쓰는 것이어야 한다. 그러기 위해서는 일상 기록에 의미를 부여하고, 스스로 흥미를 느껴야 하며, 다소 삶을 능동적으로, 재미있게 살려는 욕심을 가져야 한다. 일상 기록을 위해서 삶의 재미에 대한 욕심을 부리는 것인지, 반대로 욕심을 부려보니 삶이 재미있고, 쓸거리가 많아지는지 선후의 경계가 모호했을 때 성공적인 일상 기록이 된다.

최근 소셜네트워크서비스(SNS)인 페이스북, 카카오스토리, 트위터 등을 대부분이 이용하면서 나름 일상의 기록들을 남기는 행위들을 하고 있다. 다만 그 기록은 남에게 '보일 것'을 전제하는 기록이다. 그래서 늘 하는 그야말로 일상이 아닌, '어쩌다 한번', '특별한' 무엇을 했을 때 소위 인증삼아 올리는 경우가 많다. 다만 그것의 형태가 사진 한 장 정도이고, 때로는 의미 없는 한 줄짜리 멘션(mention)에 머문다. 일상기록은 이보다 더 자세한 자신의 일상을 기록하는 것을 의미한다.

▌일상 기록은 개인사 프로젝트

일상 기록은 그 자체로 개인사(個人史)가 된다. 국가의 중요한 사건을 기록한 역사서에는 보통 왕이나 고관대작들만이 기록된다. 현대에 와서는 유명한 사람들. 그러나 유명하지 않아도 한 사람 한 사람은 그에게 있어서 역사의 주인공이다. 내 삶의 주인공은 나인 것처럼. 일상을 꼼꼼하게 기록해 놓는다면 그것은 곧 '나의 역사, 개인사'가 되는 것이고, 난 역사 속의 인물이 되는 것이다.

많은 사람들이 은퇴한 후 지인들과 자손들에게 자서전을 남기고 싶어 한다. 꼭 국가나 사회에 위대한 사람만이 자서전을 남기는 것이 아니라, 나를 기억하는 사람들, 내가 의미 있다고 여겨지는 주위 사람들에게 나의 흘러온 세월들을 이야기하는 것은 참 근사한 일이다. 자서전을 쓸 때 주로 이용하는 것이 '기억'인데, 기억이란 불완전하다. 내가 기록한 나의 일상은 그런 면에서 불완전한 기억을 보완해줄 것이며, 그 자체로 나의 역사인 셈이다. 내가 지금 일상을 기록하는 것은 '나의 자서전 쓰기'라는 긴 프로젝트인 셈이다.

거창하고, 장기적이 아니더라도 자신의 꼼꼼함을 높인다거나, 나의 일상을 잉여스럽지 않게 관리하고 싶다는 스스로의 필요 내지 동기가 있어야 한다. 세상에 '하면 좋은 일'은 많다. 하지만 그것을 실천하기는 쉽지 않다. 그러나 내가 필요하고, 해야만 하는 일은 실천하게 되어 있다. 하면 좋은 일이 아닌 해야만 하는 일로 만들어야 실천이 된다.

▌일상 기록의 수단, 아날로그 또는 디지털

일상 기록은 일기(diary), 플래너(planner), 메모(memo) 등을 합성한 개념이라 할 수 있다. 개별로 기록하면 뿔뿔이 흩어져 사라질 수 있으므로 그것을 유형의 한 공간에 집약해 놓는 방법을 취한다. 오늘날은 이런 일상의 기록 또한 메모와 마찬가지로 펜과 종이 대신 디지털로 대치되고 있다. 그 어느 방법이든 생활 속에서 실천한다는 것이 중요하므로 방법을 따질 필요는 없을 것 같다. 다만 흩어지지 않게 한 곳에 모아두어야 하고, 기록하는 습관을 들여야 한다는 것.

오늘날 인터넷을 통해 나의 일상을 공개하는 서비스들이 인기이다. 미니홈피, 블로그, 페이스북, 카카오스토리 등이 그러한 서비스들이다. 페이퍼 대신 이 서비스를 이용하는 이점들이 분명 있다. 사진을 첨부할 수 있는 특징이 있고, 스마트폰과 연동이 되면서 '즉시' 기록이 가능하다는 점도 있다. 무엇보다 더 큰 장점은 그것을 다른 사람들과 공유할 수 있다는 점이다. 이것도 일상 기록의 한 형태일 수 있다. 그러나 불완전하다. 여기서 불완전하다는 의미는 펜과 종이가 더 낫다는 말이 아니라, 일상 기록의 범위를 말하는 것이다. 무엇을 어디까지 기록의 범위에 넣을 것인가 하는.

미니홈피, 블로그, 페이스북 등은 일상 기록의 온전한 형태는 아니다. 왜냐하면 보통 거기에 올려지는 일상은 '공개'를 의도한다.[8] 나의 기분이 어떤지, 내가 지금 무엇을 먹는지, 내가 지금 어디를 갔다 왔는지, 나의 생각이 어떤지. 다른 이들에게 공개할 수 없는, 공개할 필요 없는 것들이 걸러진(필터링 된) 것들이다. 일상 기록이란 바로 이것들 또한 기록해야 한다는 점이다. '내가 2시부터 4시까지 누구를 만나서, 어떤 주제를 가지고 만남을 가졌다. 그 내용은 블라블라…….' 이것은 남들이 궁금해 하는, 관심 있어 하는 것이 없는 것이기에 소셜미디어에 올릴만한 콘텐츠가 아니라 생각할 것이다. 따라서 소셜미디어가 일상 기록의 부분적 도구일 수 있으나, 온전하지는 않다.

▌일상 기록, 무엇을 담을 것인가?

일상 기록은 더욱더 '자세한(detailed)' 기록이어야 한다. 어떻게 자세히 할 수 있을까? 여러 일상 기록의 내용들을 살펴보자.

- 행동의 소상한 기록
- 스크랩 : 도움 될 자료 모으기
- 사진, 인증물 : 기억하고 싶은 순간 기념하기
- 특별한 나의 생각, 느낌 긁적이기
- 계획을 세우고, 삶을 관리하기
- 행동의 소상한 기록

---

8) 이 매체들을 이용하는 모든 사람이 그렇다는 얘기는 아니므로 '보통'이라는 한정어를 썼다.

일상 기록의 가장 기본적인 형태는 시간대별로 자기가 무엇을 했는지 적는 것이다. 우리 머리는 아주 중요하다 싶은 것 외에는 덮어쓰기를 해서, 잘 기억에 남지 않는 경우가 있다. '중요하다' 또는 '중요하지 않다'의 선택은 상황에 따라 달라질 수 있다. 지금 중요하지 않다고 여기지만, 언젠가 중요할 수도 있는 것이다. 따라서 최대한 있는 그대로를 남겨놓는 것이 가장 좋은 방법이다. 그렇다. 귀찮다. 그러나 안하던 것을 하려고 하면 귀찮지만, 그것이 습관이 되면 그런 생각이 없어진다. 처음의 귀찮음만 떨쳐내면 무척 삶에 유용함이 많다.

6하원칙, 모두들 알고 있을 것이다. 언제(when), 누가(who), 어디서(where), 무엇(what), 왜(why), 어떻게(how). 신문 기사의 작성 원칙이라고 하지만, 일상 기록에도 이것들이 포함되도록 하는 것이 좋다. 반드시 여섯 가지를 모두 기록하는 것은 아니지만, 최대한 자세하게 적어두는 것이 좋다.

❑ 스크랩(scrab) : 도움 될 자료들 모으기

자기에게 도움 되는 것들은 시간이 지난 이후 필요할 때 바로 찾을 수 있어야 한다. 그러기 위해서는 기본적으로 '기억'이 필요하겠으나 그 기억이 온전치 않으므로 언제든 기억을 환기시킬 수 있도록 주위에 놓여져야 한다. 과거 종이로 된 신문이 주된 정보의 습득 경로였을 때는 신문 스크랩을 하였다. 오늘날에는 신문 또한 컴퓨터나 스마트폰을 이용한 전자의 형태로 보고, 검색만 잘하면 옛날 신문을 언제든 검색도 하게 되면서 신문 스크랩의 필요성은 점차 떨어지게 되었다. 'Pocket'과 같은 어플리케이션이 있어서 인터넷 페이지에서 본인이 언제든 다시 볼 수 있도록 모아두기를 할 수 있게 되었다.

❑ 기억하고 싶은 순간 기념하기 : 입장권, 인증샷, 음식점 냅킨

기억하고 싶은 공간, 순간 등을 기억하고 싶어 소위 '인증샷'을 찍는다. 그러나 이러한 인증샷이 공간과 나의 얼굴 중심이 아니라 다양한 방식으로도 가능할 수 있다. 단순히 그것이 사진만이 아니라 유형의 형체를 가졌다면 그것을 간직하는 것 자체가 시간이 흘러 그 추억의 향기를 더 짙게 맡을 수 있게 된다. 극장이나 공연을 보았을 때의 티켓, 근사한 음식점에 가면 그 집의 냅킨, 해외여행이나 시내를 거닐 때 받게 되는 홍보물, 새로운 술이나 와인을 마시면 병에 붙여 있는 라벨, 책을 읽으면 겉면에 있는 띠지, 생활

하면서 나온 광고지, 물건 사고 받은 영수증 등이 그러한 것들이다.

그리고 그러한 인증물들만 모아두는 것이 아니라, 그 인증물과 함께 그때 누구와, 어디서, 나의 기분은, 그때 나누었던 대화 등등을 간단하게라도 써놓는다면 언제든 그것을 보았을 때 생생한 기억들을 소환할 수 있을 것이다.

〈공연 티켓을 이용한 일상 기록〉

발레 〈돈키호테〉

2013년 8월 28일
예술의 전당 CJ 토월극장
S석 2만원
2층 A블록 9열 8번

공연 전 예술의전당 야외에선 음악 분수가 또 하나의 재미
최고가격 3만원이라는 착한 가격과 국내 최정상 발레단답게 한 달 전 매진. 희곡발레, 스페인민속춤 등의 요소가 있어 잔재미는 있겠으나 잡스러운 느낌. 중간중간 돈키호테의 등장으로 심각을 계몽하는 구성이 촌스러움. 그럼에도 진심 박수 나왔던 두 가지 1) 그랑파두되 2) 발레리노 이동훈

발레 돈키호테는 돈키호테가 주연이 아니다. 영웅과 사랑의 망상 여행을 떠도는 돈키호테의 여정에서 만나는 한 남녀의 사랑이 주 내용. 심리 철학 역사 정신병리 등 다양하게 읽힐 수 있는 문학작품이 발레에선 그저 보편 code인 남녀의 사랑으로 좁혀졌다. 뮤지컬이라면 몰라도 풍자의 서사를 몸짓으로 하는 발레에서 구현하기도 힘들며 구현한들 재미도 못 느끼거니 당연한 선택이었겠지. 그런데 제목은 여전히 우롱하는 듯해. 이를테면 작품 제목 '춘향전'이라면서 이몽룡이 과거 보러 한양 올라가는 길에 만난 주막 주모의 사랑을 다룬 격. 향단이와 방자의 사랑 정도만 되도 괜찮겠으나.

❏ 계획을 세우고, 삶을 관리하기

일상기록은 의무가 아니라 재미를 느껴야 계속적으로 할 수 있다. 그러기 위해서는 시각적으로 흥미 있게, 나름 특별한 의미를 부여할 필요가 있다. 형광펜, 그림, 도표, 인덱스 탭(index tap) 등을 이용하여 자유롭고, 나름 멋지게 기록함으로써 훗날 자신의 자서전을 준비한다는 개념으로 애정을 쏟는다면 '해야 해서' 쓰는 것이 아니라 '쓰고 싶어' 쓰는 기록이 될 것이다.

▌일상쓰기가 글쓰기에 무슨 도움?

메모와 일상 기록을 하는 습관은 글쓰기에 큰 도움이 된다. '쓴다'는 행위가 있기 때문이다. 그러나 무엇보다 쓸 '재료'를 준다는 점이 더 중요한 도움이다. 자신이 무엇을 했고, 어떤 생각을 했고, 느꼈는지 기록하는 것은 자신의 경험을 한 번 더 곱씹어 보는 기회를 제공한다. 자신이 경험했지만 트라우마(trauma)처럼 아주 강력하지 않은 이상 그 경험을 오래 기억하기는 힘들다. 그러나 경험에 대한 느낌, 생각을 글로 한 번 더 기록한다면 기억의 유효기간이 더 늘어나며, 언젠가 찾아볼 수 있는 유형의 증거가 되기도 한다. 또한 더 중요하게는 자신의 경험에 대한 생각과 느낌을 한 번 더 음미함으로써 자신의 삶을 느끼며 사는 것이 된다.

대학을 다니는 동안, 취업을 할 때 우리는 '자기소개서'를 쓰게 된다. 나를 소개한다는 것. 참 쉬운 것 같지만 정말 어려운 일 중의 하나이다. 취업을 대비한 자기소개서는 문항들을 회사에서 정해준다. 묻는 항목에 따라, 정해져 있는 글자 수만큼 채워 넣으면 된다. 그런데 많은 학생의 경우 쓸 말이 없어 힘겨워하는 경우가 많다. 빈 여백만 채울 목적이라면 쓸 말이 없는 것이 아니라 넘쳐난다. 하지만, 자기소개서라는 것이 그것을 읽는 이에게 나를 인식(appeal)시키는 것이어야 하므로, 그래서 날 뽑도록 해야 하는 것이므로 인식시킬 경험이 있지 않으면 채울 수 없게 되는 것이다. 없는 것을 있다고 거짓말을 할 수는 없기에. 그래서 자기소개서를 쓰는 순간 새삼 20여 년간의 생애 밑바닥까지 탐사하는 노력을 하곤 한다. 그러나 큰 사건 아니고서는 이렇다하게 기억나지 않다는 것이 가장 힘겹다고 말을 한다. 이렇게 자기소개서를 작성하는 순간에만 갑작스레 자신의 삶을 정리하지 말고, 자주 자신을 정리하는 시간을 가진다면 좋을 것이다.

성실한 일상 기록은 쓰는 습관, 쓸거리인 '소재'를 주는 동시에 생각과 느낌이라는 이성과 감성 훈련에도 도움이 되는 것이다. 그리고 이렇게 도움 되도록 기록하려면, 우리가 그냥 얼핏 생각하는 일반적인 '일기' 쓰기를 해서는 안 된다.

글 쓰는 습관 기르기[나의 일상 기록하기]
실습과제

01 1주일 간 의도적으로 꼼꼼하고 입체적으로 나의 일상을 기록해보자.

- 1주일의 계획과 목표, 그리고 그것의 결과를 기록한다.
- 하루씩, 그날의 주요한 자신의 행적에 대한 내용
- 그날 갑자기 떠오르는 생각, 아이디어, 메모 내용
  (무엇을 하다가, 어디서 왜 그 생각이 났는지도 함께 적는다)
- 자료가 될 만한 것 스크랩
- 시각적으로 표현할 것
- 잠자기 전 한 번에 몰아 쓰지 말고, 시시각각 틈나는 대로 쓰기

4) 창의성 기르기

창의성(創意性, creativity ; 새로운 것을 떠올리는 능력)은 오늘날 매우 중요한 능력으로 떠오르고 있다. 글쓰기 또한 창의성이 중요하다. 이를테면 대학생 때 제출해야 할 보고서, 대외 활동이나 취업 시에 써야할 자기소개서, 회사 생활 중 써야 할 다양한 실용 문서들. 이것의 평가는 결국 내용 차이에서 벌어진다. 차이를 만들어내는 능력이 다름 아닌 창의성과 연관된다.

'창의성' 하면 많은 사람들이 선입관을 가지고 있다. 선천적으로 타고 나는 것, 그리고 자신에게 별로 필요 없는 특정 직업군에만 필요한 것이라는 생각들. 선천적으로 타고

나는 것은 창의성이기 보다는 '천재성'이라 표현할만하다. 사회에서 말하는 창의성은 누구든 후천적인 노력을 위해 길러지는 능력을 말한다. 창의성이란 무척 넓은 개념이기에, 천재적 예술가, 발명가들만이 선천적으로 가지고 태어나는 특별한 능력(super power)이라고 좁게 해석할 필요는 없다.

창의성의 핵심은 필자가 정의하기에 '생각(아이디어)의 다양함을 갖는 능력, 그 다양한 생각 중에 의미 있는 생각으로 발전시키는 능력'이다. 이러한 능력은 선천적으로 갖고 태어난다기보다는 후천적인 노력을 통해 길러진다. 후천적인 노력이라 함은 곧 '지성, 이성, 감성의 직간접적인 경험과 자기화'가 핵심이다. 창의성이라는 완결된 요리를 만들기 위해서는 지성, 이성, 감성이라는 재료를 갖추고, 이를 요리하는 조리법(레시피)인 '자기화'가 필요하다는 것이다.

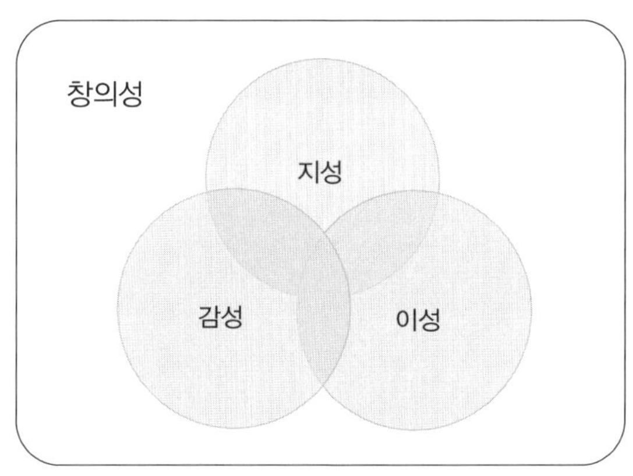

▌경험하라, 창의성에서 가장 중요한 것

국내의 정상급 기타리스트가 자기가 우상화하던 세계적인 기타리스트를 만나게 되었다고 한다. 그리고 자신의 부끄러운 실력을 보여주고서 조언을 구했다. "제 연주를 더 보완하려면 어떤 점을 고쳐야 할까요?", 전설적인 기타리스트는 이렇게 대답했다. "여행을 다녀와라."

스킬은 이미 완성되었다. 음악에서 중요한 것은 스킬이 아니라, 사람의 마음을 움직이는 것이며, 그것은 스킬로, 어떤 정석으로 해결할 수 없는 것이다. 계속해서 끊임없이 기타만 잡고 연주한다고 만들어지는 것이 아니라 다양한 세상의 경험으로 얻어질 수 있는 것이다.

창의성을 말하는 사람 누구나 공통적으로 강조하는 것이 '경험'이다. 경험은 몸을 직접 움직여가며 얻게 되는 직접 경험과 타인의 경험을 매체로 통해 알게 되는 간접 경험이 있다. '백문이 불여일견'이라는 말처럼 직접 경험하는 것이 많은 간접 경험보다 낫다고 할 수 있다. 하지만 직접 경험만으로는 경험할 수 있는 한계는 명확하기에 간접 경험이 함께 더해져야 한다.

간접경험의 방법으로 독서가 대표적이었지만, 매체적으로 다양해진 오늘날에는 굳이 '책'만이 그 경험의 방식은 아니다. 다양한 매체를 책처럼 활용한다면 그 어떤 것도 간접 경험의 중요한 방법이 될 수 있다. 경험을 많이 한다는 것은 무엇인가? 몰랐던 사실을 아는 계기가 되고, 생각하지 못했던 것을 생각하게 되고, 느끼지 못했던 것을 느끼게 되는 것이다. 즉 지성, 이성, 감성을 기르는 것이 핵심이다.

지성(知性)은 아는 능력, 이성(理性)은 생각하는 능력, 감성(感性)은 느끼는 능력이다. 아는 능력은 글의 소재가 되며, 글을 풀어가는 데 있어 중요한 토대 자료들이 되어준다. 생각하는 능력은 글의 방향과 질이 된다. 많이 안다고 해도, 그것을 어떻게 구성하고, 선택할 것인지 생각이 필요하다. 느끼는 능력은 개인적인 글을 쓸 때 개성을 불어넣기도 하고, 일반적인 글을 쓸 때도 매력을 만드는 중요한 능력이다.

▌지성, 알아가는 힘

지성은 지적인 부분을 의미한다. 강의를 듣고, 책이나 자료들을 읽고, 실제 실무가 필요한 지식의 경우에는 실무 경험을 쌓는 것이 지성을 키우는 방식이다. 꾸준한 지식과 정보를 얻는 경험들이 중요하다.

그러나 어떤 글을 쓰게 될 때 글에서 필요한 지식, 정보들을 우리가 이미 다 알고 있는 경우는 드물다. 글을 쓰려고 할 때 착상을 하고, 착상을 하는 과정에서 어떤 자료들을 모아서 읽거나 수집할지를 생각하게 된다. 이를 통해 새롭게 사실들을 알아내는 경우가 많다. 우리의 기억력에 한계가 있고, 지식을 습득하는 이해력, 시간 등의 한계로 사실과 정보는 미리 쌓아둔다기 보다는, 어떤 경로로 어떻게 그 정보를 원할 때 얻어낼 수 있는 지를 알아두는 것이 필요하다.

전문지식의 경우, 정보를 접할 때 이해가 바로 바로 되는 것은 아니다. 지식에는 단계가 있기 때문이다. 단계를 밟아 차근차근 지식이 쌓이게 되는 것이기에, 기초를 잘 쌓는 것만이 깊은 이해에 접근할 수 있다. 대학에 들어와 전공을 공부할 때 당혹감. 그러면서 바로 마음의 문턱을 높여서, 공부와의 담을 쌓기도 한다. 하지만 이 힘겨움의 시기를 인내해야 누구나 다 할 수 없는, 누구나 다 가질 수 없는 지식을 쌓게 되는 것이다. 그것이 바로 '전공'이라고 불리는 것이다. 전공자와 비전공자의 차이.

▌이성, 생각하는 힘

이성은 사물을 옳게 판단하고 식별하는 능력을 의미한다. 보고 들어서 아는 감각적 능력과 구별되는 것으로 사유능력(思惟能力), 즉 생각하는 힘을 말한다. 이성의 가장 대표적인 능력은 논리력, 사고력, 분석력, 분별력 등이다. 논리, 사고, 분석, 분별력 등은 다소 전문적인 영역에 속하여 전공자로서 필요한 것이라고 한다면 무엇을 아는 것에 그치지 않고, 더 나아가 생각하는 힘은 누구에게나 필요하다. 비판하거나, 어떤 사실을 통해 착상을 얻어야 새로운 것을 만들어낼 수 있기 때문이다. '소비'만을 하는 사람에게는 창의성이 필요 없겠지만, 우리는 누구나 '생산'을 해야 하기에 창의성이 필요하다.

이를테면 소자본 창업으로 많이 하게 되는 인터넷 쇼핑몰을 시작한다고 가정하자. 싸고 질 좋은 상품을 가지고 있다면 누구나 창업에 성공하는 것이 아니다. 엄청난 경쟁력 속에서도 살아남기 위한 방법을 찾아내야 한다. 누군가를 따라하는 것이 '소비'라면, 자기만의 방법을 찾아내고 만들어내는 것, 이것이 '생산'이다. 이런 생산적 아이디어가 있어야 과다 경쟁된 영역에서 살아남을 수 있게 된다. 직업이라고 하는 것은 '생산'을 의미하며, 그 생산을 위해서는 좋은 생각들이 필요하다. 그것이 바로 '창의성'이다.

글쓰기에서 가장 안 되는 것 중의 하나가 자신의 생각을 쓰는 것이다. 정해져 있는 사실을 암기하고 그것을 적는 시험에 길들여졌기 때문에 벌어지는 현상이다. 강의를 할 때 학생들의 필기를 하면 여전히 고등학교 때처럼 사실을 요약 정리하듯 기록한다. 물론 아직까지 대학에서도 많은 과목들이 고등학교 때처럼 '암기'와 그에 대한 확인을 시험의 컨셉으로 삼는 경우가 많기 때문에 그 습관은 좀처럼 버리기 어려운 듯 보인다. 물론 사실을 정리하고 암기하는 공부도 필요하지만, 생각을 기르는 공부는 더더욱 중요하다.

헬스클럽(gym)의 GX(group excercise)가 있다. 런닝머신이나 근력 운동기구가 혼자 하는 운동인데 반해, 여러 사람이 모여 강사와 같이 운동하는 것을 GX라고 한다. 요가 (yoga), 스피닝(spinning), 댄싱(dancing) 등 다양한 프로그램들이 있다. 미국 할리우드 지역의 강사 한 사람이 어느 날 자기가 좋아하는 락밴드의 공연을 갔다. 무척 역동적인 드러머의 연주가 감동적이었다. 어느 순간 저 사람처럼 무언가를 두드리면 스트레스도 풀리고, 그와 함께 팔운동도 제대로 될 것 같아 드러머를 응용한 운동 'Pound'를 새롭게 창안해냈다. 그 결과는 대단했다. 도시 속에서 스트레스를 가진 이들이 무언가를 두드리며 그 스트레스를 날리고, 동시에 팔운동이 된다는 것이 선풍적인 인기를 모았다고 한다. 생활 속의 작은 발견 이것이 생각의 힘이다.

그래서 필자의 강의시간에는 수강생들로 하여금 끊임없는 '딴생각'을 하게 한다. 교수가 '사과'라는 소재를 가지고 이야기를 한다면, 자신만의 '사과'를 생각하라는 것이다. 사과를 가지고 내가 무엇을 할 것인지, 매 시간마다 다루는 주제 내지는 소재를 자기 것으로 소화하는 능력 이것이 진정 필요한 이성적 능력이다. 우리가 대학에서 교양과목을 듣는 이유, 영화를 보고 TV를 보고, 사람들과 대화를 듣는 것은 그 자체로 재미있는 것에 머무르지 않으며, 얼마든지 나의 생각만 투영하면 좋은 생산력을 발휘할 수 있는 것이다.

▌감성, 느끼는 힘

몸의 오감각인 시각, 청각, 미각, 후각, 촉각을 통해 변화를 탐지하는 능력을 감성(sensibility)이라고 한다. 여기에 여섯 번째 감각인 육감(六感, the sixth sense)도 있다.

감성, 느끼는 힘의 가장 대표적인 형태는 상상력이다. 상상력은 단연 창의성의 가장 중요한 부분이다. 상상력은 무에서 유를 창조해내기 보다 유에서 유를 창조하는 경우가 더욱 많다. 그래서 상상력은 전적으로 감성의 힘으로만 가능한 것이 아니라 지성, 이성의 뒷받침이 필요하다고 할 수 있다. 지성, 이성적으로 많은 재료들을 가지고 있어야, 그것을 만들어낼 요리법들을 더욱 많이 만들어내게 되는 것이다. 예를 들어, 일본 혼다(HONDA)사에서 계발한 인간형 로봇 아시모(ASIMO) 개발자는 아시모를 〈서유기〉 손오공에서 가져왔다. 위기의 순간 손오공은 머리털을 뽑아 입으로 '후~'하고 분다. 그러면 그의 분신들이 생겨서 위기에서 구해준다. 개발자는 손오공의 분신처럼 인간에게 분신이 있었으면 하는 상상을 하게 되었고, 인간형 로봇을 만들면 좋겠다는 생각을 했다. 로봇을 실제 만들고 계발하는 것은 이성과 지성의 영역이지만, 무엇인가 그 한계를 뛰어넘게 만드는 것은 바로 감성의 영역인 상상력인 것이다.

다른 사람들은 대단하다고 하지만 무엇을 보아도, 들어도 별 감흥이 없는 사람들이 많다. 모든 것에 다 감흥을 받을 순 없겠지만, 그 무엇에도 별다른 감정이 생기지 않는 것은 분명 문제가 있어 보인다. 그런데 별다른 감흥이 없다고 말하는 사람의 경우 보편적인 문제가 늘상 한결같은 환경에 놓여져 있다는 것이다. 감성이란 '변화'를 느끼는 것이므로, 늘상 한결같음에서 벗어나야 얻을 수 있는 느낌이다. 따라서 감성을 기르기 위해서 오감각적인 경험을 해야 한다.

필자의 글쓰기 강의에서는 매주 해야 하는 미션들이 있다. 이른바 '새로움에 대한 오감 경험하기'가 그것이다. 매주 필자의 강의를 듣는 학생은 이전과는 다른 오감각의 경험을 의식하여 경험하고 와야 한다. 새로운 공간을 간다거나, 새로운 맛을 맛본다거나, 새로운 사람을 만나서 새로운 주제를 가지고 이야기를 한다거나, 새로운 음악을 듣는다거나 하는 것이다. 그것 자체가 글쓰기를 위한 소재가 되며, 창의성에 도움이 된다. 이런 경험들이 쌓이면 그 만큼 내가 알고, 느끼는 영역들이 넓어지게 된다. 아울러 이런 경험은 감성의 힘을 기르는 것과 동시에 모르는 세계를 알아간다는 아는 힘을 동시에 키우게 된다.

느끼는 힘은 본인이 찾아야 하며, 미술, 음악, 문학 등 예술에만 국한될 필요는 없다. 예를 들어, 그림 하나를 놓고, 무엇을 느끼는지 말하라고 하면 모두들 머뭇거린다. 무엇을 말해야 하는 건지 모르기도 하고, 또 아무런 느낌도 없기 때문이다. 느낌이란 변화를 탐지하는 능력인데, 그 변화가 본인에게 다소 '충격'을 가해져야 하므로 개인차가 발생한다. 충격의 강도, 변화의 분야 등 본인이 내재적으로 충격 받을 준비가 되어 있지 않으면 어떤 충격도 잘 와닿지 않는 것이다. 그림에 전혀 관심이 없고, 관심 가질 필요가 없는 이들에게 그림을 보고 느낌을 강요한들 없던 느낌이 생기는 것은 아니다.

글 쓰는 습관 기르기[창의성 기르기]
실습과제

01 변화의 실천

창의성 기르기의 방식 중 가장 중요한 것이 '새로움'에 대한 경험이다. 이번 과제는 5일에 걸쳐서 하는 미션이다. 절대 하루에 몰아서 해서는 안 되며, 그날그날 실천했음을 인증(사진 필수 첨부)해야 한다. 이 과제는 담력테스트나 '미친짓 해보기'가 아니며 평상시 자신의 발전을 위해서 필요했지만 여건이나, 용기가 없어서 못했던 경험들을 해보는 것이다. 하면 되는 것은 도전이 아니다. 안될 것 같은 것을 하는 것이 도전이다. 자신의 비전과 연계된 변화에 도전해보자.

- 늘 해오던 일을 새로운 방식으로 해보자. (3일 동안 5가지 실천)
- 앞의 과정보다는 조금 더 큰일을 시도해보자. (1일 동안 1가지)
- 이제는 시작하기 겁날 정도로 새로운 일을 해보자. (1일 동안 1가지)
  단 하루라도 좋으니 겁날 정도로 색다른 일을 해보자.

02 창의적 인물 닮아가기

다음의 특질들은 창의적인 인물들에게서 발견할 수 있는 것들이다. 물론 한 사람이 이 모두를 다 가질 수는 없을 것이다. 그러나 내게 있는 것, 익숙한 것 외의 것들을 갖추려고 노력하면 좋을 것이다. 매일 하나의 특질들을 정해서, 1주일간 어떻게 얻으려는 실천을 했는지 기록한다. 과제가 아니어도 이것은 창의성을 기르기 위한 비타민(vitamine)이다. 이 모두를 다 섭취한다는 생각으로 포스트잇에 적어 내 방문에 붙여놓거나, 컴퓨터 모니터에 붙이고 평상시 실천해보길.

✔ 감수성	✔ 매사에 질문하기	✔ 선善에 대한 애정
✔ 공감	✔ 유머감각	✔ 상상력
✔ 관습에 대한 반항	✔ 자기 사랑하기	✔ 감동받기 / 감동주기
✔ 깊은 지식	✔ 재주, 자기계발	✔ 오감 체험
✔ 단순함에 대한 애정	✔ 제대로 즐기기	✔ 아름다움에 대한 애정
✔ 복잡함에 대한 애정	✔ 진지함	✔ 사소한 것에 관심
✔ 독창성	✔ 언어에 대한 애정	✔ 집중력

▍지성, 이성, 감성 – 이 셋을 버무려라

지성, 이성, 감성은 각각 개별적인 능력 같지만 상보적인 관계에 있다. 이를테면 이성적인 판단을 할 때 지성이 뒷받침되어야 가능해지기도 한다. 자신의 주장 또는 의견을 상대에게 이해시키기 위해서는 그 근거가 바탕이 되어야 한다. '사실'에 근거해야 하고, 그 사실들을 아는 것은 곧 지성의 힘이다. 지성이 뒷받침되어야 이성적인 판단이 가능해진다.

사실, 정보를 많이 안다는 것만으로도 똑똑한 사람처럼 보일 수 있지만, 진정 똑똑한 사람은 많은 사실, 정보를 알고 있는 것을 의미하지 않는다. 사실과 정보는 얼마든지 시간을 들여 정보를 찾으면 있기 때문이다. 오히려 똑똑한 사람은 찾아서 나오지 않는 것을 아는 사람이다. 그것은 단연 이성의 힘이 있는 사람인 것이다.

지성, 이성과 달리 감성은 다소 이질적인 능력처럼 보인다. 그러나 감성 또한 지성, 이성이 함께 겸해졌을 때 더욱 강력한 힘을 발휘할 수 있다. 이를테면 유명한 소설가가 자신의 소설을 쓸 때 문학적 감각만으로 글을 쓰지 않는다. 그가 살아온 삶의 경험과 인식, 이른바 이성적인 힘이 필요하다. 또한 글의 배경이 될 장소, 인물(캐릭터) 들을 찾으려 현장을 다니고, 역사적인 소설을 쓸 때는 전공자 못지 않은 역사 공부를 한다. 예술을 하는 사람의 경우 작품을 만들 때 컨셉(concept)을 떠올리고, 그것을 어떻게 표현할지 정하는 것은 지성, 이성, 감성이 모두 동원된다. 또 무엇인가를 느낄 때 마치 '마중물'처럼 지성과 이성이 어떤 느낌을 이끌어내기도 한다.

스스로 느껴보아라. 꼭 정밀한 시험을 해서 안다기보다, 스스로가 느낄 수 있는 부분이다. 난 지성, 이성, 감성 중 어떤 능력이 현재 많은지. 그리고 그 힘이 어떤 것에만 치우쳐져 있을 경우, 이 셋의 균형을 맞추어 가려는 노력 이것이 바로 창의성을 기르는 길이 된다.

글 쓰는 습관 기르기│나의 지성, 이성, 감성 지수 그래픽

실습과제

01 자신이 느끼는 자신의 지성, 이성, 감성의 지수를 표시해본다.

지성, 이성, 감성의 지수가 딱히 잘 안 떠올려진다면 다음의 질문들을 직접적으로 해보면 된다.

– 난 지성적인 사람으로, 지적이고 똑똑하다는 말을 듣는다. 지적 호기심이 강하다.
– 난 이성적인 사람으로, 생각이 깊다. 논리적이다. 합리적이다.
– 난 감성적인 사람으로, 감성이 풍부하다. 문화, 예술적 호기심이 강하다.

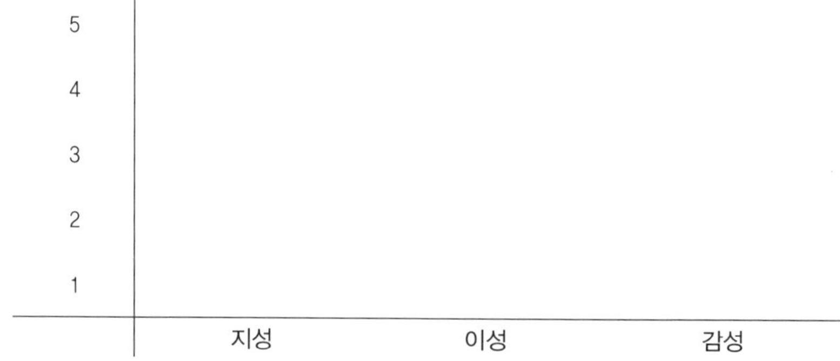

▌지성, 이성, 감성을 키우기 위한 기회를 잡아라

지성, 이성, 감성을 키우는 것은 오랜 시간이 투자되어야 하며, 그 방법 또한 교과서로 정리되는 매뉴얼이 없기도 하다. 최근 창의성 책이 나오고 있고, 간혹 대학에서 창의성 관련 과목이 생기곤 하지만 책 한 권, 한 과목으로 간단히 해결될 만한 것이 아니다. 그리고 창의성은 방법이 아니라 실천을 통해서 나온다. 실제 창의성을 의식하지 않았지만, 다양한 경험 활동을 하는 이들은 어느새 자기도 모르는 사이 창의적인 사람이 되어가고 있는 경우가 대부분이다.

창의성을 키우기 위하여 그 방법을 알고 그것을 키우려는 것은 또 하나의 부담이 된다. 또한 '해야만 한다'라는 절박감이나 취업의 기반이 되는 증명서가 생기는 것도 아니기에 실천의 구속력을 발휘하지도 못한다. 따라서 창의성을 키우기 위하여 방법을 찾기 보다는 간단한 생활 속의 실천을 통해, 다양한 대외활동을 통해 경험을 늘려나가는 것이 더 나은 결과를 얻을 수 있으리라 기대된다.

스펙(spec)의 시대. 최근 취업이 힘들어지면서 대학 졸업장과 학점만으로 취업하기는 힘들어졌다. 영어 토익점수가 필요하며, 그 외에 자격증, 각종 대외활동 경력, 공모전 등의 입상 성적 등 실무에 투입되어도 바로 적응할 수 있는 능력을 증명해야 한다. 취업 시 서류 통과를 위해서 쓰게 되는 자기소개서(자소서)의 중요성이 부각되어 가고 있는데, 그 자소서의 항목을 채우기 위해서는 남다른 경험이 있어야 한다. 이를테면 최근 기업 자소서의 중요한 질문들이 실패, 도전, 열정 등이다.

- 실패의 경험 또는 인생의 시련에 대한 경험을 써라.
- 도전에 대한 경험에 대해서 써라.
- '열정'을 발휘했던 경험에 대해서 써라.

학교에서의 공부만 하고서는 자기소개서를 채우기는 힘들 것이다. 따라서 실패, 도전, 열정, 성취 등의 경험이 필요하며, 이 경험을 하도록 미션을 주거나, 동기부여를 하는 것이 곧 스펙 활동들이다.

스펙 활동들에 대한 부정적인 이야기를 많이 한다. 알맹이 없이 취업 준비생이 해야만 하는 부담일 뿐이라는 것이다. 하지만 스펙 활동은 창의성을 기르는 계기를 주며, 자신이 어떤 사람인지 알아가는 데도 중요하다. 또한 자신의 앞으로의 진로를 탐색하는 데도 도움이 된다. 이러 저러한 도움을 떠나서 여러 사람을 만나고, 혼자서 할 수 없는 경험을 통해 삶의 '재미'를 느끼게 된다. 그래서 늘 필자는 대학 1학년 학생들에게 '큰물에서 놀아라'라는 것을 강조한다. 창의성을 기르고 싶다면 혼자 무엇을 하려고 하기 보다는, 내게 '미션'을 줄 환경을 만나는 것이 더 나은 방법이다.

4. 글쓰기의 기본

1) 글을 잘 쓴다는 것

글쓰기를 잘한다는 것은 1) 좋은 내용 만들기와 2) 효과적 전달하기라는 두 가지 차원의 의미이다. 그러나 글쓰기의 교재들과 강의들은 보통 '전달'만을 언급하고 집중한다. 내용 만들기는 글쓰기의 전제라서 생략되기 일쑤이다. 중요하지 않아서 생략되기 보다는 매뉴얼 식으로 이를 정리하거나 강의하기 힘들고, 너무 범위가 방대하여 생략된다. 또한 이 부분은 시간적으로 많은 투자가 필요해서 1학기 내에 그 성과를 보기가 힘들다. 글을 잘 쓰고 싶다면 '효과적 전달'보다 더욱 오랜 시간이 걸리고, 그 방법도 정석이 따로 없는 '좋은 내용 만들기' 훈련을 해야한다.

▌글쓰기의 두 가지 단계, 좋은 내용 만들기와 효과적 전달하기

글쓰기는 의사소통의 한 방식이다. 의사소통이란 '내용'을 '전달'하는 것이다. 글, 말, 몸짓 등은 전달하는 방식이다. 무엇을 전달하는가? 바로 '내용'이다. 글쓰기란 그래서 전달방식을 가다듬는 기술적(skill)인 것보다 내용을 만들어내는 것이 더 본질적인 핵심이다. 왜냐하면 글쓰기의 어려움을 토로하는 사람들의 문제 중 많은 부분이 '표현 방법'을 몰라서가 아니라 '표현할 내용'을 갖고 있지 않다는 점이기 때문이다. 따라서 글쓰기를 익힌다는 것은 두 단계의 작업을 해야 한다. 소통할 '내용 만들기', 그 내용을 효과적으로 '전달하기'가 그것이다.

글쓰기의 훈련 포인트 1) 좋은 내용 만들기와 2) 효과적 전달하기

▌삶을 살아가는 것이, 글쓰기 훈련

글쓰기라는 과목이 따로 존재하는 것이 아니라 우리가 듣는 대학에서의 모든 강의는 글쓰기 과목과 연계된 것이고, 반대로 글쓰기 또한 그들 과목과 연계된다. 여기에 덧붙여 우리가 살아가는 삶 자체가 글쓰기의 학습 과정이라고 할 수 있다. 그런데 모두들 '글쓰기' 강의에서만 글쓰기를 익힌다고 생각한다. 글쓰는 방식, 표현법만을 글쓰기라 생각하고 있다. 바로 이 굳은 생각을 깨는 것으로부터 우리는 '글쓰기' 배움에 올바른 한걸음을 내딛을 수 있다. 삶을 살아가는 것이 글쓰기 훈련이다. 그러나 이것을 인식하며 살아가면 써먹을 수 있지만, 인식 없다면 글쓰기를 배워야 글을 쓸 수 있다고 생각하게 된다. 그러면서 글쓰기와는 가까워질 수 없게 된다.

글쓰기의 훈련은 앞서 말했듯이 두 가지 요소가 합쳐져야 한다. 1) 좋은 내용 만들기와 2) 효과적 전달하기이다. 그런데 좋은 내용을 만드는 것은 이성, 감성, 지성의 영역으로, 어떤 면에 있어 매뉴얼이 없기도 하다. 개인이 다양한 직·간접적인 경험을 통해 개인 방식으로 쌓여지기 때문이다. 다양한 경험을 하고, 그것에 대해 느낌과 생각들을 풍부히 하는 것이 비결이라면 비결이다.

직접 몸으로 체험하는 삶의 경험과 책 등 여러 매체를 통해 얻어진 간접적인 경험. 이 경험들의 총량 범위에서 우리는 말하고 글을 쓰게 된다. 그래서 한 사람의 글과 말을 읽고 들어보면 그 사람의 경험 영역 크기를 가늠할 수 있게 된다. 경험이 많으면 일단 글쓰기의 재료들이 많아질 수 있다. 그래서 여러 주제의 대화에 참여할 수 있다.

그래서 가장 좋은 글쓰기 강의는 글쓰기를 시키는 것이 아니라 경험하도록 미션을 주는 것이다. 하지만 경험만으로는 깊이 있는 글과 감성적인 글을 쓸 수 있는 것은 아니다. 한정된 경험이어도 그 경험을 내 것으로 전환하는 것이 필요하다. 그것이 생각하는 습관, 느끼는 습관들이다. 이것은 비단 글쓰기를 위한 훈련일 뿐 아니라 요즘 사회에서 중요시하는 '창의성' 훈련이기도 하다. 삶을 성실하게 살아가는 것, 그리고 살아감을 느끼고 생각하는 것 그것이 궁극적으로 우리가 추구해야 할 공부이기도 하다.

▌기술 보다 기본기가 먼저

수영을 배울 때 가장 먼저 하는 것이 '음파 음파'하며 숨을 쉬는 방법이다. 그리고 발차기, 그리고 팔젓기를 한다. 그런 다음 자유형, 평영, 접영 등의 영법으로 들어간다. 이제막 수영을 배우기 시작한 사람에게 영법과 기술을 가르쳐주어봤자 소화하지 못한다. 반대로 초보자의 입장에서는 물속에서 자유자재로 수영하는 이들이 부러울 뿐 따라 하기는 엄두가 나지 않는다. 글쓰기도 마찬가지이다.

물에 익숙해야 하고, 물속에서 호흡과 발, 팔의 움직임이라는 기본이 갖추어야 수영의 다음 단계로 나아갈 수 있다. 글쓰기도 그에 대한 기본기가 갖추어져야 한다. 그렇지만 대부분의 한국 사람들이 국어 과목을 만만하게 보듯, 글쓰기 또한 그 기본기를 갖추었다고 생각하기 쉽다. 그래서 기본 쌓기는 생략한 채 기술로 들어가려 한다. 하지만 대부분의 사람들은 기본 쌓기가 필요하다.

글쓰기의 기본이라 함은 쓰는 습관이다. 무엇인가 긁적거리려는 습관이다. 다이어리를 쓴다거나, 일기를 쓰는 것도 좋은 글쓰기 습관이다. 이제는 실제 펜을 잡고 쓰기보다 인터넷으로 입력하는 식의 쓰기도 있다. 블로그를 운영한다거나, 다양한 소셜미디어(SNS)를 이용하는 것도 쓰는 습관을 위해 좋다. 적어도 자기가 보았던 좋은 정보를 스마트폰으로 저장한다거나, 실제 사진을 촬영한다거나, 녹음을 한다거나 하는 '기록'하는 습관도 그것이 글쓰기는 아니지만 글쓰기를 위한 좋은 습관들이다. 누군가에게 보이고, 써야만 해서 쓰는 것 이전에 자기 자신을 위한 글쓰기를 시작함으로써 글쓰기의 기본을 쌓을 수 있다.

생활 속에서 글쓰는 습관을 키우기 위한 방법으로 위에서 말한 일기(다이어리), 블로그, 소셜미디어 활용, 기억하고 싶은 것들 촬영 또는 기록하기 등을 실천해보자. 책을 읽거나 영화를 보고나 TV 등을 볼 때 내게 느낌으로 다가오는 말들이 있다면 받아 적어보자, 여행을 가거나 어딘가에 갔다면 사진과 느낌으로 남기지 말고 간단하게라도 글로써 여행기를 적어보자. 이런 습관들은 비단 글을 잘 쓰기 위한 습관이 아니라 나의 삶을 더욱 능동적으로 살도록 돕는다. 또한 일상의 기억들을 차곡차곡 저장해두는 것은 '창의성'을 키우는 데에도 큰 도움이 된다. 워밍업은 하루 반짝하고 끝나는 것이 아니라 매 운동을 할 때마다 한다. 이런 생활 속의 글쓰기는 워밍업처럼 매일 매일 실천하면서 글쓰기의 다른 내용들을 같이 공부해야 글쓰기의 성장이 따라온다.

방법을 안다고 잘하는 것이 아니다. 그것에 대한 실천이 필요하다. 그리고 기술은 단계가 있기에 차츰 차츰 올라가야 한다. 성큼 뛰려고 하기에 잘 올라가지 못한다. 과욕이다.

글쓰기의 기본['나'에 대해 쓰기]]
실습과제

01 가벼운 글쓰기를 먼저 연습해보는 것이 좋다. 가장 세상에서 쉬운 글쓰기가 '나'에 대한 글쓰기이다. 다른 글들은 내가 이해해야 하고, 자료를 모아야 하고, 알아야 하고, 분석해야 하고, 추측해야 하고, 근거를 제시해야 하고, 아디이어를 내야 하지만 '나'에 대한 글쓰기는 담담히 이야기하듯 글을 쓰면 된다. 그러나 실제 써보면 쉽지 않다. 왜냐면 한번도 '나'를 진지하게 생각해보는 기회가 많지 않기 때문이다. '나'에 대해 말할 수 있어야 다른 것도 말할 수 있다. 나에 대해서 이야기해보자.

  1) 내가 가장 기뻤던 순간

  2) 내가 가장 슬펐던 순간

  3) 지금까지 살면서 후회되는 순간

  4) 지금까지 살면서 자랑스러웠던 순간

  5) 내가 닮고 싶은 사람은?(부모님 빼고, 공인 중에서)

  6) 내가 좋아하는 것과 싫어하는 것

  7) 나를 한 문장으로 표현하면?

  8) 지금까지 경험했던 것 중 가장 큰 환경의 변화는?(군대, 대학교 입학 제외)

  9) 무엇인가 '몰입' 또는 '중독' 되어봤던 경험

10) 세상 살면서 가장 어려웠던 경험(대학입시 빼고)

11) 집과 학교 외에 어딘가에 소속되어 본 경험

12) 난 개성이 있는가?

13) 난 아름다운가?

14) 난 어른인가?

15) 난 살아있는가?

2) 글의 단위별 쓰기 1 – 단어와 문장

▌글의 단위

글의 단위가 있다. 물질을 분해하면 분자가 되고, 이를 더 쪼개면 원자가 되는 것처럼 글도 분해할 수 있다. 가장 작은 단위를 형태소라고 하고, 그다음 음절, 단어, 어절, 문장, 단락 그리고 글의 순서로 확장된다. 어려운 것 빼고 가장 핵심적인 것을 꼽는다면 단어, 문장, 단락이 된다.

한국 사회는 여러 집단 콤플렉스(complex)가 있다. 대표적으로 '영어', '미모', '돈' 등이 그러한 것들이다. 사람 삶의 다양성을 인정해주기 보다 모든 사람이 갖추어야 할 것들로 규정하고 있다. 그리고 갖추지 못하면 실패자로 간주하기도 한다. 그러면서 더 치열한 경쟁, 반대로 소외를 시키면서 삶을 각박하게 하여 삶의 만족감이 경제적 규모에 비해 무척 낮은 나라이다. 이중 '지(知)적 콤플렉스' 또한 심하다.	단락	
콤플렉스는 흔히 부정적 변종들로 감지된다. 지적 콤플렉스를 감지할 수 있는 가장 대표적 현상은 학벌에 대한 민감함이다. 학교의 수능 서열이, 그 사람의 지적 수준마저도 서열화시킨다고 믿는 듯하다. 그러면서 벌어지는 입시 위주의 치열한 공부로 10대를 보낸다. 지식에 더하여 '다재다능함' 이른바 '전인(全人)'을 모델로 삼으며 쉴 새 없이 성장, 발전을 요구하고 있다. 이른바 요즘 대학가에 불고 있는 스펙(spec) 경쟁. 그러면서 20대를 보낸다.	단락	
멈추어 있으면 스스로 뒤쳐진다는 느낌이 들게 하고, 그러면서 인생의 낙오자가 된 듯한 느낌을 갖게 한다. '잉여', 특히 경제적으로 가치가 있어야만 존재할 수 있다는 가혹한 정죄로 인하여 '인내천', 각자가 하늘일 수 있으며, 그 자체로 중요한 존재임을 부정한다.	단락	글
책을 안 읽으면 지적으로, 정신적으로 도태된 듯한 느낌을 받는 것도 이 현상이다. 사실은 정말 자기가 멍청해져서 느끼는 느낌보다는 늘 무엇인가 '지식, 교양' 섭취를 쉬어본 적 없게 성장했기에 정기적으로 '아, 책 좀 읽어야 되는데'하는 반성도 하고, 책들을 사기까지에는 성공하곤 한다. TV나 신문 등을 통해 소위 '뜨는' 책들을 사는 것만으로도 대중의 지적 평균선에 도달한 듯한 안도감에 놓인다. 읽지 않으면서도 그 책을 샀다는 것만으로도 뿌듯해 한다.	단락	
왜 공부해야 하는가? 왜 똑똑해야 하는가? 그것이 몸뚱아리 굴려 땀 흘리는 노동보다 나은 것인가? 그냥 그대로 아무것도 하지 않으려함보다 나은 것인가? 그 이유 없이 마치 기계처럼 돌아가는 대로 돌아가고 있다. 다들 돌아가는데 나만 멈춰 있으면 안 된다는 불안감에 방향과 이유 없는 움직임을 하고 있다.	단락	

세상의 모든 글들이 이렇게 문장, 단락 등으로 구성되는 서술식으로만 구성되는 것은 아니다. 개인적인 글이거나 문학적인 글들에는 이런 형식들이 필요 없는 경우도 많다. 또한 실용적인 글 중 PPT 문서를 작성하거나, 공무 문서, 사용설명서 등을 작성할 때는 이른바 '개조식(個條式)'의 문서 형태를 취하게 된다. 개조식이란 글을 쓸 때에, 앞에 번호나 기호를 붙여 가며 짧게 끊어서 중요한 요점이나 단어를 나열하는 방식을 말한다.

〈개조식 문서의 예〉

「하이서울페스티벌 2013」 개막식 개요

───── 〈하이서울 페스티벌 2013 개요〉 ─────
○ 기 간 : '13.10.2(수) ~ 6(일), 5일간
○ 장 소 : 서울 · 광화문 · 청계광장 등 도심일원 및 도심을 연결하는 거리
○ 주 최 : 서울시 · 서울문화재단
○ 컨 셉 : 거리 예술

□ **개막식 개요(안)**
　○ **일　정 : 2013. 10. 2 (수) 19:50~21:13**
　○ **장　소 : 서울광장**
　○ **출연팀 : 국내 5팀, 해외 1팀 총 6팀 예정**
　　- 국내 : 디쓰리랩, 예술불꽃 화랑, 전국미디어센터협회, 시민합창단,
　　　　　　브라스밴드, 홀
　　- 해외 : 보알라

───── 〈시간별 프로그램 (안) 〉 ─────
<식전공연> 19:50 ~ 20:00
○ **브라스 밴드**
　- 서울광장 주변의 시민들을 모으는 집객형 공연
○ **서울의 기억 퍼포먼스**
　- 서울의 옛 모습이 담긴 오브제를 든 자원활동가 20명의 퍼포먼스

<개막공연> 20:00 ~ 21:13
○ **서울의 기억2013 영상 퍼포먼스 (20:00~20:03)**
　- 서울도서관 외벽에 서울의 기억을 담은 영상과 함께 플라잉 퍼포먼스가 펼쳐지는
　　디쓰리랩의 공연으로 개막을 엶
○ **예술불꽃 공연 (20:03~20:23)**
　- 기억의 강을 건너는 플라잉 퍼포먼스로 시작, 가장 오래된 서정시인 공무도하가를 예술불꽃으로
　　승화한 작품
　- 역사의 오래된 한 페이지를 불꽃으로 표현
○ **영상과 시민의 합창 공연 (20:23~20:33)**
　- 시민 50명이 한 소절씩 부르기 시작, 점점 하모니를 이루고 이후 무대 위 시민합창
　　단 500명이 등장하여 대 단위의 합창
　- 25개 자치구립합창단을 비롯하여 서울의 시민합창단이 함께 하는 합창으로

▌단어

글을 잘 쓰기 위해서는 먼저 단어의 선택과 사용을 잘해야 한다. 그중 먼저 조심해야 할 것은 어렵고, 유식해 보이는 단어를 쓴다고 해서 글이 멋져 보이는 것은 아니라는 점이다. 오히려 쉽고 잘 읽히는 글이 좋은 글이 된다. '글은 유식해 보여야 한다'는 강박은 글을 더 쓰기 힘들게 한다. 어휘를 선택할 때 조심해야 할 것이 있다면, 중복되는 어휘, 불필요한 영어 표현, 비어나 속어, 유행어 등을 쓰는 것 등을 지적할 수 있다.

    (예문)
    - 수목원에는 매우 많은 <u>다양한</u> 식물들이 존재했다.
      ('다양한' 속에 '많은'의 의미가 있다)

    - 너와 나는 <u>틀리다</u>.
      (틀리다와 다르다의 의미는 다르다)

    - 이 제품은 <u>러블리앤 큐티</u>함을 컨셉으로 했으며, 최신 <u>핫아이템</u>으로 <u>머스트해브</u>해야
      (과도한 영어 표현)

위의 예 외에 표기에 있어서 오류를 범할 때가 많다. 대표적인 예들은 이 책의 부록인 [혼동되는 표현들]에 정리하였다.

▌문장

문장은 하나의 글 중에 가장 작은 의미 단위이다. 따라서 무엇보다 가장 중요한 것이 문장을 잘 쓰는 것이다. 그래서 과거 글쓰기의 교육은 '문장론'이라고 말하기도 할 정도로, 어떻게 문장을 잘 쓸 것인가에 맞추어져 있었다. 글쓰기를 공부하는 사람들이 먼저 기대하는 효과가 바로 '문장' 잘 쓰기에 있다. 다음 네 가지만 조심하면 된다. 1) 한 문장을 짧게 짧게 쓸 것, 2) 중복을 없앨 것, 3) 호응을 맞출 것, 4) 말하듯 쓰지 말 것.

❏ 한 문장을 짧게 짧게

좋은 문장을 쓰기 위해서 먼저 조심해야 할 것은 문장을 짧게 짧게 써야 한다. 문장을

길게 쓰면 읽는 사람이 지루하게 느껴진다. 짧게 짧게 끊어 써야 문장을 읽는데 속도감이 느껴지며 가독성(可讀性)이 좋아지다. 문장을 길게 쓰면 주어와 서술어의 호응이 맞지 않는 경우가 생긴다. 또 여러 가지가 중복되면서 전체적으로 비문이 되거나 모호한 문장이 된다.

(예문)

저는 매우 평범한 삶을 살아왔고 대학을 진학한 현재도 그리 특별하지 않은 생활을 하고 있기 때문에 이제는 조금씩 변화하려는 마음을 갖고 있고 작은 것 하나 하나씩을 실천해나가고 있는 중입니다.

❏ 문장 안의 중복

한 문장 안에서 문장성분이나, 소리가 비슷한 것이 중복(반복)되면 비문이 되거나, 좋은 문장이 되지 않는다. 따라서 중복이 되지 않도록 하여야 한다.

(예문)
- 최근 TV드라마 ○○○이 큰 인기를 모으며 종영했다. 나 또한 그 드라마를 재미있게 보아서 그렇게 끝나버리는 것이 아쉬워서 아쉬웠다.(소리의 중복)

- 나는 고향은 서울입니다.(주어의 중복)

- 최근 정부에서 내놓은 복지 정책은 실효성이 없어서 여러 문제가 있다.(소리의 중복)

- 어제 책 한 권을 만원을 주고 샀다.(목적어의 중복)

❏ 문장의 호응

문장에서 가장 중요한 것은 주어와 서술어이다. 이 주어와 서술어의 호응이 잘 이루어져야만 명확한 문장이 된다. 주어와 서술어의 호응 외에도 부사와 서술어, 시제, 대명사 등의 일치도 중요하다.

(예문)
- 세계 경제의 계속적인 하향은 국내 경제에도 큰 영향을 미쳤고, 국내 기업으로 하여금 하반기 투자 계획에 수정을 하였다.(주어와 서술어 호응 불일치)

 – 대학에 들어와서 〈글쓰기〉 강좌는 무척 나를 당황하게 하였다. <u>왜냐하면</u> 나는 중·고등
  학교 때 제대로 된 글쓰기를 배우지 <u>않았었다.</u>(부사와 서술어 호응 불일치)

 – <u>대학에 온 이유는</u> 나의 계발을 <u>위한다.</u>(주어와 서술어 호응 불일치)

❑ 구어식 표현

　말과 글은 생각을 전달한다는 점에서 같은 것이다. 하지만 글답게 글을 쓰고, 말답게
말을 하는 구분이 필요하다. 학생들이 글을 쓸 때 흔히 말하듯 글을 쓴다. 이른바 구어(口
語)체식 표현이 많다. 개인적인 글이나 친교 목적의 글에서는 구어체식 표현을 쓰는 것이
더 효과적일 수 있지만, 격식 있는 글에서 구어체식 표현은 자제해야 한다. 구어체식 표
현 중 가장 대표적인 것이 축약하는 버릇이다.

　(예문)
 – 나의 장래희망은 다양한 자격증을 <u>따서</u> 대기업에 입사하는 것이다.

 – 지난밤 태풍의 영향으로 서울에는 <u>엄청</u> 비가 내렸다.

 – 정부는 왜 <u>그걸</u> 해야 하는지, 또 무엇을 해야 할 <u>건지</u> 그 어떤 설명도 없었다.

3) 글의 단위별 쓰기 2 - 단락

　단어와 문장은 기본적으로 그 개념을 잘 알고 있다. 그러나 '단락'은 다소 생소해한다.
단락이란 앞서 표에서 보았듯이 몇 개의 문장이 묶여진 것을 의미한다. 그래서 단락은
처음에 시작할 때 두 칸 들여쓰기를 하고, 문장이 끝나면 줄을 바꾼다. 단락은 긴 글에서
독자들이 이해하기 쉽도록 내용상으로 매듭을 짓는 단위를 말한다. 문단이라고도 말한다.
　실제 손으로 글을 쓸 때나 문서로 작성한 학생들의 과제를 보면 바로 이 '단락'에 대한
개념이 없는 경우가 많다. 단락 구분이 전혀 없는 하나의 단락, 이른바 '통단락'으로 글을
쓰는 경우가 가장 흔한 경우이고, 한 문장이 끝날 때마다 줄을 바꾸는 경우도 많다.

〈단락구분이 안된 예〉

우리는 지금까지 성장과정에서 다양한 형태의 글쓰기를 해왔고, 대학을 다니는 지금 글쓰기를 하고 있고, 앞으로 살아가는 동안 할 것이다. 글쓰기를 배워야 하는 이유는 우선 나를 둘러싼 사회가 다양하게 글쓰기를 요구하고 있기 때문. 대학에서는 보고서를, 조금 더 전문적으로 들어가면 논문을 요구할 것이다. 대학을 다니는 동안 다양한 대외활동을 하기 위해서는 자기소개서와 다양한 제안서, 보고서를 작성해야 한다. 프로젝트들을 하다보면 프레젠테이션도 필요하다. 사회에 나가면 이런 활동을 더욱 전문적으로 하게 된다. 이렇게 주어진 글쓰기에 대한 요구를 잘 감당해내기 위해서는 훈련이 필요하며, 그 훈련이 바로 '글쓰기' 강의이다. 반드시 글을 타인의 요구에 의해서만 쓰는 것은 아니다. 본인 스스로도 글을 쓸 때가 많다. 다이어리나 일기를 작성하거나, 다양한 인터넷 글쓰기를 한다. 동호회 활동을 하며 글을 올린다거나, 블로그를 운영한다거나, 트위터(twitter)나 페이스북(facebook)같은 SNS(Social networking service)에 글을 올리게 된다. 그냥 편하게 자기가 하던 대로 글을 써도 그만이기는 하다. 하지만 조금 더 잘 표현해내고 싶다면 좋지 않을까? 이런 개인적인 욕심 때문에도 '글쓰기'를 배울 필요성이 있다. 아니 이건 '필요성'이 있다고 말하지 않아도 스스로 하고 싶음을 느낀다. 사실 시나 소설 등 문학적인 글은 아니더라도, 위의 글들을 잘 쓰고 싶은 욕심이 있는 사람들이 많아지고 있고, 이들을 대상으로 한 사회인 글쓰기 강좌들이 많이 늘고 있다. 물론 문서작성 프로그램을 사용하는 글쓰기를 평생토록 거의 하지 않을 사람도 있을 수 있다. 그러나 다행이도 '글쓰기'라는 의미가 문서에 문자를 적는 행위만을, 또는 그에 대한 기술을 배우는 것이 아니므로 평생 글을 쓸 것 같지 않은 이들에게도 글쓰기는 필요하다고 설득하고 싶다. 조금 더 인내심을 가지길. 그리고 기억하길. 글쓰기를 익히는 것은 글을 쓰는 것 자체만을 위해서가 아니다.

우리는 지금까지 성장과정에서 다양한 형태의 글쓰기를 해왔고,

대학을 다니는 지금 글쓰기를 하고 있고, 앞으로 살아가는 동안 할 것이다.

글쓰기를 배워야 하는 이유는 우선 나를 둘러싼 사회가 다양하게 글쓰기를 요구하고 있기 때문.

대학에서는 보고서를, 조금 더 전문적으로 들어가면 논문을 요구할 것이다.

대학을 다니는 동안 다양한 대외활동을 하기 위해서는 자기소개서와 다양한 제안서, 보고서를 작성해야 한다.

프로젝트들을 하다보면 프레젠테이션도 필요하다.

사회에 나가면 이런 활동을 더욱 전문적으로 하게 된다.

이렇게 주어진 글쓰기에 대한 요구를 잘 감당해내기 위해서는 훈련이 필요하며, 그 훈련이 바로 '글쓰기' 강의이다.

반드시 글을 타인의 요구에 의해서만 쓰는 것은 아니다.

본인 스스로도 글을 쓸 때가 많다.

다이어리나 일기를 작성하거나, 다양한 인터넷 글쓰기를 한다.

동호회 활동을 하며 글을 올린다거나, 블로그를 운영한다거나,

트위터(twitter)나 페이스북(facebook)같은 SNS(Social net -working service)에 글을 올리게 된다.

그냥 편하게 자기가 하던 대로 글을 써도 그만이기는 하다.

하지만 조금 더 잘 표현해내고 싶다면 좋지 않을까?

이런 개인적인 욕심 때문에도 '글쓰기'를 배울 필요성이 있다.

아니 이건 '필요성'이 있다고 말하지 않아도 스스로 하고 싶음을 느낀다.

사실 시나 소설 등 문학적인 글은 아니더라도,

위의 글들을 잘쓰고 싶은 욕심이 있는 사람들이 많아지고 있고,

이들을 대상으로 한 사회인 글쓰기 강좌들이 많이 늘고 있다.

물론 문서작성 프로그램을 사용하는 글쓰기를 평생토록 거의 하지 않을 사람도 있을 수 있다.

〈단락 구분이 된 예〉

　　우리는 지금까지 성장과정에서 다양한 형태의 글쓰기를 해왔고, 대학을 다니는 지금 글쓰기를 하고 있고, 앞으로 살아가는 동안 할 것이다. 글쓰기를 배워야 하는 이유는 우선 나를 둘러싼 사회가 다양하게 글쓰기를 요구하고 있기 때문. 대학에서는 보고서를, 조금 더 전문적으로 들어가면 논문을 요구할 것이다. 대학을 다니는 동안 다양한 대외활동을 하기 위해서는 자기소개서와 다양한 제안서, 보고서를 작성해야 한다. 프로젝트들을 하다보면 프레젠테이션도 필요하다. 사회에 나가면 이런 활동을 더욱 전문적으로 하게 된다. 이렇게 주어진 글쓰기에 대한 요구를 잘 감당해내기 위해서는 훈련이 필요하며, 그 훈련이 바로 '글쓰기' 강의이다.

　　반드시 글을 타인의 요구에 의해서만 쓰는 것은 아니다. 본인 스스로도 글을 쓸 때가 많다. 다이어리나 일기를 작성하거나, 다양한 인터넷 글쓰기를 한다. 동호회 활동을 하며 글을 올린다거나, 블로그를 운영한다거나, 트위터(twitter)나 페이스북(facebook)같은 SNS(social networking service)에 글을 올리게 된다. 그냥 편하게 자기가 하던 대로 글을 써도 그만이기는 하다. 하지만 조금 더 잘 표현해내고 싶다면 좋지 않을까? 이런 개인적인 욕심 때문에도 '글쓰기'를 배울 필요성이 있다. 아니 이건 '필요성'이 있다고 말하지 않아도 스스로 하고 싶음을 느낀다. 사실 시나 소설 등 문학적인 글은 아니더라도, 위의 글들을 잘쓰고 싶은 욕심이 있는 사람들이 많아지고 있고, 이들을 대상으로 한 사회인 글쓰기 강좌들이 많이 늘고 있다.

　　물론 문서작성 프로그램을 사용하는 글쓰기를 평생토록 거의 하지 않을 사람도 있을 수 있다. 그러나 다행이도 '글쓰기'라는 의미가 문서에 문자를 적는 행위만을, 또는 그에 대한 기술을 배우는 것이 아니므로 평생 글을 쓸 것 같지 않은 이들에게도 글쓰기는 필요하다고 설득하고 싶다. 조금 더 인내심을 가지길. 그리고 기억하길. 글쓰기를 익히는 것은 글을 쓰는 것 자체만을 위해서가 아니다

　짧은 글에서는 굳이 단락을 나누지 않아도 될지 모른다. 단락을 나누는 이유는 읽는 사람의 편의를 위해서 하는 문서 편집 행위에 가깝기 때문이다. 긴 글을 읽을 때 단락을 나눠주면 단락 단락마다 의미가 정리되는 효과를 누릴 수 있다. 또 단락이 나눠있지 않으면 그 글을 읽으려는 사람이 시각적으로 압박을 느끼게 된다. "와! 이 글을 다 읽어야 된단 말이지?"하면서 읽기도 전에 글읽기에 대한 거부감이 생길 수 있게 된다. 따라서 단락을 통해 독자를 배려할 필요가 있다.

　단락나누기는 맘대로 하는 것이 아니라 앞서의 정의처럼 '내용상으로 매듭지어질 때' 하는 것이다. 보통 단락들마다 그 양들은 비슷비슷해야 한다. 어떤 단락은 무척 짧고, 어떤 단락은 무척 길면 글쓰기의 균형이 맞지 않다는 것을 보여주는 것이다. 따라서 단락을 의식하면서 글을 쓰게 되면 불필요한 문장들을 덜어내거나, 필요한 정보들을 채워 넣으면서 전체적인 글을 균형 있게 쓸 수 있게 된다.

▌단락의 개념

글쓰기가 그러하듯, 단락 또한 이론을 알고 쓰면 더 복잡하고 부담만 생긴다. 글을 읽거나 본인이 알아서 글을 쓰는 가운데 몸에 배는 것과 같다. 단락은 여러 문장이 모여서 한 단락을 이룬다. 단락에는 중심문장이 있고, 그 외의 문장은 그 중심문장을 뒷받침해주는 문장들이 된다. 그렇다고 글을 쓸 때 중심문장 썼으니, 그 다음엔 이걸 뒷받침하기 위하여 무엇을 쓸까? 하고 생각하면서 쓰는 경우는 드물다. 흐름대로 쓰다보면 단락은 생기기 마련이다. 다만 들여쓰기와 줄바꿈을 해서 단락을 표시하지 않는 경우가 많고, 처음부터 무엇을 쓸 것인지 개요 없이 쓰는 경우 단락은 있어도 글이 중구난방 요점 없는 글이 되기도 한다.

중심문장을 뒷받침해주기 위하여 여러 서술 방식이 쓰이게 된다. 정의, 예시, 비교, 분류, 대조, 인용, 비유, 묘사 등이 그러한 방식들이다.

아래의 문장은 '글쓰기는 디자인이다'라는 중심문장을 가진 한 단락 글이다. 비유적인 문장을 통해, 그렇게 비유를 든 이유에 대해 서술하고 있다.

> 글쓰기는 디자인이다. 아름다운 디자인은 그것을 보는 사람의 마음을 훔치려고 연구한다. 색채로, 배치로, 다양한 아이디어를 이용하여 보는 사람에게 인상을 준다. 글쓰기도 마찬가지이다. 자기 자신을 위한 글이 아닌 누군가가 읽도록 쓰는 글은 읽는 사람의 마음을 훔칠 수 있어야 한다. 얼마나 나의 글이 매력적일까를 생각하며 글을 써보자.

모든 글의 단락이 위처럼 전형적인 서술 방식인 정의, 예시, 비교, 분류, 대조, 인용, 비유, 묘사를 가진 것은 아니다. 그냥 그야말로 서술로 이어지는 문장이 많다. 아래는 '내가 추구하는 삶의 목표'에 대해 한 단락의 글이다. 핵심문장은 '난 행복한 삶보다 더 중요한 지향점으로 가치있는 삶을 꼽고 싶다.'이다. 나머지 문장들은 그에 대한 이유를 말하고 있다. 일반적으로 생각하는 '행복'을 부정함으로써 핵심문장을 뒷받침하고 있다.

> 난 행복한 삶보다 더 중요한 지향점으로 '가치'있는 삶을 꼽고 싶다. 사람들은 행복이 최고라 말한다. 돈을 버는 것도 행복을 위해서이고, 한 평생 행복을 추구해 나가는 것이 진정한 삶이라 말한다. 이쯤 되면 행복은 형상만 없을 뿐 신의 반열에 올라 맹신된다. 다 좋다. 그러나 그 강박 때문에 상대적으로 행복하다 느끼지 않을 때가 더 크게 느껴진다는 점. 행복 때문에 '안'행복이라는 이분법이 굳건해진다. 또 끝없는 나의 행복을 추구하기 위하여 남을

고려하는 여유가 없기도 하다. 우리가 사는 이유가 행복인가? 행복이 우리가 가져야 할 최상의 지향점인가? 나는 당연 아니라고 말하고 싶다.

굳이 서술 방식으로 말하자면 '가치 있는 삶'과 '행복한 삶'을 비교 또는 대조한 듯싶지만, 실제 비교와 대조한 것은 없다. 행복한 삶의 단점을 들고 있고, 자신의 선택은 '가치 있는 삶'이라고 말할 뿐이다. 위에서 말한 서술 방식의 비법들을 써야 우수한 글이 되는 것은 아니다. 글을 풀어나감에 있어 어느 것이 더 효과적일지 선택할 수 있는 방식일 뿐이다.

▎단락의 요건

단락에 얼마나 많은 문장들이 있던지, 그 단락은 한 문장으로 요약이 가능해야 한다. 즉, 핵심문장이 하나여야 한다. 핵심문장이 많다면 새로운 단락을 나누지 않았거나, 그 단락의 내용이 번잡해졌음을 말하는 것이다. 따라서 필요 없거나, 현재 이 단락에서 말하는 바에 관계없다 생각되는 문장은 지워야 한다.

흔히 단락은 세 가지의 요건이 있다. 1) 통일성, 2) 긴밀성, 3) 완결성이 그것이다. 단락 내의 모든 문장이 하나의 내용으로 통일되어야 하며, 그 문장들이 긴밀하고 완결해야 한다. 핵심은 한 단락에 핵심 문장은 하나여야 한다는 것이다. 다음의 예문을 보자.

글쓰기를 잘하기 위해서는 다른 이의 글을 많이 읽어보아야 한다. 독서 내지는 인터넷 정보 등 다른 이들이 쓴 글들을 통해 지식, 감성 등 내용 측면의 배움이 있다. 또한 그들이 글을 어떻게 썼는지 단어, 문장, 단락, 구성 등 형식 측면의 배움 또한 얻을 수 있게 된다. <u>글쓰기는 매우 힘든 작업이라고 할 수 있다.</u>

위의 예문에서 핵심문장은 첫 번째 문장이다. '글쓰기를 잘하기 위해서는 다른 이의 글을 많이 읽어보아야 한다'라는 것이다. 그리고 그 뒤에는 왜 그런지에 대한 이유를 설명하고 있다. 그런데 밑줄 친 부분은 이것과는 성질이 다른 문장이다. 따라서 이 문장은 이 단락에 남겨두어서는 안 된다.

글쓰기의 기본[한 단락 쓰기]
실습과제

다음의 주제를 가지고 한 단락의 글쓰기를 해보자.
괄호 안의 서술 방식을 이용하여 써보자.

01 '사랑'의 필요성(정의)

02 내가 좋아하는 음악, 그것을 들으면 어떤 느낌이 드는가?(묘사)

03 '대학'에 와서 내가 성장한 것(대조)

04 내가 좋아하는 것들(분류)

▌매체에 따라 '단락나누기'는 다르다

위에서 설명한 단락나누기가 정석이지만, 오늘날 매체에 따라 단락나누기와 들여쓰기가 반드시 위의 형태를 준수하는 것은 아니다. 신문기사를 예로 들어보자. 최근에는 많은 사람들이 종이로 된 신문 대신 인터넷으로 신문기사를 접하게 된다. 신문에서는 위의 단락나누기와 들여쓰기가 준수되지만, 똑같은 기사여도 인터넷에서 서비스될 때는 들여쓰기가 이루어지지 않고, 2, 3 줄 정도면 의도적으로 단락을 나누고, 단락과 단락 줄을 띄운다. 그 이유는 종이로 읽을 때보다 전자디스플레이로 보는 것이 눈에 피로감을 더 주기 때문이다. 의도적으로 단락을 자주 자주 나눠주면서 글읽는 사람이 부담이 없도록 한다.

잡지의 경우도 그 잡지의 주요 고객이 누구인지, 그리고 그 기사의 성격에 따라 글자의 배치를 디자인적으로 다르게 한다. 일반적인 잡지의 경우라면 위의 정석적인 단락나누기를 하지만, 글보다는 이미지가 중요한 경우는 이것을 꼭 준수하지는 않는다.

▌글을 쓰기 전, 단락을 중심으로 구상하자

반대로 글을 쓰기 전에 먼저 써야 할 부분들을 계획하는, 이른바 개요쓰기를 하면, 그 개요의 소제목 각각이 단락으로 표현되기도 한다. 이를테면 '글쓰기' 과목의 시험문제에 〈글쓰기 중 문장을 잘 쓰는 법에 대하여 서술하라〉는 문제가 나왔다면, 문제를 작성하기 위해 먼저 개요를 떠올릴 것이다.

    1. 들어가는 말(서론)
    2. 문장 짧게 짧게 쓰기
    3. 중복 없애기
    4. 문장의 호응 일치
    5. 구어식 표현 조심
    6. 나오는 말(결론)

이렇게 적으면 곧 이것들이 단락의 소제목들이 되는 셈이다. 그리고 거기에 살을 붙여서 작성하면, 시험 보기 위하여 달달 외우는 일은 없어지게 된다. 또한 문단의 개념이 잡혀 있으면, 그 문단에서 무엇을 써야 할지 알고 있기에 생각나는 대로 글을 쓰지 않는다. 앞서 단락을 염두에 두면, 살을 붙여 한 편의 글을 다음과 같이 완성할 수 있게 된다.

오늘날 글쓰기는 '의사소통'의 한 방식으로 무척 중요하다. 그러나 전자기기의 발달로 점차 글쓰기를 하지 않게 되면서 글쓰기의 능력들이 떨어지고 있다. 세상이 스마트해진다고 사람의 의사소통을 대치해 줄 수 있는 것은 아니다. 따라서 사람과의 의사소통 능력, 그 중의 글쓰기의 필요성이 없어지는 것은 아니다.

글쓰기를 잘하기 위해서는 다양한 요소들이 있다. 그 중에서 문장을 잘 쓰는 것은 가장 기본적이라고 할 수 있다. 문장을 잘 쓰기 위해서는 네 가지를 들 수 있다. 1) 문장 짧게 짧게 쓰기, 2) 중복 없애기, 3) 문장의 호응 일치, 4) 구어식 표현 조심이 그것이다. 이에 대해 상세히 서술하도록 하겠다.

문장을 잘 쓰기 위한 방법 첫 번째는 '문장 짧게 짧게 쓰기'이다. 보통 문장을 길게 쓰는 것이 잘된 것이라는 선입견을 가지고 있다. 하지만 문장을 짧게 짧게 써야 명확해진 문장이 된다. 중복도 일어나지 않으며, 글을 읽는 사람이 지루해하지도 않기 때문이다. 따라서 문장을 잘 쓰기 위한 방법으로 먼저 문장을 짧게 짧게 쓰는 습관이 필요하다.

두 번째는 '중복 없애기'이다.(생략)

세 번째는 '문장의 호응 일치'이다.(생략)

네 번째는 '구어식 표현 조심'이다.(생략)

지금까지 문장을 잘 쓰는 방법으로 1) 문장 짧게 짧게 쓰기, 2) 중복 없애기, 3) 문장의 호응 일치, 4) 구어식 표현 조심에 대해여 서술하였다. 카카오톡 문자메세지가 글쓰기의 대부분이 된 오늘날, 우리의 글은 문장 보다는 단어나 이모티콘으로 대치되곤 한다. 때론 그것들로 인해 오해가 일어나기도 한다. 이런 오해의 시대, 문장을 쓴다는 것이 때론 중요할 수 있다.

이렇게 글을 쓰면 글읽는 사람은 글을 읽고 정리가 빨리 이루어지게 된다. 그러면서 그 내용을 더욱 오랫동안 간직할 수 있게 된다. 즉, 글의 처음에는 글쓰기의 필요성을 이야기하였고, 본론에서는 문장을 잘 쓰기 위한 방법으로 네 가지를 말하였으며, 마지막으로 스마트시대의 문장을 잘 쓰는 것이 왜 필요한지를 이야기함으로써 글을 마무리 했다. 같은 내용이어도 단락이 나누어져 있지 않았다면, 다시 한 번 읽으면서 펜을 들고 단락을 나누는 수고로움을 겪어야 한다. 읽으면서 정리하게 만드는 힘, 그리고 글읽기에 대한 '팍팍함'음을 줄이는 요소로 단락나누기는 중요하다. 개요쓰기는 '5. 글쓰기의 전략과 과정' 중 '2) 글쓰기의 과정'에서 더 자세히 다룰 것이다.

4) 글의 단위별 쓰기 3 - 글 한 편

▌글의 구성

양이 적든 많든 한 편의 글을 쓰려면 구성이 갖춰져야 한다. 그 글을 잘 이해할 수 있도록 하는 '흐름'이 있어야 한다. 그런데 그 흐름을 쓰는 사람마다 맘대로 한다면 글 읽는 사람은 매번 적응하는 힘겨움이 따른다. 따라서 보통 글의 흐름들은 정해져있는 편이다.(수필 등 개성적인 글에서는 이 흐름이 일률적이지 않아도 된다.)

일반적으로 가장 많이 쓰는 구성은 3단 구성 또는 4단 구성이다. 3단구성은 서론, 본론, 결론으로 나눈 것이고, 4단구성은 기, 승, 전, 결로 나눈 것이다. 이 두 구성은 다르지 않다. 서론과 결론의 중간인 본론을 더욱 세분화했을 뿐이다. 요점은 우리가 잘 안 쓰는 서론과 결론을 써야 한다는 점이다.

왜 서론과 결론이 필요한가. 예를 들어보자. 스마트폰에 대해여 조사해오라는 과제를 받았다. 그러면 우리는 스마트폰의 종류, 정책, 기술에 대해 조사를 할 것이다. 그런데 이것만 써놓으면 의미가 없다. 제3자가 그 글을 읽었을 때 이런 의문이 떠오를 것이다. "이 조사 왜 했지?", "이 조사 어떻게 했지?", "이 결과 가지고 뭐하라는 것이지?" 등등. 이런 질문들에 대한 답을 주어야 완성된 글이 되는 것이다.

그렇다면 조사에 대한 결과로 본론만 쓸 것이 아니라, 서론에서 왜 이 조사를 하는지, 어떤 방식으로 조사를 했는지, 이 조사를 위해 무엇을 밝힐 것인지를 말해야 한다. 그리고 결론에는 조사의 결과가 무엇이었는지, 이 결과로 무엇을 알 수 있고, 할 수 있는지를 밝힌다. 이렇게 글을 쓰면 단순히 조사만 한 것이 아니라, 무엇을 위해 조사를 해야 하고, 이 조사를 무엇에 활용할지를 생각한 글이 되는 것이다.

영화를 보거나, TV를 보더라도 처음은 궁금증을 자아내는 도입부가 있으며, 마무리에는 다시 한 번 정리를 하면서 여운을 주는 결말부가 있다. 이것이 서론과 결론이다.

전체 글에서 서론, 본론, 결론 각각 알맞은 분량이 존재한다. 전체 분량이 100%라고 하면 서론은 10~15%, 결론은 10~15%, 본론은 70~80%로 구성된다. 서론과 본론이 너무 길면, 독자가 그것을 읽는 것만으로도 지루함을 느낄 수 있다.

▌서론과 결론이 중요하다

'서론과 결론이 필요해?' 이제 막 대학생이 된 학생들의 보고서는 전반적으로 서론과 결론이 없는 경우가 많다. 한 번도 서론과 결론이 있는 글을 써본 적이 없기 때문이다. 왜 서론과 결론이 필요한지 감이 없기도 하다. 서론과 결론이 왜 필요할까?

발표 수업을 예로 들어보자. 모범적인 발표는 흐름이 있다. 먼저 자기가 어떤 발표를 할 것인지 전체적인 구성에 대하여 말한다. 그리고 그 내용에 대하여 호기심을 자극할 수 있도록 관심을 환기시킨다. 그리고 그 발표의 목적, 방법 등을 말한다. 그리고 실제 발표 내용을 발표한다. 이렇게 발표를 하면 듣는 사람의 입장에선 실제 발표 내용을 바로 발표하는 것보다 발표의 내용 파악도 쉬워지고, 이 발표가 무엇을 지향하는지 그 취지도 알 수 있다. 즉, 청중의 관심을 이끌어 낼 수 있다. 글에서 서론이란 바로 발표의 도입부에 해당되는 것이다. 영상에서는 프롤로그(prologue)라고 한다.

발표가 끝나면 마지막으로 다시 핵심적인 사안에 대해서 요약한다. 청중들의 집중도는 발표의 처음과 끝부분에 최고치에 오르고, 발표가 시작되어 시간이 흐를수록 집중도는 떨어진다. 정작 중요한 것들이 청중의 집중도에 따라 기억되지 않을 수도 있다. 따라서 다시 청중도의 집중도가 높을 발표의 마지막에 핵심을 요약 강조하는 것은 발표의 큰 효과를 낸다. 글에서 결론이 바로 이러한 역할을 한다. 영상에서는 에필로그(epilogue)라고 한다.

서론과 결론을 어떻게 써야할지 정해진 규칙은 없다. 그 이유는 글의 성격에 따라 서론과 결론이 달라지기 때문이기도 하고, 개인에 따라서, 글의 분량과 성격에 따라서도 달라지기 때문이다. 다만 앞서 말한 서론과 결론이 갖는 성격에 부합하도록 쓴다. 즉, 서론은 그 글에 관심을 이끌고, 결론은 본론을 마무리 지으면서 핵심을 전달하거나 여운을 남긴다.

어른이 되어 부모님께 감사하는 것 한 가지가 있다. 흙에 대한 경험을 갖게 해주신 것이다. 난 서울에 태어났다. 하지만 누가 고향이 어디냐고 물어오면, 전라도라고 말한다. 부모님이 전라도 태생이시고, 어렸을 적 많은 시간을 시골에서도 보냈기 때문이다. 초등학교 때도 방학이 되면 방학하는 다음날 숙제거리 잔뜩 싸가지고 시골로 내려간다. 그리고서는 개학하기 전날 서울에 올라오기를 몇 년간 했다. 시골, 흙을 밟으며 놀았던 경험. 그것이 지금도 너무도 감사한 경험이었다.

흙에 대한 경험과 기억은 추억 이상의 것이 있다. 아스팔트에서 자란 아이들이 느끼지 못하는. 서울에서 느낄 수 없는 냄새가 있고, 아궁이에 불 때며 연기 매워 눈물 흘리던 일, 개울에 가서 수영할라 치면 그저 팬티만 입고 귀에 풀입 아무렇게나 뜯어 귀마개를 대신하던 일, 그리고 귀에 들어간 물을 빼내려 뜨거운 돌에 귀를 기울였던 일, 하늘을 보면 별똥별이 비처럼 쏟아지던 일, 명절날 시골에 내려가려면 발 디딜 틈 없는 기차에 겨우 찡겨 가던 일하며, 황토흙과 짚을 넣어 만든 초가집하며, 하루에 두 번 있을까 말까 하는 버스를 기다리는 것하며, 물건 몇 가지 놓여 있지 않은 시골 전방(가게집)에서 아이스케키(아이스크림) 사먹던 일이며, 아침 6시면 어김없이 동네 스피커로 흘러나오던 새마을 노래소리와 이장할 아버지의 구수한 아침인사며 동네에 전화가 유일하게 하나 있어서, '누구 누구 양반 전화왔습니다'하면 불이 나게 이장댁으로 뛰어가던 일이며, 이제 막 개척한 시골 교회의 성경학교며 밤마다 아이들끼리 작당하여 집에서 감자와 고구마를 들고 나와 냇가에서 구워먹던 일하며 서울에서 외제자동차가 그려진 딱지를 가져가 보여주면 눈이 휘둥그레 부러워하던 아이들이며 나무 한 짐 해놓고 담배를 말아 피시며 판소리 한 대목 읊조리시던, 지금은 안 계시는 할아버지며.

　애써 경험하고 싶어도 할 수 없는 냄새, 광경, 경험을, 그리고 그 경험 속에서 얻어지는 감각을 갖게 해주신 부모님께 감사드린다.

　위의 예문과 달리 글의 양이 많고, 그 내용도 다소 전문적인 논문, 그리고 그것의 축소 형태로 쓰여지는 대학생 레포트(보고서)는 서론과 결론의 기능이 더 중요시 되고, 써야할 내용들이 세부적이고 구체적이다. 대학생 레포트(보고서)를 기준으로 서론과 결론을 어떻게 쓸 것인지 말해보자.

▌서론 쓰기

　서론, 본론, 결론으로 구성된 체계적인 글을 써본 경험이 없는 사람이라면 서론 쓰기를 가장 어려워한다. 그래서 오히려 글을 다 써놓고 서론을 쓰기도 한다. 글을 쓸 때 전체의 내용을 머릿속에 가지고 쓴 경우라면 서론 쓰기가 쉽다. 하지만 보통 글을 많이 안 써본 사람이라면 글이 어떤 방향으로 나아갈지 본인도 모른 채 쓰기를 시작하기에 서론 잡기가 여간 힘든 것이 아니다.

　보고서의 서론은 <u>1) 왜 썼는지?(배경과 목적), 2) 어떻게 썼는지?(방식), 3) 무엇을 쓸 것인지?(본론의 방향)</u> 이 세 가지를 보통 쓰게 된다. 짧은 글이거나, 다소 형식이 자유로운 문학적인 글, 생활글에서는 이 구성을 갖추지는 않는다.

무엇보다 가장 먼저 신경 써야 할 부분이 첫 문장과 첫 단락이다. 그것이 글에 대한 첫인상이기 때문이다. 이것에 대한 고민을 하지 않으면 자칫 보고서가 일기가 되어버리기도 한다.

다음은 똑같은 과제를 두고 서론을 어떻게 써야하는지를 보여주는 예이다.

이번 과제는 나 스스로는 힘든 나에 대한 단속을 하고 나아가 더 나은 나를 위한 방향으로 나아가야 한다고 생각을 하였습니다. 그래서 우선 나의 성향에 대해 알아야 한다고 생각하여 몇 일간 생각을 해보았습니다.

우선 저는 성실하지만 하기 싫으면 거의 안하는 성향이 있습니다. 그저 어떻게든 잔머리를 굴려서 끝내는 안하는 그런 성향입니다. 그래서 옆에서 누가 돌보아주거나 Deadline이 존재하지 않는다면 끝끝내 미루다가 하지 않는, 여태 그래왔던 것 같습니다.

어릴 때는 미리미리 해놓고 노는 그런 학생이었지만, 머리가 크고 해야 하는 양이 많아지다 보니 스스로도 하기 싫어진 것 같습니다. 제가 어릴 적부터 관심이 있던 언어, 즉 외국어 분야는 암기의 싸움, 단어 싸움이라 들었습니다. 하지만 영어단어도 잘 외워지지 않았기에 맞아가며, 벌을 받아가며 외웠던 영어 단어들은 지금은 큰 도움이 되고 있습니다.

저를 긴장시키게 했던 마감일과, 시험 보는 날, 그리고 체벌. 나중에 도움이 되리라 하고 먼저 계획 수립과 감시자 설정을 시작하겠습니다.

사람들은 고속도로를 위를 빠르게 달린다. 차들을 요리조리 피해가며 더 앞서 가려고 한다. 내비게이션이 뭐라 하든지 말든지 그저 빨리 가기 위해서 더 밟는다. 그러다가 갑자기 속도를 서서히 줄여 규정 속도로 맞춘다. 그렇다. 벌금을 내기 싫기 때문이다. 벌금을 내게 하는 원인은 CCTV다. CCTV는 우리의 생활 속에 많이 존재 하고 있다. 예를 들면 고속도로에도 있고 편의점에도, 학교에도 비행기 안에도 골목길에, 버스, 요즘은 심지어 방안에도 있다. CCTV가 없는 곳이 없다. CCTV는 우리의 생활을 통재한다. 요즘 인권 침해라는 말도 나오곤 하지만 CCTV의 숫자는 지속적으로 증가하고 있다. 그 이유는 무엇일까? 사람들이 감시를 당함으로 긴장을 시켜 그 사회 안의 질서를 지킨다. 그리하여 그 사회라는 공동체가 잘 돌아 갈 수 있게 한다. CCTV는 이 시대의 질서를 위해 필요한 도구로 사용되고 있다. 이처럼 사람은 타인에게 스스로 감시당할 필요가 있다.

사람의 대다수는 입으로는 쉽게 결심하지만 실제 행동으로 옮기는 것을 힘들어 한다. 그리곤 자신과의 타협을 통해 자기합리화를 한다. 그래서 나의 삶을 CCTV처럼 감시해 줄 수 있는 감시자가 필요하다. 이번 과제 감시자를 통해서 계획 세운 것을 이뤄가며 시간 관리를 철저하게 할 수 있게 된다. 나 스스로가 감시로 인한 통제로 질서가 유지가 될 수 있다. 누군가의 시선을 의식해 긴장하게 되어 하루의 시간을 더욱 허투루 보내지 않게 된다.

　나를 감시해 줄 수 있는 감시자를 만들기 위해 사람들에게 감시자로 적합한 사람을 소개해 달라고 여기저기 부탁했다. 그리고 이 감시자 선택을 위해 주위 사람들의 조언도 구했다. 감시자를 구한 후 바인더를 만들어 감시자에게 모든 계획을 주고 나를 감시하게 했다. 그리고 감시자가 바빠 자주 만나지 못했지만 카카오톡으로 감시자와 매일 피드백을 했고 감시를 당했다. 이번 과제에서는 카카오톡이 한 몫을 했다.

　본론에서는 여러 후보들 중에 지금의 감시자를 택한 이유와 나의 일주일 동안의 계획과 결과가 드러난다. 그동안 혼자 스스로를 컨트롤하며 지내 다른 사람이 내 삶에 들어올 자리가 없었다. 그러나 이번 일주일은 성장하기 위해 함께 걸어가는 시간을 보냈다. 그 과정이 아래에 드러난다. 그리고 시각 자료를 많이 활용해 눈이 지루하지 않을 것이다. 시각자료의 활용으로 마인드맵 프로그램을 이용한 자료들도 볼 수 있다. 같은 일주일이라도 색다르게 보낸 나의 일주일을 한 번 살펴보자.

　다 읽지 않아도 첫 문장만 읽어보면 일기인지 보고서인지 느낌이 난다. 첫 문장에 '나는', '교수님은', '이 과제는' 이런 주어로 시작하면 결국 객관적이어야 하는 보고서가 주관적인 일기로 전락하게 되는 것이다. 객관적인 보고서가 되기 위한 첫 단락을 쓰기 위해 어떤 식의 방법이 있을까? 방식은 무척 다양하다.

　　1. 인용(격언, 속담, 유명인의 어록, 관련 작품 등)
　　2. 일화(자신의 경험 또는 일반적인 사람들의 이야기)
　　3. 비유
　　4. 정의
　　5. 문제제기
　　6. 목적
　　7. 배경

　위의 경우 외에도 더 다양할 수 있으며 글의 성격에 따라 효과적인 것을 선택하면 된다. 남들이 보통 잘 쓰지 않는 것을 생각해내면서 더욱더 글쓰기의 개성이 드러난다. 그러나 무엇인가 주장을 하는 글이나 설명하는 글 등 객관성을 지향하는 글에서는 위의 4, 5, 6의 방식으로 글을 쓰는 것이 일반적이다. 필자의 글쓰기 강의 과제에 학생들이 제출한 보고서의 서론 첫 단락의 다양한 모습을 보면 다음과 같다.

【인용】

"옷은 순간을 반영해야 한다. 너무 빠르거나 너무 늦으면 소용이 없다." 샤넬의 수석 디자이너 칼 라거펠트의 유명한 명언이다. 새로운 패션을 만들어 내려면 그 누구보다 시대를 앞서 봐야 한다. 잡지 출간일은 그 달의 잡지 한 달 전 말쯤에 나온다. 잡지가 한 달 빠르게 나오는 이유는 전국으로 배포되어야 하고 조금 더 선전하기 위함이라고 한다. 그렇다면 에디터들은 누구보다 빠르게 발로 뛰어야 한다는 것을 의미한다. 에디터들은 미래를 보는 눈을 가지고 있어야 한다. 모든 것들이 그러하듯 적정한 시기가 있는 법. 뒤쳐져서도 안 되고 앞서나가도 안 된다.

【일화】

영화관에서 친구와 함께 영화를 보고 나오는 직후, 우리는 그 영화에 관해서 이렇게 말한다. "영화 어땠어?", "응 진짜 재미있었어. 주인공이 연기를 참 잘하네." 한 편의 영화를 보고 난 후의 느낌이 단순히 '재미있다' 또는 '재미없다'로, '연기를 잘 한다' 또는 '연기를 못 한다'로 표현될 수밖에 없는 것인가? 이런 말을 덧붙이면 더 재미있지 않을까. '이 영화, 어떤 장면의 그 부분이 진짜 재미있었어.' 라거나, '어떤 장면을 보고 주인공이 연기를 참 잘한다고 생각했어.'이런 식으로 말이다. 굳이 이렇게 똑같이 말하지 않더라도, 영화의 구체적인 장면을 잡아서 나의 느낌을 표현하는 것. 그것이 더 풍성하고 재미있는 대화를 만드는 방법이 아닐까. 이미지를 대할 때에도 마찬가지이다.

【정의】

세상의 많은 것들은 이미지로 구성되어 있다. '이미지'란 일반적으로는 그림, 조각, 거울·카메라·화면 등에 나타난 상(모습). 문학에서는 심상(心象)을 뜻하며, 그 의미는 감각에 의하여 획득한 현상이 마음속에서 재생된 것이다. 이해가 어렵다면 다른 뜻으로 들어가 보자. 어떤 사람이나 사물로부터 받는 느낌. '심상', '영상', '인상'으로 순화. 이제 이해가 간다. 오감을 통해 얻은 어떤 사람이나 사물의 느낌. 이 모든 것들이 '이미지'이다.

【배경】

꽃담황토색. 도로 위 수많은 검은색과 흰색의 차량 중 눈에 띄는 주황색 비슷한 꽃담황토색의 택시들이 있다. 바로 서울을 대표하는 해치 택시이다. 이전의 무미건조한 은빛의 택시들은 점차 사라지고 해치 택시들이 그 자리를 채워나간다. 또한 서울색도 있다. 서울특별시에서 도시 고유의 독특한 매력과 브랜드 가치를 높이기 위해 서울의 역사와 환경을 배경으로 정한 색체이다. 꽃담황토색도 서울색 10가지에 포함되어 있다. 이처럼 21세기는 점점 더 알록달록해지고 있다. 수많은 전시전들과 미술관이 일상생활에 자리 잡고 있으며 더러 유명한 작품들은 마켓팅되어 컵이나 쇼핑백, 광고 등에서 쉽게 볼 수 있다. 우리는 이미지의 홍수 속에서 살고 있는 것이다. 그 이미지들은 각각 자신의 의미를 갖고 있으며 그것을 표현해 내고 있다.

글쓰기의 기본[서론 한 단락 쓰기]

실습과제

01 다음의 주제를 가지고 글을 쓰려고 한다. 서론의 첫 단락을 작성해보자

1) 인생에서 가장 부끄러웠던 경험을 써라.
2) 〈심청전〉을 읽고 독후감을 써라.
3) '인사동'을 답사하고 써라.
4) 성공적인 '축제'에 대한 사례 분석하라.
5) 유용한 스마트폰 어플리케이션 조사하라.

▌결론 쓰기

서론은 글의 호기심을 자극하는 용도이다. 글의 성격과 길이에 따라 글의 취지나 배경, 전체적인 방향을 감지할 수 있도록 하는 역할을 한다. 이에 반해 결론은 글의 여운을 주거나, 글의 핵심을 다시 한 번 정리하는 역할을 한다. 짧은 글, 그리고 수필에서는 내용 정리보다는 여운을 주는 것이 결론에서 할 부분이다. 중요한 것은 본론을 지우고 서론과 본론만 읽더라도 유기적으로 연결이 되어 있어야 한다.

난 떡볶이를 먹지 않는다. 처음부터 안 먹었던 것은 아니다. 중학교 이후부터 먹지 않는다. 이제서야 '그때가 있었노라'고, 그리고 '그 때가 고맙노라'고 말하지만 그 당시에는 너무도 빨리 벗어나고 싶었던, 지워버리고 싶었던 시간이었다.

연립주택. 1980년대 초반만 해도 아파트와 연립주택은 낯선 주거공간이다. 그 낯설음에서 오는 호기심 또는 로망 덕분에 변두리의 연립주택으로 이사 가는 것이 어린 나에게는 설레이는 일이었다. 호기심도 잠시, 어린 나이지만 무엇인가 잘못되고 있다는 사실은 그리 어렵지 않게 느끼게 되었다. 아버지의 사업 실패, 그리고 도피. 아버지를 못 보는 날이 하루 이틀 흘렀다. 집을 팔고 그 돈으로 빚 일부를 해결한 뒤 변두리 전세 연립주택으로 도망쳤지만 늘 안방은 여전히 빚을 해결 받지 못한 이들의 차지가 되었다. 매일매일 그들은 형과 나를 조용히 불러서 아빠 있는 곳을 알려달라고 볶아댔다.

세 칸으로 시작된 전세방은 마땅한 수입원 없는 우리의 입속으로 차츰 차츰 흘러들어가 마침내 반지하방 한 칸만이 우리에게 허용되게 되었다. 사는 입에 거미줄 칠 수 없어 건강도 별로 좋지 않으신 어머니는 장사를 하신다고 했다. 그것이 포장마차 떡볶이 집이다.

중학생이었던 난 아침에 등교하기 전에 그날 포장마차에서 써야 할 물을 집에서 부터 그곳까지 양동이로 옮겨야 했고, 학교에서 돌아와 학생들이 몰릴 시간에는 어머니의 일손을 도와야 했다. 그리고 장사를 마치는 저녁 즈음에 같이 정리해야 했다. 그리고 장사가 마치고도 다 팔지 못한 불어터진 떡볶이와 만두는 고스란히 우리의 저녁이 되었다. 그리고 질렸다.

지금도 어머니에게 미안한 것은 그때 그렇게 어머니 열심히 살아가실 때, 난 우리의 사는 모습을 부끄러워했다. '차라리 다른 집에 태어났더라면…'하면서. 하지만 이제야 오히려 그렇게 어려웠던 때가 있었던 것이 내게 얼마나 소중한 지를 조금은 알게 되었다. 어려웠기 때문에, 상대적으로 그때보다 많이 나아진 지금에 만족할 수 있고, '잘 살아야겠다'라는 독을 키워 주어 입술을 꽉 다물게 했다.

시간이 훌쩍 지나버렸지만 여전히 난 떡볶이를 먹지 않는다. 질리게 먹은 음식에 대한 정서적 저항감 뿐만은 아니다. 떡볶이를 씹는 동안 진정 내가 씹는 것은 떡이 아니라, 어머니를 그리고 우리의 집을 부끄러워했다는 내 자신을 씹고 있는 것이기 때문이다.

위의 예와 달리 체계적인 글에서 결론은 본문의 내용을 전체적으로 정리하는 곳이다. 그리고 본론에서 다루지 못했던 것들을 다소 언급하는 곳이다. 이를테면 필요는 했지만 글의 성격이나 시간상 다루지 못했던, 미진했던 부분을 언급한다거나, 이 글을 통해 새롭게 안 사실, 또는 더 진척시킬 수 있는 부분을 과제로 제시하는 것이다. 대학생 보고서(레포트)의 결론은 1) 본론의 요약, 2) 과제를 통해 얻은 바, 3) 제기되는 문제나 향후 과제를 쓴다.

글에서 처음(서론), 중간(본론), 끝(결론)이라는 구성을 취하면 글의 체계, 흐름을 느낄 수 있다. 대학의 보고서는 반드시 이런 체계를 갖추어야 한다. 프레젠테이션(발표)에 있어서도 이런 흐름이 존재한다.(이 부분에 대해서는 5장 글쓰기의 전략과 과정 중 3) 말하기(프레젠테이션)에서 설명) 이야기의 흐름, 이른바 서사를 중심으로 한 장르(갈래)에서 또한 이런 흐름이 중요하다. 소설, 시나리오 등등이 그러한 장르이다. 만약 영화를 보았을 때 '기, 승, 전, 결'이라는 흐름이 없다면 보는 이들은 지루하다 느끼게 된다.[9] 심지어 대중가요 가수가 가요를 부를 때도 단 4~5분의 시간 동안 일정한 흐름으로 노래를 부르지 않는다. 중후반으로 가면 영화의 클라이맥스처럼 소위 '빵하고 터지는' 부분을 둔다. 오디션 프로그램을 보면 심사위원들이 많이 지적하는 포인트가 '노래는 연기다'라는 말인데, 얼마나 가사의 감정을 잘 전달했는지와 가사 속의 스토리의 굴곡을 잘 보여주느냐를 말하는 것이다. 이처럼 '구성'이라는 것은 글뿐만 아니라 여러 장르들에서 중요한 요소이다.

　대학 신입생의 경우 서론과 결론이 있는 글을 써보지 않아서 생소해한다. 그래서 여기서는 주로 대학 보고서(레포트)를 예로 어떻게 서론과 결론을 쓸 것인지를 말하였다. 그럼 본론은 어떻게 구성해야 하는지는 이 책의 '5. 글쓰기의 전략과 과정' 중 '2) 글쓰기의 과정'이라는 부분에서 설명된다. 글을 쓰는 과정은 착상, 집필, 퇴고라는 세 단계를 거친다. 이 중 가장 중요한 부분이 착상이다. 착상의 단계는 더 세분화되어 1) 착상, 2) 자료조사, 3) 분석과 해석, 4) 구상으로 나뉜다. 글을 쓸 때 본론을 어떻게 구성할 것인가의 문제는 바로 이 착상의 단계에서 결정되기에 이때 같이 설명하도록 한다.

---

9) 물론 이런 구조 자체를 거부하는 영화들도 있다. 이런 구조가 있느냐 없느냐가 좋은 영화냐 아니냐의 문제는 아니다. 다만 대중영화는 구조가 있다.

5. 글쓰기의 전략과 과정

1) 글쓰기의 전략

글쓰기는 단적으로 말하면 '읽히려고 쓴다'. 누가 읽는지, 왜 읽는지에 따라 글쓰기를 하게 된다. 개인 글쓰기는 누가 읽을지 염두에 둘 필요가 없기도 하고, 문학 글쓰기 중에도 독자를 생각하지 않는 경우도 있지만, 우리가 훈련할 실용 글쓰기에서는 '독자'가 있다. 그리고 '독자'가 요구하는 바가 있다.

좋은 글은 '좋은 내용'을 담고 있는 것이다. 하지만 '좋은 내용'을 담고 있어도 그 내용이 제대로 전달되지 않으면 무의미하다. 예를 들어, 대학에서 강의를 들어보면 무지 어렵게 느껴진다. 그래서 쉽사리 공부에 흥미를 갖기 힘들게 된다. 그것의 원인은 여러 가지가 있겠으나 무엇보다 강의 내용을 전달하는 방식에서 주된 원인을 찾을 수 있다. 이른바 수강생들에게 눈높이 할 수 있도록 쉽게, 비유적으로 설명하면 빠른 이해를 도모할 수 있다. 그런데 보통 교수 사회에 통용될 '학문적 용어' 그 자체로 전달한다. 아무리 내용이 우수하더라도, 그것을 이해하도록 전달하는 것이 중요함을 보여주는 예이다.

다른 예로, 우리가 책 한 권을 사고 싶어서 큰 서점에 갔다고 가정하자. 우리의 눈길과 손길을 사로잡는 것은 어떤 책인가? 아무런 정보 없이 서점을 어슬렁거리며 책을 선택할 때 우리의 눈길과 손길을 사로잡는 것은 단연 책의 껍데기(겉표지)이다. 즉 책의 제목과 디자인이다. 더 자세히 분석해보면 그 책을 어디다 진열할 것인지 디스플레이(DP, display)에 의해 우리의 손길과 눈길이 사로잡힘 당하기도 한다. 결국 독자들의 선택을 받는 단계에서 중요한 것은 그 글의 내용도 중요하지만, 짧은 시간에 그 글을 느낄 수 있는 부분에 대한 '전략'도 필요하다.

앞서도 말했지만 글쓰기를 잘한다는 것은 1) 좋은 내용 만들기와 2) 효과적 전달하기라는 두 가지 차원의 의미이다. 효과적으로 전달하기 위해서는 전략이 필요하며, 다음의 것들을 염두에 두어야 한다. 이 글을 왜 쓰는가?, 어떻게 쓸 것인가?, 읽는 사람이 누구인가?, 어떻게 잘 읽히도록 할 것인가?에 관한 것이다. 조금 딱딱하지만 명확하게 표현하면, 1) 글의 목적과 성격, 2) 독자, 3) 표현 방식, 이 세 가지를 고민해야 한다.

▍왜 쓰는가와 어떻게 쓸 것인가? – 글의 목적과 성격

낙서가 아닌 이상 글을 쓴다는 것은 목적을 가진 행위이다. 그 목적을 글이라는 수단을 통해 획득하기 위하여 글쓰기를 고민한다. 글쓰기를 잘하고 싶다면 목적에 맞게 써야 하며, 글을 쓰기 전에 어떻게 그 목적에 효과적으로 도달할지를 정해야 한다.

글의 목적, 글을 왜 쓰는가? 생각해보자.

- 자신의 주장을 밝히기 위해
- 사실을 전달하기 위해
- 느낌과 감동, 재미를 주기 위해
- 어떤 대상이나 사건에 대한 관심을 끌기 위해
- 실험이나 조사 등을 보고하기 위해
- 자기 스스로의 정리를 위해

글을 쓸 때 이런 목적이 구체적이어야 효과적인 글쓰기를 할 수 있다. 그런데 글쓰기를 수강하는 학생의 경우 많은 학생들이 본인의 의지와 무관하게, 즉 자기가 원해서 글을 쓰기보다 요구받아 쓰게 되는 경우가 많다. 그러다 보니 글의 전략을 짜서 효과적으로 전달하기 보다는, 요구사항에 마치 설문조사 답하듯 글을 쓴다. 요구받는 글에서 효과적인 전달을 고민하는 훈련을 쌓아야 본인이 스스로 글을 쓸 때도 적용될 수 있다. 마치 자신은 평생 글을 안 써도 될 것 같은 무책임한 생각을 지워야 한다.

주장하는 글은 논설문이라고 한다. 이 글에서는 그 주장의 근거가 탄탄해야 한다. 그리고 객관적이어야 한다. 일방적인 자기주장은 설득력이 없기 때문이다. 그래서 자기주장을 할 때는 자신의 주장과 반대하는 주장을 염두에 두어야 하며, 그것을 반대할 수밖에 없는 이유를 담아야 한다. 아무런 근거 없이 자기주장이 정답인 듯 선언하고 말거나, 부분적인 사실을 가지고 전체시하는 오류를 범하지 말아야 한다.

논설에서 한 단계 더 전문적으로 들어가면 논증이 된다. 학자들이 쓰는 학술논문은 논증의 성격을 가진다. 논증은 의문과 질문으로 시작되며, 그 의문과 질문에 대한 답을 하게 된다. 그리고 그 의문과 질문은 기존에 누구나 알고 있거나, 믿고 있는 것이 아니어야 한다. 이미 다 알고 있는 상식을 또다시 논증할 필요는 없기 때문이다.

사실을 전달하는 글은 설명문이라고 한다. 이 글의 핵심은 명료한 사실 전달에 있다. 조금 어려운 개념의 경우는 비유적으로 설명을 하거나, 무척 다양한 의견들이 있으면 이것들을 모아서 명료하게 정리해야 한다.

대학교의 레포트(보고서) 중에 설명 중심의 과제가 있다. "무엇무엇을 조사하여라"라는 식의 과제이다. 이 과제는 보통 예습 또는 복습을 위한 과제에 속한다. 강의 중 교수의 강의를 잘 이해하기 위하여 실제 무엇인가를 조사하도록 하는 것이다. 즉, 사실을 정리하는 것이 이 과제의 핵심이다. 그러나 이것만을 정리하는 것은 좋은 과제 수행이 아니다. 이 정리를 기반으로 무엇인가 하나 덧붙여야 한다. 교수의 과제란 '그 자체'를 위해 낸다기보다는, '그것을 통해 무엇을' 위해 내는 것이기 때문이다.

느낌과 감동, 재미를 주는 글은 문학이나 저명한 이들의 칼럼 등이 이에 속한다. 요즘에는 일반인들이 자신이 겪었던 재미있는 경험들을 인터넷이나 SNS를 통해서 다른 이들과 나누기도 한다. 느낌, 감동, 재미있는 글은 기본적으로 '느낌, 감동, 재미있는 사건'이 있어야 하며, 또 그것을 더 부각시키거나 생생하게 전달할 수 있는 글 솜씨가 요구된다. 이런 글 솜씨는 꾸준히 다른 이의 글을 읽고, 또 글쓰기 연습을 하며 터득할 수 있다. 무엇보다 염두에 둘 것은 글을 읽는 사람이 얼마나 이 글에 '흥미'를 보일까를 계속 염두에 두며 쓰는 습관이다. 내게 재미없는 글은 남에게도 재미없다.

어떤 대상이나 사건에 대한 관심을 끌기 위한 글이 있다. 보통 이런 글은 길지 않은 단편적인 글인 경우가 많다. 그리고 그 성격에 있어 앞서 말한 사실을 전달하는 글에 가깝기도 하다. 하지만 중요한 것은 그 글을 읽는 사람의 '관심'을 끌어내야 한다는 것이고, 그 관심은 감정, 감성적 요소에 해당한다. 따라서 어떤 대상이나 사건에 대한 관심을 끌기 위한 글은 그 사실적인 내용을 명료하게 잘 정리하는 것도 중요하지만, 사람들로 하여금 왜 관심을 가져야 하는지 설득을 해야 한다. 그러기 위해서 '제목이 중요하며, 강한 인상을 줄 수 있는(임팩트 있는) 제목을 정함으로써, 그 글을 읽고 싶게 만들어야 한다.

실험이나 조사 등을 보고하기 위한 글, 이른바 보고서는 '격식 있는', 즉 정해진 규칙(룰)이 있는 것이므로 개인적 취향으로 써서는 안 된다. 실험, 조사 등 보고 내용의 성격에 따라, 전공 영역에 따라 그 형식들을 달리한다. 따라서 이에 대한 형식과 격식은 글쓰기 교재가 아닌 각 전공별 교수 및 교재를 참조한다. 실험이나 조사 보고서는 넓게 보면 설명과 논증의 방식이 중요한 기술 방법이다. 가설을 세워서 그 가설을 증명해야 할 때가 있는데 이는 논증의 방식이다. 무엇보다 많이 쓰이는 기술방법은 설명이다. 자신이 어떤 준비와 과정을 통해 결과를 도출했는지까지 명확한 기술을 해야 한다.

글이란 읽는 사람을 염두에 둔 표현 행위이다. 이때 읽는 사람이 타인이 아닌 자기 자신인 글쓰기도 있다. 일기, 간단한 메모 등이 그러한 글들이다. 이런 글들에는 정석이 있다기보다 자신이 하고 싶은 대로 쓰면서 자신의 방식을 찾는 것이 좋다. 아이디어 메모 등은 앞서 설명한 방식들을 참조하여 자신만의 방식을 만들어 나가는 것이 좋다. 타인이 아닌 자신을 위한 글쓰기이므로 머리 아프게 전략을 짤 필요는 없다.

다만 처음에 자신만을 위한 글을 쓰다 차츰 그 글을 누군가에게 보이고 싶다는 욕망이 생길 수 있다. 그리고 이때 조금 더 나은 글을 쓰고 싶다는 욕망을 하게 된다. 이때의 글쓰기는 '문학적' 글쓰기를 염두에 둔 것이므로 이에 대한 부분은 책 또는 다른 이의 글을 읽으면서 언어와 문장을 구사하는 능력들이 몸에 배도록 해야 한다. 표현 뿐 아니라 글의 내용이란 생각의 차이이므로 다양한 경험을 통해 자연스레 생각들의 기회를 찾는 것도 중요하다.

▍누구에게 읽힐 것인가? – 독자 분석

말과 글은 소통을 위한 방식이다. 따라서 나의 생각과 소통하고자 하는 사람에 대한 눈높이가 필요하다. 글을 쓸 때 생각 없이 쓰는 것이 아니라, 이 글을 누가 읽게 될 것인지, 그 사람은 무엇을 읽고 싶어 하는지를 염두에 두고 글을 써야 한다.

대학에서 레포트(보고서)의 독자는 교수이다. 대학에서 과제는 학생들의 학습을 돕는 목적이다. 하지만 보고서는 성적과 연결되며, 그 성적은 다름 아닌 담당교수의 기준에 의한다. 아무리 객관성을 표방한다하지만 교수의 기준에 부합해야 한다. 그렇다면 결국 좋은 성적을 위해서는 교수가 원하는 내용을 담아서, 교수가 선호하는 표현으로 글을 써야 한다. 교수들의 성향은 무척 다양하다. 어떤 교수들은 요점만 간단히, 핵심만 적는 것을 선호하기도 하고, 어떤 이들은 장황하게 서술하는 것을 좋아하기도 한다. 어떤 교수들은 자신의 이론에 자부심이 강하여 자신 이론에 반하는 내용을 쓰면 싫어하기도 한다. 어떤 교수들은 창의성을 중요히 여겨서 독창적인 내용을 담아야하며, 교재나 자신의 강의 내용을 그대로 정리하는 것을 싫어하기도 한다. 이처럼 레포트를 쓸 때는 이 글을 읽게 되는 교수의 성향을 파악하여, 그에 따른 글쓰기를 융통성 있게 적용해야 한다.

교수가 '교재의 몇 페이지를 예습하고 정리해 와라'라는 간단한 과제를 내주었다고 하자. 그럼 모두들 시험 대비 요약노트 정리하듯 핵심을 추려서 깔끔하게 요약하려고 노력할 것이다. 그런데 거기서 끝나고 만다. 독자를 분석하지 않은 것이다. '교수는 왜 그 과제를 내주었을까?', '그 과제를 통해 무엇을 요구하는 것일까?'를 묻지 않고, 시킨 것만 한다. 과제는 무엇인가를 하기 위한 디딤돌이다. 따라서 과제를 할 때는 시키는 미션 그 자체만 해결하는 것에 머물지 말고, 그것을 밟고 어디로 뛸 것인지도 함께 염두에 두어야 한다. 단순히 교재의 내용을 예습한 것만 정리하는 것에서 그치지 않고, 그 내용이 본인에게 어떤 도움이 되었는지 말하거나, 그 도움을 이용해서 어떤 것을 할 수 있는지 그에 대한 생각, 아이디어를 쓴다면 더 좋은 과제, 남들은 하지 않는 차이나는 과제를 할 수 있는 것이다.

취업 경쟁이 심해지면서 한 명의 취업자가 몇 십 장의 회사에 지원하는 것은 너무도 흔한 이야기가 되어 버렸다. 취업의 첫 번째 관문은 서류전형이다. 서류전형에서 빠지지 않는 것이 자기소개서(자소서)이다. 자기소개서의 한 줄이 서류통과를 좌지우지하기도 하므로, 자기소개서를 위한 첨삭 지도를 하기도 하고, 자기소개서 작성을 위한 스터디를 만들기도 한다. 한 사람이 열 곳의 기업에 응모한다고 했을 때 똑같은 자기소개서를 제출하지 않는다. 왜냐하면 각 기업마다 뽑고 싶어 하는 인재상이 다르기 때문이다. 어떤 회사는 조직 융합력을 우선시하는 분위기가 있다. 어떤 회사는 창의성을 우선시하기도, 어떤 회사는 도전적인 이를 우선시하기도 한다. 따라서 똑같은 자소서로 똑같이 내기보다, 그들 회사에서 보고 싶은 부분을 강조해서 자소서의 소제목이라던가, 문구나 내용의 선택을 해야 한다.

글쓰기처럼 말을 할 때도 누가 그 말을 들을 것인지에 따라 방식을 달리한다. 강의시간에 발표를 한다고 하면 주요 청중은 같이 강의 듣는 학생이다. 하지만 발표의 점수는 청중의 호응도 보다는 교수가 보기에 내용이 충실한 것, 그래서 자신감 있게 발표한 것을 본다. 학생들의 호응을 받기 위하여 재미있고, 튀게 발표하는 것보다 정중하고 차분하게 기승전결이 있는 발표가 오히려 좋은 발표 점수를 받을 수 있는 것이다.

한편 출판, 신문이나 잡지 등 '글'을 파는 산업군에서는 더더욱 독자 분석은 중요하다. 이 글을 읽는 사람들은 무엇을 요구하는지 그들의 기호(needs)를 따라주어야 하며, 향후 어떻게 변할 지도 예측해야 한다. 독자의 선택을 받지 못하면 문을 닫아야 하는 생존 경쟁이기 때문이다.

▮ 어떻게 잘 읽히도록 할 것인가? – 서술 방식

글을 쓰기 전에 먼저 글의 목적과 성격, 독자에 대한 생각을 하며 방향을 정해야 한다. 그리고 그에 따라 효과적인 표현 방식들을 선택해야 하다. 효과적인 표현 방식에서 중요한 것은 두 가지이다. 글의 서술 방식과 시각성(편집)이다.

글의 서술 방식은 1) 설명, 2) 묘사, 3) 서사, 4) 논증 등이 있다.(이를 산문의 진술방식이라고도 한다.) 설명(說明)은 말씀 설, 밝을 명이다. 해석하면 '밝게 말하다, 말로 밝히다'라고 할 수 있다. 어떤 일이나 대상의 내용을 상대편이 잘 알 수 있게 말하는 것이 설명이다. 주로 우리가 쓰는 글쓰기가 이 설명이며, 정의, 비교와 대조, 분류, 예시 등이 설명에 해당된다.

묘사(描寫)는 그릴 묘, 베낄 사이다. 해석하면 '그리고 베끼다'이다. 어떤 일이나 대상의 내용을 마치 보는 듯이 문장으로 그려내는 것이 묘사이다. 묘사는 다소 문학적 영역에 속한다. 글을 통해 바로 이미지가 떠올릴 수 있도록 묘사하는 능력은 단연 문학가들의 특화된 능력이다.

서사(敍事)는 차례 서, 일 사이다. 해석하면 '일의 차례' 또는 '차례로 벌어진 일들'이다. 어떤 일의 시간적인 흐름을 있는 그대로 적는 것을 서사라 한다. 흔히 기사 작성의 원칙인 '6하원칙, 누가(who), 언제(when), 어디서(where), 무엇(what), 왜(why), 어떻게(how)'가 대표적인 서사의 방식이다.

논증(論證)은 논할 론, 증거 증이다. 해석하면 '논하여 증명하다'이다. 옳고 그름을 따져서 증명하는 것을 말한다. 논증은 흔히 논설문이나 논문의 주요한 표현 방식이다. 여러 사실들을 정리하고, 그것의 옳고 그름을 가려낸다.

글의 서술 방식인 1) 설명, 2) 묘사, 3) 서사, 4) 논증은 그 이론을 배워서 익혀진다기보다는 다양한 글들을 읽으면서 점차 스스로가 체득되어 자신의 글에서 나타나게 되는 것이다. 이론을 익히려 하는 순간 복잡하고 어려울 뿐이며, 글이란 이론으로 되는 것이 아니라 실습을 통해 가다듬어지는 것이다.

▎어떻게 잘 읽히도록 할 것인가? – 시각성

문서를 어떻게 편집했느냐에 따라 읽고 싶은 글이 있고, 읽기도 전에 답답해지는 글이 있다. 글은 독자가 읽어야 하며, 잘 쓴 글이란 독자가 잘 읽도록 도와주는 글이다. 그래서 독자와 눈높이가 된 글쓰기를 하고, 글읽기의 고충을 줄여주기 위하여 문장을 간결하게 쓴다. 앞서 '4. 글쓰기의 기본 / 3) 글의 단위별 쓰기 2 – 단락'에서 설명했듯이 단락 구분이 되어있는지에 따라서도 읽힘의 수월성이 달라진다. 글쓰기에서 왜 '편집'까지 신경 써야 하는가 의문이 들 수 있다. 하지만 우리가 글을 써야할 때 그 글의 편집을 보통 다른 이가 해주지 않기 때문에 편집까지도 글쓰기의 영역에 속하는 것이다. 다음의 편집된 문서와 편집이 잘 안된 문서를 비교해보자.

나는 잡지 편집장, 나만의 잡지 만들기

Ⅰ. 과제 시작하면서

교육은 지식과 기술 따위를 가르치며 인격을 길러주는 것을 말한다. 단순히 가르치는 것이 아니라 아이들의 성장을 도와주고 행복한 미래를 위해 고민하고 생각해야한다. 그러기 위해서는 선생님들도 끊임없이 노력해야 한다. 과거 초·중·고등학교 선생님 중에는 아이들을 가르치는데 사명감을 가지고 하는 게 아니라 그냥 직업으로 생각하는 선생님이 있었던 것 같다. 아이들을 가르치는데 관심을 갖기보다 자신의 다른 일에 더욱 관심을 쏟고 사랑의 매라는 이름으로 폭력을 행사한 선생님이 있었다. 많은 시간이 흘렀음에도 불구하고 그러한 일들은 잊혀 지지 않고 뇌리에 박혀 있다. 그만큼 선생님이 아이들에게 하는 행동, 말을 할 때는 한 번 더 생각하고 해고 조심해야 한다. 그래서 내가 선택한 잡지는 새교육 이라는 책으로서 노력하고 생각하는 선생님을 위한 잡지다. 4년 뒤에 선생님이 되어야 할 나는 그냥 선생님이 되는 것이 아니라 교수님께서 얘기하신 어떤 선생님이 될지 생각하게 하는 잡지 인 것 같다. 본론 1 과정을 위해 도서관에 가서 교육 잡지는 무엇이 있나 잡지를 하나하나 찾아보았다. 선택한 잡지를 여러 번 봐서 어떤 기사를 골라야 하는지 고민했다. 본론 2과정에서는 포토샵을 이용해 잡지 표지, 목차를 만들었다. 그리고 인터뷰하기 위해 선생님께서 근무하시는 학교에 직접 찾아갔다. 많이 부족하지만 내가 선택한 잡지가 무엇인지 잡지는 어떻게 만들었는지 살펴보자.

Ⅱ. 월간지, 그것이 알고 싶다.

1. 월간지 선택하기

내가 선택한 월간지는「새교육」이다. 새교육은 새로운 교육의 흐름을 잡아주는 전문지라는 슬로건을 내세운 교육에 관한 월간지이다. 1948년 7월에 창간해 우리나라 교육 역사와 함께 성장해온 잡지다. 한국 교육발전의 디딤돌을 놓았고 시대의 흐름에 맞게 교육여론을 이끌어온 정통 교육전문월간지다. 새교육은 특집, 교육 뉴스, 교직에 계시는 선생님들의 진솔한 이야기, 학교 경영, 임용시험을 위한 정보 등 다양한 내용이 담겨 있다. 현재 교육계에서 문제가 되고 있는 내용들을 소개하고 비판하기도 한다. 그리고 아이들을 위해 노력하는 선생님, 생각하는 선생님을 만날 수 있다. 교단에서 겪는 어려움, 당황스러운 점과 그것에 대한 다양한 의견과 예시가 나와 있어 현직 교사 뿐만 아니라 예비 교사에게도 미래를 설계하는데 도움이 되는 잡지다. 교육에 대한 내용만 있으면 지루할 수도 있지만 이 월간지는 한국의 풍경이나 일상적인 내용의 이야기들도 있어 부담을 느끼지 않고 읽을 수 있다.

- 1 -

2. 비슷한 월간지 찾기, 비교하기

1) 우리교육(초등 · 중등)

월간 「우리교육(초등·중등)」은 1990년 3월 1일 창간한 교육 잡지다. 올해로 창간 20주년을 맞은 우리교육은 교육경쟁에 반대하여 협력하는 교육, 연대하는 교육을 나누는 교육현장의 희망을 찾기 위해 창간되었다. 또한 사람들의 공감을 얻고자하며 사람들에게 질문을 던짐으로써 교육현실을 꿰뚫어보며 교육문제의 근본을 짚는다.

2) Polaris (폴라리스)

「폴라리스」는 국내유일 영·유아 정책 교육·보육 전문지다. 교육계획안/일일교육계획안/월간교육계획안/연간교육계획안/미술교육계획안/표준보육과정/유치원개정과정으로 구분되어 있다. 교구/안전보육/유치원평가 등에 대한 정보도 다루고 있어 유치원 교사에게 유용한 월간지다.

3) 꿈꾸라21

「꿈나래21」은 교육과학기술부가 발행하는 잡지다. 매달 간행물과 웹진의 두 가지 형태로 제작되며 1982년 문교행정으로 첫 발행된 이래 문교월보, 교육월보, 교육마당21로 제호를 바꾸어 오다가 교육인적자원부와 과학기술부가 통합되면서 2008년 8월 꿈나래21로 새롭게 태어났다.

4) 꼬망세

「꼬망세」1996년 3월에 창간한 영·유아 전문 교육 잡지다. 꼬망세의 시초는 1955년 창간된 월간 교육자료라는 월간지다. 꼬망세는 아동의 건강, 견학 가이드, 미술 특성화 프로그램 등 다양한 주제로 구성되어 있다.

5) 월간지 새교육과 비교하기

꼬망세와 폴라리스는 영·유아를 위한 잡지이기는 하나 영유아에 대한 기사보다는 광고 글들이 너무 많았다. 교육적인 내용을 알려주기 보다는 유아용품을 파는 잡지 같았다. 그에 비해 새교육은 광고 글이나 사진의 거의 없고 교육적인 내용, 교육과정의 문제점, 해결방안을 제시해주는 등 다양한 정보를 알 수 있는 잡지다. 꿈나래 21의 경우에는 교육인적자원부에서 발행한 월간지이기 때문에 평론적인 성격보다는 정책을 소개하는 잡지 같았다. 반면 월간지 새교육은 현재 교육제도의 잘못된 점을 비판하기도 하고 새로운 길을 제시해주어 다양한 시각에서 생각해 보게 만든다. 우리교육(초등·중등)은 꼬망세, 폴라리스, 꿈나래21 보다는 내용이 훨씬 더 충실했고 다양한 인물을 만날 수 있어서 좋았다. 하지만 우리교육은 초등, 중등을 따로 나누어 놓았기에 한꺼번

- 2 -

나는 잡지 편집장, 나만의 잡지 만들기

Ⅰ. 과제 시작하면서

교육은 지식과 기술 따위를 가르치며 인격을 길러주는 것을 말한다. 단순히 가르치는 것이 아니라 아이들의 성장을 도와주고 행복한 미래를 위해 고민하고 생각해야한다. 그러기 위해서는 선생님들도 끊임없이 노력해야 한다. 과거 초·중·고등학교 선생님 중에는 아이들을 가르치는데 사명감을 가지고 하는 게 아니라 그냥 직업으로 생각하는 선생님이 있었던 것 같다. 아이들을 가르치는데 관심을 갖기보다 자신의 다른 일에 더욱 관심을 쏟고 사랑의 매라는 이름으로 폭력을 행사한 선생님이 있었다. 많은 시간이 흘렀음에도 불구하고 그러한 일들은 잊혀 지지 않고 뇌리에 박혀 있다. 그만큼 선생님이 아이들에게 하는 행동, 말을 할 때는 한 번 더 생각하고 해고 조심해야 한다. 그래서 내가 선택한 잡지는 새교육 이라는 책으로서 노력하고 생각하는 선생님을 위한 잡지다. 4년 뒤에 선생님이 되어야 할 나는 그냥 선생님이 되는 것이 아니라 교수님께서 애기하신 어떤 선생님이 될지 생각하게 하는 잡지 인 것 같다. 본론 1 과정을 위해 도서관에 가서 교육 잡지는 무엇이 있나 잡지를 하나하나 찾아보았다. 선택한 잡지를 여러 번 봐서 어떤 기사를 골라야 하는지 고민했다. 본론 2과정에서는 포토샵을 이용해 잡지 표지, 목차를 만들었다. 그리고 인터뷰하기 위해 선생님께서 근무하시는 학교에 직접 찾아갔다. 많이 부족하지만 내가 선택한 잡지가 무엇인지 잡지는 어떻게 만들었는지 살펴보자.

Ⅱ. 월간지, 그것이 알고 싶다.

1. 월간지 선택하기

내가 선택한 월간지는「새교육」이다. 새교육은 새로운 교육의 흐름을 잡아주는 전문지라는 슬로건을 내세운 교육에 관한 월간지이다. 1948년 7월에 창간해 우리나라 교육 역사와 함께 성장해온 잡지다. 한국 교육발전의 디딤돌을 놓았고 시대의 흐름에 맞게 교육여론을 이끌어온 정통 교육전문월간지다. 새교육은 특집, 교육 뉴스, 교직에 계시는 선생님들의 진솔한 이야기, 학교 경영, 임용시험을 위한 정보 등 다양한 내용이 담겨 있다. 현재 교육계에서 문제가 되고 있는 내용들을 소개하고 비판하기도 한다. 그리고 아이들을 위해 노력하는 선생님, 생각하는 선생님을 만날 수 있다. 교단에서 겪는 어려움, 당황스러운 점과 그것에 대한 다양한 의견과 예시가 나와 있어 현직 교사 뿐만 아니라 예비 교사에게도 미래를 설계하는데 도움이 되는 잡지다. 교

- 1 -

육에 대한 내용만 있으면 지루할 수도 있지만 이 월간지는 한국의 풍경이나 일상적인 내용의 이야기들도 있어 부담을 느끼지 않고 읽을 수 있다.

2. 비슷한 월간지 찾기, 비교하기

1) 우리교육(초등 · 중등)

월간 「우리교육(초등중등)」은 1990년 3월 1일 창간한 교육 잡지다. 올해로 창간 20주년을 맞은 우리교육은 교육경쟁에 반대하여 협력하는 교육, 연대하는 교육을 나누는 교육현장의 희망을 찾기 위해 창간되었다. 또한 사람들의 공감을 얻고자하며 사람들에게 질문을 던짐으로써 교육현실을 꿰뚫어보며 교육문제의 근본을 짚는다.

2) Polaris (폴라리스)

「폴라리스」는 국내유일 영·유아 정책 교육·보육 전문지다. 교육계획안/일일교육계획안/월간교육계획안/연간교육계획안/미술교육계획안/표준보육과정/유치원개정과정으로 구분되어있다. 교구/안전보육/유치원평가 등에 대한 정보도 다루고 있어 유치원 교사에게 유용한 월간지다.

3) 꿈꾸라21

「꿈나래21」은 교육과학기술부가 발행하는 잡지다. 매달 간행물과 웹진의 두 가지 형태로 제작되며 1982년 문교행정으로 첫 발행된 이래 문교월보, 교육월보, 교육마당21로 제호를 바꾸어 오다가 교육인적자원부와 과학기술부가 통합되면서 2008년 8월 꿈나래21로 새롭게 태어났다.

4) 꼬망세

「꼬망세」1996년 3월에 창간한 영·유아 전문 교육 잡지다. 꼬망세의 시초는 1955년 창간된 월간 교육자료라는 월간지다. 꼬망세는 아동의 건강, 견학 가이드, 미술 특성화 프로그램 등 다양한 주제로 구성되어 있다.

5) 월간지 새교육과 비교하기

꼬망세와 폴라리스는 영·유아를 위한 잡지이기는 하나 영유아에 대한 기사보다는 광고 글들이 너무 많았다. 교육적인 내용을 알려주기 보다는 유아용품을 파는 잡지 같았다. 그에 비해 새교육은 광고 글이나 사진의 거의 없고 교육적인 내용, 교육과정의 문제점, 해결방안을 제시해주는 등 다양한 정보를 알 수 있는 잡지다. 꿈나래 21의 경우에는 교육인적자원부에서 발행한 월간지이기 때문에 평론적인 성격보다는 정책을 소개하는 잡지 같았다. 반면 월간지 새교육은 현재 교육제도의 잘못된 점을 비판하기도 하고 새로운 길을 제시해주어 다양한 시각에서 생각해 보게 만든다. 우리교육(초등중등)은 꼬망세, 폴라리스, 꿈나래21 보다는 내용이 훨씬 더 충실했고 다양한 인물을 만날 수 있어서 좋았다. 하지만 우리교육은 초등, 중등을 따로 나누어 놓았기에 한꺼번

- 2 -

글을 읽게 하는 것은 들려주거나, 보여주는 것보다 불편함을 초래하는 행위이다. 따라서 글을 읽는 사람(독자)의 글읽는 수고로움을 최대한 줄여주는 배려가 필요하다. 글쓰기의 문체라던가 내용으로 할 수 있는 배려가 있다면, 문서의 편집으로 할 수 있는 배려가 있는 것이다.

문서 편집에서 신경 쓸 부분은 1) 문서의 여백, 2) 글자의 크기, 줄간격, 자간, 장평, 3) 글꼴 선택, 4) 제목, 본문, 인용문 등의 시각적 차별화, 5) 글의 정렬, 들여쓰기와 단락 나누기 등을 들 수 있다.

1) 문서의 여백은 문서작성 프로그램 기본 설정을 그대로 사용한다. 한글 프로그램을 기준으로 F7을 누르면 편집 용지 메뉴가 나온다. 만약 한 페이지에 많은 글을 넣고 싶다면 이 여백을 줄여주면 된다. 그러나 적어도 좌우상하의 여백이 25보다 적으면 문서가 빽빽해 보여, 읽는 사람이 답답해질 수 있다. 아래의 예시를 보면 여백이 하나도 안주어졌을 경우, 적정한 여백을 주었을 경우이다.

추석이다.

아이들에게는 학교 안가는 날이고, 친지들로부터 용돈을 수금할 수 있어서 좋은 날이 될 수도 그러면서도 여러 친척 자식들과 비교되며 부모 위신을 빌미삼아 비교당하는 날이기도, 가족 우애 대단한 집은 오랜만의 멤버십트레이닝(MT)의 날이다. 며느리들에겐 1년 중 스트레스 최고조에 다다를만한 날이고, 취업 준비생과 제법 나이 먹은 솔로들에겐 귀를 막고 싶은 날이다. 고향이 없어, 있어도 못가는 이들에게는 그립거나, 빨리 지나갔으면 하는 날이고, 나에게는 우리 집의 제사를 총괄해야 하는 날이다. 민속을 공부했으니 가장 잘 알 것이라는 기대감이 내게 기댄다. 음식을 어떻게 놓는지, 절을 언제 하는지 등등

한국의 Thanks giving이라고 할 수 있는 추석은, 그 감사함의 대상으로 하느님 대신 '조상'을 중심에 두고 있다. 세월이 변하여 농사를 짓지 않으므로, 그리고 '조상'을 '신'의 반열로 생각지 않게 되면서 여러 가지 의미가 변하였다. Ancestor memorial day에서 Family Banquet으로, 물론 아직도 조상에 대한 신심을 가진 사람들도, 부모님에 대한 은혜와 공경을 가진 사람들도 많지만 마치 사람이 죽으면 매장해야 한다는 생각에서 화장해도 된다로 같아타듯 오늘날 사람들의 편의와 관념에 따라 변할 것이다.

사람이 죽어 귀신이 되면, 그 귀신은 배고픈 존재로 인식되어 배불리 먹여주기를 기다린다. 그것이 조상 제사, 일년 중 귀신으로 표상되는 조상의 영혼은 몇 차례 음식을 대접받을 수 있었다. 자신의 기제사, 설날, 한식, 추석 그러나 오늘날에는 점차 설날, 추석 정도로 좁혀지고 있다. 그나마도 제사를 안 지내는 집안이 늘고 있다.

유교의 논리에서 사람이란 기(氣)들이 응축되어서 만들어지고, 죽으면 응축된 기들은 허공으로 흩어진다. 흩어진 기들은 또다시 이전대로 뭉쳐질 수 없다. 만약 이것이 가능하다면 '환생'이 되는 것이기 때문이다. 그런데 오랜 전통에서 습성화된 조상숭배, 이른바 제사의 문제를 도외시할 수 없게 된다. 그러면서 이른바 타협을 하게 된다. 자손들이 지극한 정성으로 제사하면 흩어졌던 기들이 다시 한 번 일시적으로 응축되어 그 정성에 감응한다고 믿었다.

제사를 지내야 하는 걸까? 절을 해야 할까? 음식을 꼭 정해진 대로만 챙겨야 할까? 정답은 없다. 가족들의 합의에 따라 선택하면 된다. 만약 내게 선택권을 준다면? 난 제사를 안 지낼 것이다. 외식을 하거나 가족 식사 한 번 정도 할 것이고, 식사에 앞서 잠시간 묵념이나 기도의 시간을 가질 것이며, 식사를 하면서 조상과의 추억들을 이야기 할 것이다. 그럼 제사 지낼 때 그냥 서있는 작은 아버지들도, 제사 음식 째빠지게 장만하면서 누가 더 일을 많이 했느냐를 두고 감정 결투하는 작은어머니들도 모두 헤피해질 수 있기 때문이다. 살 아있는 자들에게 '짐'으로 느껴진다면 내가 조상이어도 밥이 안 넘어갈 것이기 때문에

추석이다.

아이들에게는 학교 안가는 날이고, 친지들로부터 용돈을 수금할 수 있어서 좋은 날이 될 수도 그러면서도 여러 친척 자식들과 비교되며 부모 위신을 빌미삼아 비교하는 날이기도, 가족 우애 대단한 집은 오랜만의 멤버십트레이닝(MT)의 날이다. 며느리들에겐 1년 중 스트레스 최고조에 다다를만한 날이고, 취업 준비생과 제법 나이 먹은 솔로들에겐 귀를 막고 싶은 날이다. 고향이 없어, 있어도 못가는 이들에게는 그립거나, 빨리 지나갔으면 하는 날이고, 나에게는 우리 집의 제사를 총괄해야 하는 날이다. 민속을 공부했으니 가장 잘 알 것이라는 기대감이 내게 기댄다. 음식을 어떻게 놓는지, 절을 언제 하는지 등등

한국의 Thanks giving이라고 할 수 있는 추석은, 그 감사함의 대상으로 하느님 대신 '조상'을 중심에 두고 있다. 세월이 변하여 농사를 짓지 않으므로, 그리고 '조상'을 '신'의 반열로 생각지 않게 되면서 여러 가지 의미가 변하였다. Ancestor memorial day에서 Family Banquet으로, 물론 아직도 조상에 대한 신심을 가진 사람들도, 부모님에 대한 은혜와 공경을 가진 사람들도 많지만 마치 사람이 죽으면 매장해야 한다는 생각에서 화장해도 된다로 같아타듯 오늘날 사람들의 편의와 관념에 따라 변할 것이다.

사람이 죽어 귀신이 되면, 그 귀신은 배고픈 존재로 인식되어 배불리 먹여주기를 기다린다. 그것이 조상 제사, 일년 중 귀신으로 표상되는 조상의 영혼은 몇 차례 음식을 대접받을 수 있었다. 자신의 기제사, 설날, 한식, 추석 그러나 오늘날에는 점차 설날, 추석 정도로 좁혀지고 있다. 그나마도 제사를 안 지내는 집안이 늘고 있다.

유교의 논리에서 사람이란 기(氣)들이 응축되어서 만들어지고, 죽으면 응축된 기들은 허공으로 흩어진다. 흩어진 기들은 또다시 이전대로 뭉쳐질 수 없다. 만약 이것이 가능하다면 '환생'이 되는 것이기 때문이다. 그런데 오랜 전통에서 습성화된 조상숭배, 이른바 제사의 문제를 도외시할 수 없게 된다. 그러면서 이른바 타협을 하게 된다. 자손들이 지극한 정성으로 제사하면 흩어졌던 기들이 다시 한 번 일시적으로 응축되어 그 정성에 감응한다고 믿었다.

제사를 지내야 하는 걸까? 절을 해야 할까? 음식을 꼭 정해진 대로만 챙겨야 할까? 정답은 없다. 가족들의 합의에 따라 선택하면 된다. 만약 내게 선택권을 준다면? 난 제사를 안 지낼 것이다. 외식을 하거나 가족 식사 한 번 정도 할 것이고, 식사에 앞서 잠시간 묵념이나 기도의 시간을 가질 것이며, 식사를 하면서 조상과의 추억들을 이야기 할 것이다. 그럼 제사 지낼 때 그냥 서있는 작은 아버지들도, 제사 음식 째빠지게 장만하면서 누가 더 일을 많이 했느냐를 두고 감정 결투하는 작은어머니들도 모두 헤피해질 수 있기 때문이다. 살 아있는 자들에게 '짐'으로 느껴진다면 내가 조상이어도 밥이 안 넘어갈 것이기 때문에

---

2) 글자의 크기, 줄간격, 자간, 장평 또한 문서의 여백처럼 초기 설정을 그대로 사용한다. 최초 설정은 글자의 경우 10포인트, 줄간격 160, 자간 0, 장평 100%이다.

문서의 본문 글자 크기는 보통 10에서 11을 기준으로 한다.(최대 12를 넘지 않게) 그러나 이 크기는 본문의 크기이고, 제목은 이보다 커야 한다. 제목 또한 큰제목, 중제목, 소제목 등 다양하다면 각각 그 크기를 조정해야 한다. 줄간격은 160~170 정도가 알맞으며 너무 벌어지거나, 좁아도 보기가 싫어진다. 장평을 조정하면 글자가 날렵하거나 뚱뚱하게 보여지는 효과가 있다.

문서를 어떻게 편집했느냐에 따라 읽고 싶은 글이 있고, 읽기도 전에 답답해지는 글이 있다. 글은 독자가 읽어야 하며, 잘 쓴 글이란 독자가 잘 읽도록 도와주는 글이다. 그래서 독자와 눈높이가 된 글쓰기를 하고, 글읽기의 고충을 줄어주기 위하여 문장을 간결하게 쓴다.

_장평 90인 문서

문서를 어떻게 편집했느냐에 따라 읽고 싶은 글이 있고, 읽기도 전에 답답해지는 글이 있다. 글은 독자가 읽어야 하며, 잘 쓴 글이란 독자가 잘 읽도록 도와주는 글이다. 그래서 독자와 눈높이가 된 글쓰기를 하고, 글읽기의 고충을 줄어주기 위하여 문장을 간결하게 쓴다.

_장평 95인 문서

문서를 어떻게 편집했느냐에 따라 읽고 싶은 글이 있고, 읽기도 전에 답답해지는 글이 있다. 글은 독자가 읽어야 하며, 잘 쓴 글이란 독자가 잘 읽도록 도와주는 글이다. 그래서 독자와 눈높이가 된 글쓰기를 하고, 글읽기의 고충을 줄어주기 위하여 문장을 간결하게 쓴다.

_장평 100인 문서

문서의 양을 부풀리기 위하여 글자의 크기를 키우거나, 줄간격을 매우 넓히려는 꼼수를 부리기도 하지만 시각적으로 엉성해 보인다.

3) 글꼴의 경우도 문서프로그램의 기본체를 이용하는 학생들이 많다. 그런데 폰트에 따라 글의 느낌, 이른바 '산뜻함'이 달라진다. 늘 보던 폰트는 다소 진부하게 느껴지게 된다. 가장 대표적인 글꼴은 명조체와 고딕체이다. 단순하게 둥글게 생긴 글꼴이 명조체이고, 직선으로 각이 있는 글꼴이 고딕체이다. 그러나 계속 그 글꼴만 쓰다 보니 사람들이 진부함을 느끼게 된다. 당장 여러분도 10년 전 신문의 글꼴을 보면 촌스럽다는 느낌을 받을 수 있다. 그래서 폰트들을 계발하게 된다. 명조와 고딕에서 조금의 변화를 가지기도

하고, 아예 딱딱한 컴퓨터 글씨가 아닌 손글씨의 맛을 낼 수 있는 폰트들도 계발되곤 한다. 학생들이 많이 쓰는 바탕체, 신명조는 명조 계열의 폰트이고, 맑은 고딕 등은 고딕 계열의 폰트들이다. 같은 명조 계열이지만 그 느낌은 다르다. 한번 비교해보자.

> 문서를 어떻게 편집했느냐에 따라 읽고 싶은 글이 있고, 읽기도 전에 답답해지는 글이 있다. 글은 독자가 읽어야 하며, 잘 쓴 글이란 독자가 잘 읽도록 도와주는 글이다. 그래서 독자와 눈높이가 된 글쓰기를 하고, 글읽기의 고충을 줄어주기 위하여 문장을 간결하게 쓴다.
>
> _ 신명조체

> 문서를 어떻게 편집했느냐에 따라 읽고 싶은 글이 있고, 읽기도 전에 답답해지는 글이 있다. 글은 독자가 읽어야 하며, 잘 쓴 글이란 독자가 잘 읽도록 도와주는 글이다. 그래서 독자와 눈높이가 된 글쓰기를 하고, 글읽기의 고충을 줄어주기 위하여 문장을 간결하게 쓴다.
>
> _ 바탕체

> 문서를 어떻게 편집했느냐에 따라 읽고 싶은 글이 있고, 읽기도 전에 답답해지는 글이 있다. 글은 독자가 읽어야 하며, 잘 쓴 글이란 독자가 잘 읽도록 도와주는 글이다. 그래서 독자와 눈높이가 된 글쓰기를 하고, 글읽기의 고충을 줄어주기 위하여 문장을 간결하게 쓴다.
>
> _ 나눔명조체

> 문서를 어떻게 편집했느냐에 따라 읽고 싶은 글이 있고, 읽기도 전에 답답해지는 글이 있다. 글은 독자가 읽어야 하며, 잘 쓴 글이란 독자가 잘 읽도록 도와주는 글이다. 그래서 독자와 눈높이가 된 글쓰기를 하고, 글읽기의 고충을 줄어주기 위하여 문장을 간결하게 쓴다.
>
> _ 서울한강체

> 문서를 어떻게 편집했느냐에 따라 읽고 싶은 글이 있고, 읽기도 전에 답답해지는 글이 있다. 글은 독자가 읽어야 하며, 잘 쓴 글이란 독자가 잘 읽도록 도와주는 글이다. 그래서 독자와 눈높이가 된 글쓰기를 하고, 글읽기의 고충을 줄어주기 위하여 문장을 간결하게 쓴다.
>
> _ 함초롬바탕체

4) 제목, 본문, 인용문 등의 시각적 차별화는 이미 글자의 크기에서 말한 바 있다. 큰제목, 중제목, 소제목, 본문은 시각적으로 달라보여야 한다. 글을 다 읽지 않아도 한눈에 어디가 제목인지, 본문인지, 인용문인지 구별이 될 수 있도록 해야 한다. 그러기 위해서는 폰트의 종류와 크기를 다르게 쓰고, 위·아래의 여백(줄간격)을 통해서 구분해낸다.

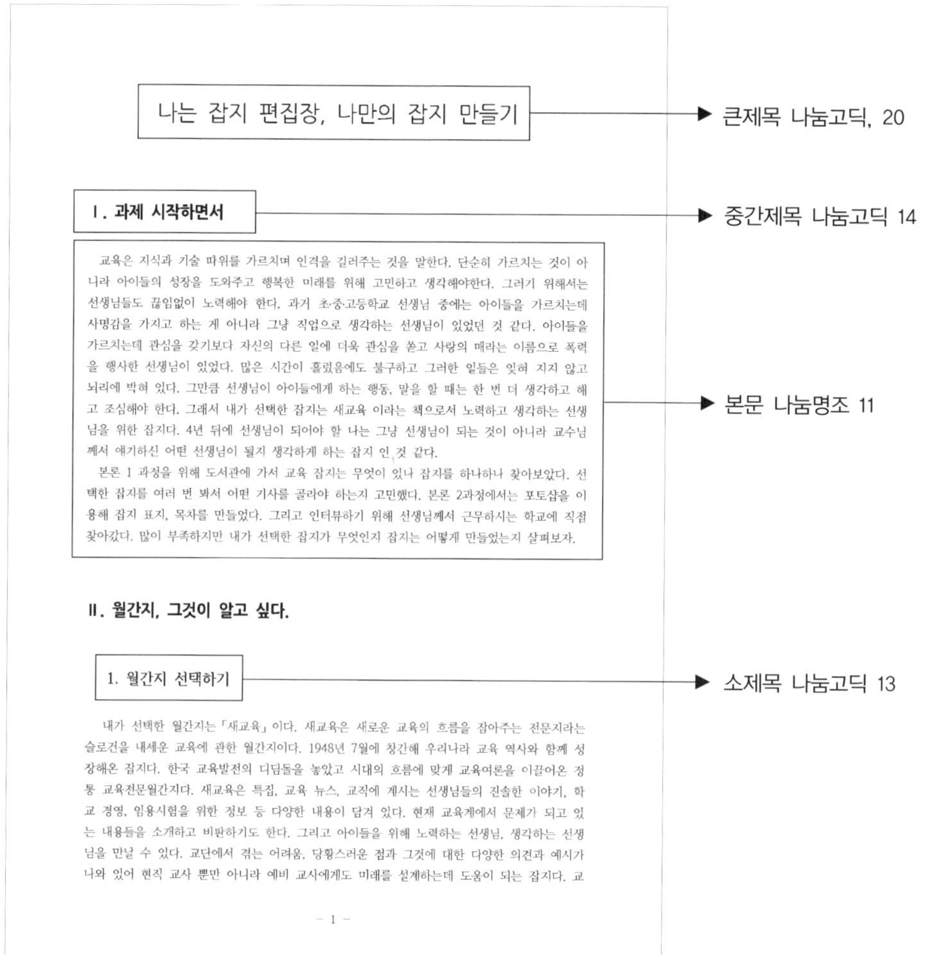

5) 기본적으로 글은 양쪽정렬(MS워드에서는 혼합정렬)을 한다. 양쪽정렬이라면 문서의 좌측, 우측이 일직선상에 놓이는 것을 말한다. 문서의 정렬을 왼쪽으로 하면 좌측은 일직선에 놓이지만, 오른쪽은 들쭉날쭉하게 된다. 잡지 등 다소 문서의 편집을 개성적으로 해야 할 문서에서는 굳이 양쪽 정렬을 할 필요는 없겠으나, 일반적인 글, 대학에서의 보고서 및 논문 등은 모두 양쪽(혼합)정렬을 해야 한다.

<table>
<tr><td>

(양쪽정렬)

문서를 어떻게 편집했느냐에 따라 읽고 싶은 글이 있고, 읽기도 전에 답답해지는 글이 있다. 글은 독자가 읽어야 하며, 잘 쓴 글이란 독자가 잘 읽도록 도와주는 글이다. 그래서 독자와 눈높이가 된 글쓰기를 하고, 글읽기의 고충을 줄어주기 위하여 문장을 간결하게 쓴다.

</td><td>

(왼쪽정렬)

문서를 어떻게 편집했느냐에 따라 읽고 싶은 글이 있고, 읽기도 전에 답답해지는 글이 있다. 글은 독자가 읽어야 하며, 잘 쓴 글이란 독자가 잘 읽도록 도와주는 글이다. 그래서 독자와 눈높이가 된 글쓰기를 하고, 글읽기의 고충을 줄어주기 위하여 문장을 간결하게 쓴다.

</td></tr>
<tr><td>

(가운데정렬)

문서를 어떻게 편집했느냐에 따라 읽고 싶은 글이 있고, 읽기도 전에 답답해지는 글이 있다. 글은 독자가 읽어야 하며, 잘 쓴 글이란 독자가 잘 읽도록 도와주는 글이다. 그래서 독자와 눈높이가 된 글쓰기를 하고, 글읽기의 고충을 줄어주기 위하여 문장을 간결하게 쓴다.

</td><td>

(오른쪽정렬)

문서를 어떻게 편집했느냐에 따라 읽고 싶은 글이 있고, 읽기도 전에 답답해지는 글이 있다. 글은 독자가 읽어야 하며, 잘 쓴 글이란 독자가 잘 읽도록 도와주는 글이다. 그래서 독자와 눈높이가 된 글쓰기를 하고, 글읽기의 고충을 줄어주기 위하여 문장을 간결하게 쓴다.

</td></tr>
</table>

들여쓰기와 단락나누기는 글쓰기의 기본이다. 글은 단락을 나누지 않아도 그만일 수 있으나 단락을 나눠줌으로 해서 읽는 이의 수고로움과 이해를 도울 수 있다. 그리고 단락을 나누었으면, 첫 문장은 두 칸 들여써줌으로써 단락 나눔을 시각화한다.(단락나눔이 있는 문서와 없는 문서의 차이는 앞서 단락에서 설명하였다.)

2) 글쓰기의 과정

'글을 쓰는 데 글쓰기의 과정을 알아야 할까? 글이야 생각으로 쓰면 되는데'라고 생각할 수 있다. 새로운 '핸드폰'을 산 뒤에 매뉴얼을 꼼꼼히 읽어본 뒤에 사용하는 사람도 있지만, 일단 이것저것 눌러가며 그 방식을 익히는 사람들도 많다. 의사소통으로서의 영어도 마찬가지이다. 문법 중심의 이론 공부보다 문법이 맞지 않더라도 실제 사람을 만나 영어를 직접 하는 것이 더 나을 수 있다. 글 또한 같아서, 여기서 말하는 글쓰기의 과정을 알아야만 글을 쓰는 것은 아니다. 글쓰기를 고민하다 보면 결과적으로 여기서 말하는 방식대로 본인이 글을 쓰고 있음을 확인할 수 있게 된다.

글쓰기의 과정은 글의 성격, 즉 어떤 글을 쓰느냐에 따라 다르다. 개인적인 글은 과정에 관계없이 본인의 느낌과 생각대로 자신의 방식대로 쓰면 된다. 그러나 정보와 생각을 다른 이에게 전달해야 하는 글에서는 그 정보와 생각을 잘 전달하기 위해 여러 과정을 거치게 된다. 하나의 상품을 만들어 시장에 출시하는 것과 같은 이치이다.

일반적인 글쓰기 과정은 다음과 같이 정리된다.

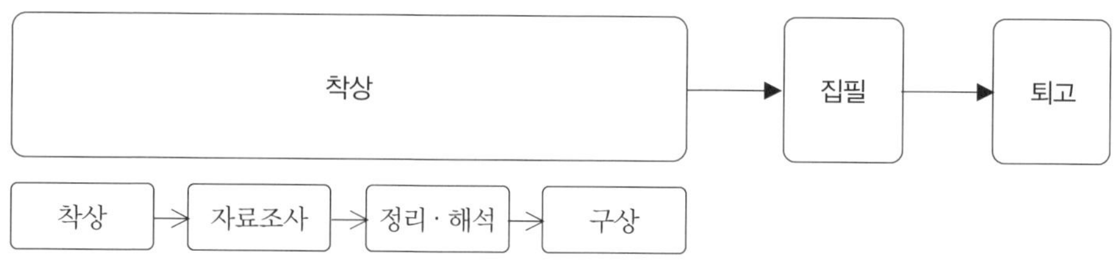

무엇을 쓸지 생각하고(착상), 쓰고(집필), 고쳐쓴다.(퇴고) 이는 너무 단순화 시킨 것이고, 더 세분화하면 무엇을 쓸지 생각하는 단계가 여러 과정들로 구성된다. 그리고 그 과정들은 언제나 한결같지 않으며 어떤 글을 쓸 것인지에 따라 달라지게 된다. 글의 종류란 앞서도 설명한 바 있듯이, 글을 왜 쓰는가 목적과 관련된다.

> – 자신의 주장을 밝히는 글
> – 사실을 전달하는 글
> – 느낌과 감동, 재미를 주는 글
> – 어떤 대상이나 사건에 대한 관심을 끄는 글
> – 실험이나 조사 등을 보고하는 글
> – 자기 스스로의 정리를 위한 글

자기 자신의 생각과 경험 등을 쓸 때는 단계가 단순해질 수 있다. 무엇을 쓸 것인지, 어떻게 전달할지에 대한 착상만 하고 직접 쓰면 된다. 하지만 다양한 자료들의 뒷받침이 있어야 하는 글에서는 그 자료들을 모으고, 정리하는 단계가 필요하다. 대학생의 보고서(레포트)의 경우도 자신의 생각과 경험을 밝히는 것보다는, 전문적인 내용을 찾아서 정리하고, 자신의 생각들을 덧보태는 것이 주이다. 따라서 보고서가 요구하는 것이 무엇인지에 따라 집필하기 전에 무엇을 해야 할 지를 선택하게 된다.

글쓰기에서 가장 중요한 것은 착상(착상, 자료조사, 정리와 해석, 구상)의 단계이다. 이것

없이 바로 집필하면서 자료를 찾고, 그것을 해석하고 정리하면 글의 방향이 시시각각 변한다. 또는 자기 스스로 어떤 글을 쓰는지, 무엇을 밝히기 위해 글을 쓰는지 모르게 된다. 그런 글은 읽는 이에게도 혼동을 초래한다. 따라서 집필 이전에 착상의 단계를 충분히 갖추어야 한다. 사실 글쓰기를 직업으로 하는 이들도 글쓰기에 드는 시간 중 대부분의 시간은 착상이다. 실제 글을 쓰는 시간은 얼마 되지 않는다.

글쓰기 과정 중 집필을 어떻게 할 것인가는 앞서 〈4. 글쓰기의 기본〉에서, 〈5. 글쓰기의 전략과 과정〉에서 계속 거론되는 부분이므로 여기서 따로 언급할 필요는 없을 것이다. 따라서 여기서는 착상 단계에서 하는 1) 착상, 2) 자료 조사, 3) 자료의 정리 및 해석, 4) 구상(개요 작성)에 대해서 설명하도록 하겠다.

▌착상

대학생에게 과제를 내주면 자동반응처럼 네이버 등 포털에서 검색부터 한다. 그리고 필요할 만한 것을 긁어모은 뒤, 정리정돈하는 식의 보고서를 작성한다. 감상을 쓰는 글에서는 줄거리와 느낌이라는 두 가지 부분에 대한 글을 쓴다. 한 번 더 글을 어떻게 써야 할 것인지에 대한 방향, 그리고 왜 쓰는지에 대한 고민 없이 글을 써온 학생들이 많다. 이렇게 과제를 하면 읽는 사람의 기대를 만족시킬 수 없으며, 이는 곧 학점과 연결된다. 글이란 글을 읽을 사람의 마음에 다가가는 노력이 필요하다. '왜 이 보고서를 요구할까?', '이 보고서를 통해 내가 무엇을 얻을 것인가?'를 생각하며 보고서를 작성하기 시작한다면 귀찮은 과제가 아닌, 학점을 받기 위한 과제가 아닌 내게 남는 과제, 성장을 느끼는 과제, 그리고 그와 함께 좋은 성적을 받을 수 있는 과제가 된다. 글쓰기에서 착상은 그래서 중요하다.

글쓰기에서 가장 중요한 단계가 착상이다. 앞서 설명한 '글쓰기의 전략'과 연관된다. 글이라고 하는 작전을 수행하기 위해 어떤 전략으로 어떻게 작전을 펼칠 것인지 그 계획을 세우는 것이다. 착상 단계에서는 무엇을 쓸 것인지 '주제'를 정하고, 이 주제를 해명하기 위하여 어떤 내용들을 담을 것인지 구체적이지는 않지만 거친 생각들을 해보는 시간이다. 이른바 브레인스토밍 단계이다. 그리고 어떤 자료들을 모을 것인지 등의 계획도 짜는 것이다. '평가'를 받아야 하는 글쓰기에서는 무엇보다 심사자의 의도와 기준을 어떻게 만족시킬 것인가?, 나와 경쟁하는 사람들은 이 문제를 어떻게 접근할 것인가? 라는 생각도 함께 하여야 한다.

착상에서 너무 구체적으로 모든 것을 할 필요는 없다. 자료를 조사하고, 그것을 읽고 정리하는 단계에서 다시 글쓰기의 방향이 달라지기도 하기 때문이다. 무엇보다 많은 시간을 써야 하는 것이 자료의 조사와 그것을 소화해내는 시간이다.

▌자료 조사

주장을 담은 글에서 그 주장의 근거로 나만의 생각을 든다면 이는 주관적이라는 공격을 받게 된다. 주관적인 주장은 다른 이들을 설득하기 힘들다. 누군가 수긍하기 위해서는 객관성이 필요하다. 이를 위해서 주장에는 객관적 진실(Fact)을 담는 것이 중요하다. 그러기 위해서 다양한 자료들을 수집하게 된다. 사실을 전달하는 글 또한 신뢰도를 높이기 위하여 객관성을 높여야 하며, '사실'에 해당하는 글의 내용들을 모아야 한다.

자료는 풍부하면 좋다. 보통 자신의 주장을 뒷받침할만한 자료는 취하고, 아니면 버리는 선별적 자료 사용을 하는데, 이렇게 되면 주장의 신뢰성을 잃게 된다. 자기주장에 반하는 자료들도 이용하며, 그것의 비판을 담는 것이 배제하는 것보다 더 효과적인 방식이다. 그러나 풍부하기만 하다고 좋은 것은 아니다. 그리고 너무 '풍부'만을 생각하면 자료 수집만으로 보고서 작성 기일을 다 쓰고 만다. 글의 일관성에 필요한 확실한 자료들로 한정할 필요가 있다.

자료는 출처가 확실해야 한다. 중고등학생들의 수행평가에서 많이 이용되는 네이버의 지식인 서비스는 출처 불명확한 자료들이다. 그것을 출처 삼아 과제를 해서는 안 된다. 출처의 민감함 때문에 인터넷 자료에 대해 전반적인 불신이 있다. 그래서 대학의 교수들은 글을 쓸 때 가급적 인터넷 자료는 제외한다. 대학에서의 보고서에서도 참고문헌이 인터넷 정보들일 경우, 교수에겐 성의 부족으로 비춰진다.

자료는 신뢰성이 있어야 한다. 아무 자료나 빨리 검색되거나, 자신의 주장에 부합한다고 쓰면 안 된다. 다양한 자료를 모아서 그것을 읽고 정리하는 과정에서 어떤 자료를 취하고, 버릴 것인지를 선택해야 한다. 자료를 수집하는 과정에서 신뢰성을 기준으로 이에 부합되는 자료들을 보아야 한다.

자료에는 문헌자료, 멀티미디어자료(시청각자료), 현장조사(답사), 설문조사, 실험 등이 있다.

❏ 문헌자료

문헌자료는 가장 많이 이용하는 자료로 책이 대표적이다. 최근에는 디지털화가 되면서 굳이 도서관이 아니어도 같은 정보를 인터넷을 통해 검색할 수도 있다. 하지만 우리의 검색 한계도 있고, 모든 책이 디지털화되어 있지 않으므로 인터넷으로만 과제를 수행하는 것은 좋지 않다. 가능한 학교 또는 국공립도서관의 자료들을 이용하는 습관을 들여야 한다. 문헌자료로는 책, 논문, 정기간행물(잡지, 신문, 사보), 통계자료 등이 있다.

문헌자료로 '책'만이 유일한 것은 아니다. 학술적인 경우는 책이 아닌 '논문'의 형태이다. 논문은 학위논문과 학회논문으로 구분된다. 석사학위나 박사학위를 받기 위해서는 학위논문을 써야 하며, 전국의 모든 학위논문은 '국회도서관'과 '국립중앙도서관'에 제출하도록 되어 있다. 과거에 이 논문을 참조하기 위해서는 직접 국회도서관이나 국립중앙도서관을 갔어야 했지만, 오늘날에는 국회도서관의 경우 최근 논문들을 디지털화하면서 집이나 또는 학교도서관에서 열람이 가능하다.

교수들이 쓰는 논문의 경우는 보통 학회지에 실려 있다. 일일이 학회지를 검색하는 것은 힘들기 때문에 흔히 이용하는 사이트가 '한국교육학술정보원(http://www.riss. kr/)이다. 이곳을 이용하여 검색하면 원하는 논문들을 찾을 수 있고, 무료로 열람이 가능하기도 하다. 유료서비스로 인하여 열람이 불가능할 때는 본인 학교의 도서관에서 '전자저널'을 볼 수 있는 서비스를 하고 있다. 이를 통해 DBPIA(누리미디어), KISS(한국학술정보), NewNonmun(학지사), e-article(학술교육원), 교보스콜라 등의 서비스를 이용하면 국내의 학회지를 거의 모두 볼 수 있으며, 그 외 해외 저널들도 볼 수 있다.

잡지, 신문, 사보 등도 좋은 자료이므로, 이들을 활용할 수 있다. 최근 신문의 경우는 인터넷 상태에서 과거 옛날의 신문 또한 원문, 검색 서비스를 하고 있다. 하지만 잡지의 경우, 관심을 갖지 않는 경우가 많다. 잡지의 경우 취미 목적 잡지만 있는 것은 아니다. 상당히 다양한 주제로, 책이 줄 수 없는 내용들도 많기에 잡지를 주목해볼 필요가 있다. 특히 트렌드(trand)와 관련한 주제에 대해서는 단연 잡지가 도움이 된다.

문헌 자료 중 도움 되는 자료로 통계자료가 있다. 보통 국가의 단체에서 그와 관련한 통계들을 책의 형태로, 그리고 인터넷 홈페이지를 통해 게시한다. 이를테면 '현재 한국에서 스마트폰의 사용률이 얼마인가?'를 알고 싶다면 인터넷 검색을 하여 신문에서 '몇 프로(%) 정도 된다.'라는 자료를 이용하기보다, 관련기관의 홈페이지에 가서 자료실에 올려져 있는 자료를 찾는다면 더 분명한 자료를 얻을 수 있다. 통계자료는 가장 최신 것이어야 신뢰도가 올라가므로 반드시 관련 통계자료가 필요할 때는 관련 기관의 자료들을 이용해야 한다.

□ 멀티미디어자료(시청각자료)

음반(CD)과 영상(DVD)이 필요한 경우 인터넷에서 구할 수 있지만 저작권 관계로 쉽게 그 내용을 볼 수 있는 것은 아니다. 학교 도서관이나 국공립도서관에서도 음반과 영상 등의 멀티미디어 자료 제공 서비스를 하므로 이들을 이용할 필요가 있다. 가장 많은 자료를 보유하고 있는 곳은 역시 국립중앙도서관(서울 서초동)이므로, 때에 따라서는 이곳을 가야하기도 한다. 특정 분야 관련 멀티미디어자료들은 그 분야와 관련한 국가기관에 자료실을 갖추고 있고, 이를 열람할 수 있다. 이를테면 '예술'에 대한 자료가 필요하다면 서울 서초동 예술의 전당 내에 있는 '국립예술자료원(http://www.knaa.or.kr/)'에 DVD로 출시되지 않은, 그 기관에서 직접 촬영한 영상들도 볼 수 있게 된다.

착상 과정에서 '이런 자료가 있으면 좋을 텐데, 이런 것은 어떻게 구할 수 있지'라는 생각도 해보고, 그것을 찾는 과정을 연구하다보면 아주 많은 공부가 될 수 있다. 이런 공부는 앞으로도 두고두고 사회생활에서도 도움이 된다.

□ 현장조사(답사), 참여관찰, 설문조사

실제 자신이 발로 뛰어다니며 정보를 얻어야 하는 경우도 있다. 신문기자의 경우 기사를 작성하기 위해서는 '취재'를 한다. 정보를 줄 수 있는 사람을 만나 인터뷰를 한다거나, 사건·사고 현장을 직접 찾아가 관찰한다. 대학의 과제에서도 이렇게 실제 발로 뛰어다녀 정보를 얻어야 하는 경우가 많다. 대표적으로 박물관이나 미술관을 견학하게 하거나, 여러 박람회나 회의(conference)를 다녀온 후 참관기를 요구받게 된다. 역사학과에서는 유물 유적의 답사를, 국문학에서는 현장조사를 한다. 경영학과는 실제 시장조사를, 관광학과에서는 다양한 호텔 및 관광지 조사를 한다. 설문조사의 경우도 '발로 뛰는' 정보이다. 예전에는 길거리 설문 등이 많았지만, 최근에는 이메일을 통한 설문조사도 하고 있다.

대학 과제의 경우 명시적으로 '발로 뛸 것을 요구하지'않는 경우가 더 많다. 그러나 본인 스스로 판단하기에 반드시 이것이 필요하다면, 또는 다른 학생들과 차별 나는 보고서를 제출하고 싶다면 '발로 뛰는' 정보를 담을 필요가 있다. 이를테면 '외국인에게 소개하고 싶은 서울의 명소'를 조사해오라고 과제를 준다면, 인터넷이나 자신이 알고 있는 상식으로도 가능하다. 하지만 실제 자신이 가서 사진도 찍고, 장소와 장소의 이동성도 생각해보면서 과제를 작성하면 더욱도 성의 있는 과제가 되는 것이며, 일률적인 베끼기 과제를 한 다른 학생들과 차별성도 드러난다.

▌자료의 정리 및 해석

수집된 자료를 정리하는 것이 다음 단계이다. 문헌 자료의 경우 자료를 수집할 경우 그 내용을 모두 읽지는 않는다. 제목과 띄엄띄엄 읽어가며 필요한 구절이 있거나, 방향이 참고할만한 경우만 가려내어 모으기 때문이다. 이런 자료들을 정독하며 필요한 자료, 필요 없는 자료를 가려내는 것이 자료의 정리 단계에서 필요한 것이다. 현장자료의 경우 글에 쓸 수 있도록 그 당시에 썼던 메모를 정리하거나, 녹취물을 풀거나, 조사나 연구된 내용을 가다듬어야 한다. 숫자로 표현되는 것들은 그 숫자를 시각적으로 표현할 수 있는 도표나 그래프를 그리고, 과정으로 표현되는 것들은 도표를 통해 그 시각화도 정리해 둔다면 글을 쓰는 과정에서 요긴하게 쓰인다.

도표(圖表)는 여러 가지 자료를 분석하여 그 관계를 일정한 양식의 그림으로 나타낸 표를 말한다. 그림, 표, 그래프(graph)를 총칭하여 도표라고 말한다.

〈진행과정을 보여주는 도표〉

세부과제	추진일정						
	14. 01	02	03	04	05	06	07
착상							
자료조사							
시장조사							
자료 정리 및 분석							
집필 및 추가 조사							
퇴고							

〈비율을 보여주는 도표〉

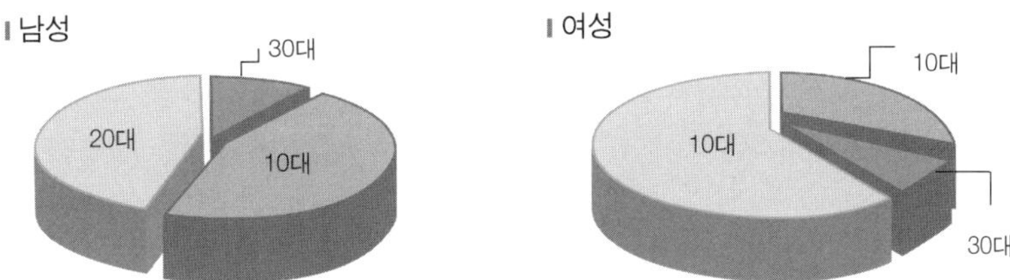

〈진행에 따른 성취율을 나타내는 도표〉

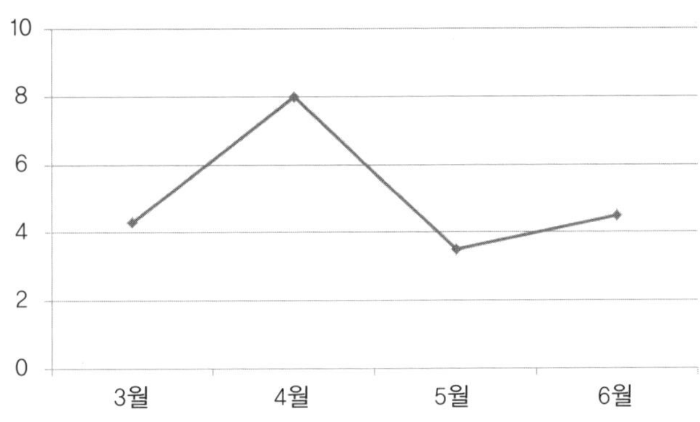

〈항목 간의 수치적 비교를 나타내는 도표〉

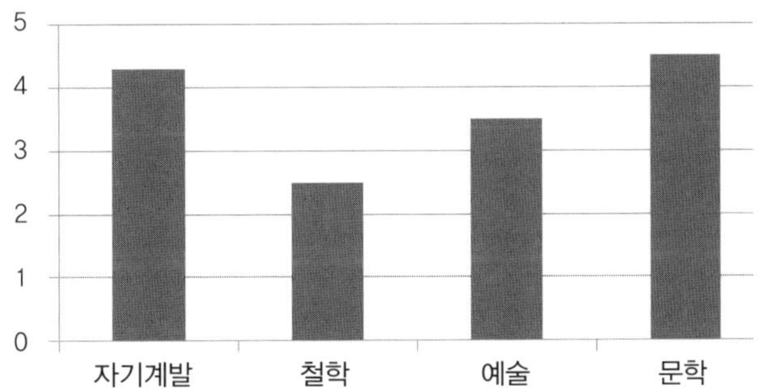

자료를 읽으면 막연했던 주제에 대한 공부가 된다. 그리고 다양한 자료를 읽으면서 자신이 보지 못했던 것을 발견하기도 한다. 또한 어떤 글은 동의할 만하고, 또 어떤 글은 비판하고 싶어진다. 자료를 모아 읽는 것은 이렇게 보다 구체적인 글의 방향을 정하고, 어떤 식의 구성을 잡을지에 대한 구상을 하도록 도와준다.

▌구상1 – 구체적 내용

거칠게 착상을 하고, 나름 자료도 모아졌다. 그리고 어느 정도 자료에 대한 정리를 했다. 그럼 이제 슬슬 글쓰기에 들어가야 한다. 그러나 바로 글을 쓰면 되는 것이 아니다. 구체적인 서술의 항목들(큰제목과 소제목)을 뽑아내야 한다. 무엇보다 본론을 어떻게 구성할 지가 관건이다.

앞서 이 책의 〈4. 글쓰기의 기본〉 중 〈4〉 글의 단위별 쓰기 3-글 한 편〉에서 구체적으로 설명하지 않았던 본론을 어떻게 쓸 것인가의 핵심은 바로 구성을 어떻게 할 것인가에 관한 문제이다. 그리고 이것은 어떤 문법적이고, 기술적인 문제가 아니라 '생각'이 요구되는 부분이다. 이 생각은 '개요'라 불리는 형식으로 작성되게 된다.

그러나 구성을 어떻게 할 것인가는 문법이 존재하는 것은 아니다. 어떤 글을 쓸 때 도대체 어떻게 구성해야 할 지 선뜻 떠오르지 않는다면, 같은 주제로 쓴 글들을 조사해봐라. 다 읽을 필요는 없다. 어떤 항목들로 구성하였는지와 서론, 결론 정도만 읽으면 그 흐름을 이해할 수 있다.

풍부한 구성의 몇 가지 방법들을 말해보고자 한다.

❏ 사실을 늘어놓지 말고 정리하라

'한국 교육의 문제'를 주제로 글을 써야 한다면 어떻게 구성할 것인가? 이미 '한국 교육의 문제'는 많은 사람들이 수없이 말해왔다. 이들이 문제로 지적하는 것들은 한 두 가지가 아니다. 먼저 어떠한 문제들이 있는지를 전체적으로 정리할 필요가 있다. 이때 정리를 할 때 누가 어떤 주장, 누가 어떤 주장하는 식으로 나열하기보다 '쟁점'별로 정리해야 한다. 만약 조사를 통해 아래와 같은 문제점들이 나왔다고 하자. 그러면 이를 어떻게 정리할 것인가를 고민해야 한다. 늘어져있는 것들을 일목요연하게 정리해서 말해야 글을 읽는 사람의 이해가 빠르기 때문이다.

> 1) 입시제도, 2) 부모의 교육열, 3) 열악한 재정, 4) 교사의 질, 5) 사회의 인
> 식, 6) 가정 형편, 7) 복지제도, 8) 획일화된 교육방식, 9) 학생들의 동기 부족,
> 10) 지식교육 일변도, 11) 주입식 교육, 12) 지역 불평등

교육은 학교 교육만 있는 것은 아니다. 가장 기본적 교육 단위는 가정이다. 그리고 학교, 그리고 넓게는 지역 사회와 국가도 교육을 한다. 따라서 교육의 범위에 따라 문제를 정리해볼 수 있다. 그러면 구성은 1) 가정, 2) 학교, 3) 지역 및 국가라는 항목이 된다. 위의 12개의 항목을 세 가지로 나누어 보니 무척 일목요연해졌다.

기준을 바꿔보자. 교육은 배우는 사람과 가르치는 사람이 있다. 즉, 교사와 학생이 있다. 이것이 가장 기본적인 교육의 주체들이다. 하지만 학생이 자기의 뜻대로 학교나 교사를 선택하는 것은 아니다. 학생과 교수 사이에는 학생의 부모, 교사와 학교를 움직이는 교육시스템이 존재한다. 따라서 교육의 주체를 기준으로 하면 1) 학생, 2) 부모, 3) 교사, 4) 행정가로 나누어 설명할 수 있게 된다.

이것이 바로 구성이다. 기준이 있고, 그 기준에 따라 항목을 배열하는 것. 이것에 대한 아이디어가 바로 개요 작성의 핵심이다.

설명문 같이 사실을 정리해야 하는 글이라면 그 사실을 충분히 알 수 있도록 충실한 정보로 내용이 구성되어야 한다. 여기서 먼저 주목해야 하는 것은 '충분히'이다. 충분히 알 수 있도록 하려면 아주 성실한 조사와 정리가 요구된다. 과제 중 무엇인가 '조사해오라'라는 과제가 이런 성격의 과제인데, 문제는 과제를 하는 학생들이 '충분히'라는 것을 염두에 두지 않는다.

또 다른 예를 들어보자. 〈한국의 호텔 서비스 조사〉하기 과제를 받았다. 어떻게 이 과제를 수행할 것인가? 가장 쉽게는 인터넷을 통해 자료를 모은다. 네이버, 다음 등 포털 서비스에서 검색을 시작할 것이다. 또 우리나라 호텔마다의 홈페이지를 통해 자료될 만한 것을 찾을 것이다. 전문적으로 들어가면 〈한국관광공사〉에 들어가 호텔과 관련한 자료들이 있는지를 검색해볼 것이다. 더 욕심을 내면 국회도서관 검색 서비스를 통해서 '호텔 서비스'와 관련한 학위 논문이 있는지를 검색할 것이다. 또 앞서 설명한 대로 학교 도서관의 전자저널서비스를 이용하여 호텔과 관련한 학회의 논문들이 있는지 검색할 것

이다. 더 욕심내면 서울에 있는 대표적인 호텔 10여 곳 정도를 실제 답사를 할 것이다. 나름대로 '충실히'했느냐 누가 보더라도 '충실히' 했느냐는 큰 차이를 보인다.

　충분하게 자료가 모아졌다고 모든 것이 끝나는 것은 아니다. 이젠 그것을 소화해서 정리해야 한다. 많은 서비스 관련한 조사 자료들이 내 손에 있다. 이제 이것을 어떻게 배열하여 보고서에 담을 것인가? 어떤 항목들을 제목으로 추출할까? 이에 대한 고민이 바로 중요한 개요의 고민이다. 고민 없이 과제를 하게 되면 본문은 아마 호텔 이름이 곧 제목들이 되고 만다.

1. 서론

2. A호텔

3. B호텔

4. C호텔

5. D호텔

6. 결론

　위와 같이 제목을 잡고, 각각 호텔의 서비스를 설명하는 것이다. 이를 두고 '사실 열거'라고 말한다. 이렇게 늘어놓는 것은 고민 없었음을 자백하는 것과 같다. 과연 교수는 왜 〈한국의 호텔 서비스 조사〉라는 과제를 내주었을까? 단순히 '호텔 서비스에는 이런 것이 있다'를 알라는 목적이었을까? 단순하게 아는 것에서 끝나는 과제는 1차적 과제 수행이다. 그 다음을 생각해야 한다. 그래서 생각해본 것이 서비스별 분류를 해서 목차를 잡아 볼 수 있다.

1. 서론

2. 호텔의 서비스 종류

　1) 숙박

　2) 케이터링(catering)

　3) 쇼셜클럽(social club)

　4) 이벤트 공간 대여

3. 결론

이렇게 구성을 잡으면 앞의 것보다 목차에서부터 호텔의 다양한 서비스를 확인할 수 있게 된다. 사실을 단순하게 열거하지 않고, '서비스의 종류'라는 기준으로 분류하는 구성을 잡은 것이다. 그러나 이것보다 더 잘할 수 있다. 욕심을 부려라.

❑ 비교를 하면 특징이 보인다.

사실을 나름의 기준을 갖고 분류하는 것 정도도 나름 만족한 과제 수행이긴 하지만, 점차 수준이 높아지면 더욱더 살을 붙여야 한다. 이때 많이 적용해보는 것이 비교이다. 무엇인가를 설명할 때 그것과 성격이 같은 것을 모은 뒤 비교를 하면 더욱더 설명하고자 하는 대상의 '차별점'을 잘 설명할 수 있다. 특징이라고 하는 것은 비교를 해야 말할 수 있다. '너의 특징이 무엇이니?'라고 물어보면 남들은 가지고 있지 않는 나만의 것을 말해야 그야말로 '특징'이다. 따라서 다른 이와 비교를 하여 그들이 갖지 않는 나의 차별점을 찾아야 한다.

비교에서 가장 대표적인 비교는 '공시적(共時的, synchronic, 횡적) 비교'와 '통시적(通時的, diachronic, 종적) 비교'이다. 같은 대상을 놓고 공간적으로 비교할 수도 있고, 시간적으로 비교할 수 있다. 앞서 예시를 들었던 '한국 교육의 문제'를 떠올려보자. 한국 교육의 문제에 더 나아가, 이 문제가 한국만의 문제인지(특수성), 아니면 전 세계적으로 공통적인지(보편성)를 알려면 다른 나라의 교육 문제를 비교하면 된다. 이렇게 하면 공시적 비교가 되며 다음과 같은 구성을 할 수 있다.

1. 서론
2. 한국 교육 범위 별 교육 문제
  1) 가정
  2) 학교
  3) 지역, 국가
3. 한국 교육과 다른 나라와의 비교
  1) 미국의 사례
  2) 일본의 사례
  3) 한국의 사례
4. 결론

통시적 비교는 한 공간에서 시간별로 달라지는 것을 비교해보는 것이다. 한국 교육의 문제는 늘 똑같지는 않다. 1970년대의 문제, 1980년대의 문제, 1990년대의 문제, 2000년대의 문제, 2010년대의 문제 등 계속해서 문제되는 것도 있고, 아니면 새롭게 나타나거나 사라지기도 한다. 이렇게 시간별로 비교해보는 것을 통시적 비교라 한다. 이를 적용하여 개요를 작성하면 다음과 같이 될 것이다.

1. 서론
2. 한국 교육 범위 별 교육 문제
   1) 가정
   2) 학교
   3) 지역, 국가
3. 한국 교육의 시대별 문제
   1) 1990년대 이전
   2) 1990-2000년
   3) 2000년-현재
4. 결론

이때 예에서는 임의적으로 1) 1990년대 이전, 2) 1990-2000년, 3) 2000년-현재로 구분하였지만, 이렇게 임의적으로 구분하는 것보다 중요한 시간적 분기점들이 존재한다. 이를테면 교과과정 개편에 따라 구분을 한다거나, 국가 정권에 따라 구분을 한다거나 그것 나름대로 시간적 구분의 기준이 있어야 한다. 기계적으로 10년 마다 또는 5년 마다 나누는 것은 좋지 않다.

❏ 나만의 아이디어 첨가하기

〈한국의 호텔 서비스 조사〉 또한 공시적, 통시적 비교를 첨가해보면 앞서의 내용 보다 더 알찬 구성을 할 수 있게 된다.

1단계	2단계	3단계
1. 서론 2. 호텔의 서비스 종류 3. 결론	1. 서론 2. 호텔의 서비스 종류 3. 다른 나라 호텔과의 비교 4. 한국 호텔 서비스의 역사 5. 결론	1. 서론 2. 호텔의 서비스 종류 3. 다른 나라 호텔과의 비교 4. 한국 호텔 서비스의 역사 5. 6. 결론

여기까지도 충실한 과제이다. 한층 더 발전된 보고서가 되려면 나만의 콘텐츠를 만들어내야 한다. 위의 〈한국 호텔 서비스의 역사〉와 〈결론〉 사이에 하나의 항목을 더 만들어보려고 한다. 무엇을 해볼 수 있을까?

〈호텔 서비스 사례분석〉이라는 항목을 만들어서 실제 서울 시내 유명 호텔 몇 곳을 현장 조사를 해볼 수 있다. 그러면 자신이 이 과제를 인터넷으로 설렁 설렁 해결한 것이 아니라 직접 몸으로 부딪쳤음을 어필할 수 있게 된다. 또는 〈새로운 호텔 서비스의 전망〉이라는 항목을 두어서 지금까지 호텔 서비스들이 주지 못한 새로운 서비스를 제안할 수 있다. 호텔이란 숙박하는 곳이었지만 점차 그 서비스들이 확대되어 왔다. 최근에는 결혼식장 역할을 하기도 한다. 이처럼 아이디어를 발휘하면 얼마든지 서비스화될 만한 것들이 많다. 또는 〈호텔 서비스 선호도 설문조사〉를 해볼 수 있다. 설문지를 만들어서 여러 사람들에게 실제 호텔 서비스에 대한 의견들을 모을 수 있다. 어떤 서비스가 있는지, 어떤 호텔들을 선호하는지, 필요한 서비스가 무엇인지 등등의 문제를 담는 것이다.

▌구상2 – 개요작성

글을 쓰기 전에는 '착상'을 한다. 착상은 거친 생각, 전체적인 흐름을 떠올리는 것이라면, '구상'은 구체적인 생각이다. 실제 글을 어떻게 써나가야 할지를 정해야 한다. 그래서 쓰는 것이 개요이다. 대부분 글쓰기에 익숙하지 않은 사람은 이것 없이 바로 키보드를 두드리기 시작한다. 그러면서 글의 향방이 어디로 나아갈지 자신도 모를 글들을 쓴다. 심지어 쓰는 과정에서 수집된 자료를 읽고 정리하기도 한다. 단계를 밟아가며 차곡차곡 쌓아져야 좋은 글이라는 건축물로 완성되는데 개념 없이 이것저것 한꺼번에 쌓고 보는 격이다.

개요(槪要)란 대체적인 요점이라고 정의할 수 있다. 긴 글의 핵심만 간단히 추려서 말하는 것으로, 글의 목차 또는 글의 구성을 짜는 것이다. 앞서 이 책의 〈글의 단위별 쓰기 3 – 글 한 편〉에서 설명한 바 있다. 글이라는 집을 짓기 전에 먼저 대체적인 얼개, 설계도를 그리는 것에 해당하며, 이것을 통해 글을 써야 일관성도 있고, 핵심도 있는 글이 된다.

개요는 글의 구성이며, 글의 목적, 성격 등에 따라 달라지는 문제이다. 대학생들이 가장 많이 쓰게 되는 글은 주장을 담은 글이나 사실을 정리하는 글이다. 주장을 담는 글에서는 먼저 기존에 어떤 주장들이 있는지 살핀다. 그리고 그것과 차별되는 자신의 생각을 밝히는 내용으로 구성한다. 즉 1) 기존 주장에 대한 정리, 2) 그들 주장에 대한 검토, 3) 나의 주장이라는 순서로 서술될 수 있다.

설명을 목적으로 하는 글에서는 설명하고자 하는 대상을 온전히 알 수 있도록 항목을 구성한다. 설명문의 가장 대표적인 형태인 '제품설명서'를 떠올리면 된다. 과연 이 제품을 쓰게 되는 사람은 무엇을 알고 싶어 할 것인가를 생각하면, 바로 그것이 항목이 되는 것이다. 이를테면 1) 제품 구성, 2) 조작스위치 안내, 3) 간단한 작동법, 4) 기능별 상세 설명, 5) 빈번한 문제 해결방법, 6) A/S 등이 요구되는 항목들이다.

개요는 화제개요와 분장개요로 나뉜다. 화세개요는 제목 정도만 표시하는 깃을 말하고, 문장개요는 핵심을 문장으로 적는 것을 말한다. 어차피 자기 머릿속에 들어가 있는 내용이기에 보통 화제개요의 형식으로 작성한다. 예를 들어서, 〈글쓰기를 잘하기 위한 방법〉을 주제로 글을 쓴다고 하자. 먼저 화제개요를 잡으면 다음과 같다.

1. 서론 : 글쓰기의 중요성 또는 필요성
2. 본론 1 : 글쓰기의 내용
　1) 쓰기의 습관
　2) 경험
　3) 생각
3. 본론 3 : 글쓰기의 형식
　1) 글의 목적과 성격
　2) 독자
　3) 표현 방식
4. 결론

이렇게 축약된 것을 구체적으로 문장으로 풀어 쓴 것이 문장개요이다.

1. 서론 : 현대사회에 글쓰기는 의사소통의 수단으로 무척 중요, 내용과 형식 고려해야 한다.
2. 본론1 글쓰기 내용 : 글쓰기 습관으로부터 글쓰기를 잘할 수 있다.
3. 본론1 글쓰기 내용 : 다양한 경험을 많이 해야 쓸거리들이 많아진다.
4. 본론1 글쓰기 내용 : 아는 것에서 끝나지 않고 생각의 힘을 길러야 한다.
5. 본론2 글쓰기 형식 : 글쓰기 형식면에 있어서 글의 목적과 성격을 고려해야 한다.
6. 본론2 글쓰기 형식 : 누가 읽을 것인가 고려해야 한다.
7. 본론2 글쓰기 형식 : 글쓰기의 시각성 등 표현 방식을 고려해야 한다.
8. 결론 : 글쓰기를 잘하기 위해선 내용과 형식면에서 고려해야 한다.

이 둘 중의 무엇을 선택해서 개요를 작성할 것인가 선택할 필요는 없다. 어차피 개요는 혼자 보기에 보통 화제개요를 사용한다. 다만 남들이 개요를 봐야한다면 제목만으로 알 수 없기에 그것을 문장으로 표현해주는 문장개요를 사용하기도 한다.

　개요 작성이 어렵다고 느껴지는 것은 아직 쓸 준비가 안 되어 있다는 것이다. 앞의 단계, 즉 1) 착상, 2) 자료조사, 3) 자료정리와 해석, 4) 구상1-구체적 내용 구상을 갖추지 않기 때문이다. 이 중 가장 관건은 4)인데, 이 4) 또한 앞의 단계를 갖추어야 잘할 수 있으므로 모든 것이 맞물려 있다고 할 수 있다.

글쓰기의 전략과 과정[구상]
실습과제

01 아래의 단어 중 두 개를 선택하여 하나의 문제를 만들고, 구체적 내용 구상을 한 뒤 개요를 작성하라.

〈단어〉
디지털, 문화콘텐츠, 아름다움, 환경, 바이오산업, 음식, 직업, 치료(healing), 감성

〈예〉 아름다움 관련 문화콘텐츠의 종류와 전망
1. 서론
2. 문화콘텐츠의 정의와 분류
3. 아름다움 관련 문화콘텐츠의 종류
4. 아름다움 관련 문화콘텐츠의 전망
5. 결론

3) 말하기(프레젠테이션)

프레젠테이션의 핵심은 예쁜 PPT가 아니라, 발표자의 이야기이다.

많은 학생들이 발표, 이른바 프레젠테이션(presentation)의 어려움을 말한다. 그 어려움은 대체적으로 두 가지로 압축된다. 하나는 아름다운 PPT를 만들 기술이 부족하다는 점이고, 또 하나는 여러 사람들 앞에서 얼굴을 들고 무엇인가를 설명해야 하는 발표력이 부족하다는 점이다.

이것이 어느 정도 갖추어지면 또 하나의 어려움은 효과적으로 발표를 했는가의 문제이다. 글쓰기는 그 글을 읽는 사람에게 자신의 뜻을 전달하는 것이 목적이듯이, 말하기에서는 나의 생각을 말로 표현해서 듣고 있는 이에게 전달하는 것이 목적이다. 단순히 전달만 하는 것이 아니라, 본인이 생각하는 의도대로 듣는 이의 반응이 일어나도록 하는 것을 효과라고 말할 수 있다.

프레젠테이션을 잘하는 방법은 이렇게 1) 두려움 떨치기, 2) PPT 만들기, 3) 발표하기의 능력들을 고루 갖추어야 한다. 그러나 무엇보다 가장 중요한 것은 프레젠테이션의 목적 또는 효과를 위해서는 예쁜 PPT가 아니라, 발표자의 이야기에 힘이 실려야 한다.

▌두려움 떨치기

대다수의 학생들이 발표에 대한 부담감을 가지고 있다. 다행히 대학 강의에서는 많은 학생들이 강의에 참여하므로 모두가 발표의 기회와 직면하는 것은 아니다. 또, '팀플(team play)'(조별활동)이 있어서 다른 학생들 속에 묻어갈 수도 있다. 그래서 4년 동안 발표 한 번 하지도 않고 졸업하는 학생도 많다. 그러나 점차 발표의 기회가 확대가 되고, 사회에 나가서도 발표의 압박에 직면할 경우 더 이상 회피할 수 없게 된다. 굳이 발표가 아니어도 다른 사람들과 의사소통을 해야 하는 경우는 너무도 많다. 따라서 부담되더라도 대학생 때 이 부분에 대한 능력들을 갖출 필요가 있다.

발표에 부담을 갖지 않는 사람은 없다. 발표를 잘한다고 보여지는 사람도, 직업적으로 프레젠테이션을 하는 사람들도 매번 사람들 앞에 서는 것은 긴장되고 떨린다. 그렇기에 중요한 것은 두렵고 떨리지 않는 방법을 찾기 보다는 그 감정을 누그러뜨리고, 내가 해야 할 말을 하고 내려오는 방법을 익히는 것이다. 발표는 연기이다. 내가 긴장하는 것을 듣는 이에게는 보이지 않아야 한다. 어떻게 하면 그럴 수 있을까가 정작 중요한 점이다. 허무한 결론이지만 익숙해지는 방법밖에 없다. 차츰 경험이 쌓여지면서 잘하게 된다. 누구든 발표는 부담스럽고 힘들다. 그렇다고 피하면 계속 못하게 되는 것이지만, 용기를 내어 하다 보면 어느새 처음보다는 많이 나아지게 된다.

보통의 학생들은 친구들과 대화는 문제없는데 발표하기는 겁난다고 말한다. 친구하고 대화할 때는 떨리지도 않고 말을 잘하는데, 왜 발표를 할 때는 떨리고 말을 못할까?

❏ 누구한테 말을 하는가?

대화할 땐 일단 듣는 이에 대한 두려움이 없다. 그런데 발표는 어떠한가?

발표를 할 때 비록 듣는 이들이 나의 동기, 선후배이지만, 이들보다는 더 중요한 청중은 내 발표를 듣고 점수를 부여하게 되는 사람이다. 즉, 교수. 그래서 100명의 일반 청중보다는 한 명의 감독관 때문에 발표가 두렵다. 따라서 먼저 발표를 잘하려면, 내가 점수를 잘 받든 못 받든 교수 신경 쓰지 말고, 발표를 듣는 사람에 집중해야 한다.

발표를 할 때 보면, 많은 학생들이 한 마디 말하고 교수 한 번 힐끔 쳐다보기를 반복한다. 그것은 자신의 발표가 자신 없음을 증명해 보이는 것이다. 따라서 내 말을 듣는 학생들에게 내 말을 어떻게 듣게 할 것인가에 집중해야 한다. 청중에게 집중하려면 어떻게 해야 할까?

❏ 무엇을 말하는가?

친구와 대화하는 내용과 발표의 내용은 차이점이 크다. 친구와의 대화는 내가 잘 아는 내용들이다. 어제 봤던 TV 프로그램, 연예인, 영화, 음악, 일상이야기들이다. 하지만 발표는 보통 내가 잘 아는 것을 말하는 것이 아니라 내가 모르는 것을 알아 와서, 공부해서 발표해야 하는 경우가 대부분이다. 발표가 떨리는 이유 중 가장 큰 이유가 여기에 있다. 나도 모르는 것을 떠들어야 한다는 것. 내가 자신 있어 하는 것이라면 그다지 떨리는 것 없이 청산유수처럼 말할 수 있을 텐데, 내가 말해도 무슨 말을 하는지 모르면 자꾸 말하는 것이 자신 없어지게 된다. 그러면 나보다 더 잘 아는 사람이 있다는 사실에 자꾸 눈치를 보게 된다.

따라서 발표를 잘하려면, 그 발표 내용을 장악해야 한다. 적어도 내가 발표하는 내용은, 발표하는 순간, 내가 가장 잘 안다고 착각할 정도로 장악해야 한다. 그러기 위해서는 발표문을 작성하는데 시간을 다 보내고, 그 뒷날 바로 발표를 해서는 시간이 부족하다. 적어도 발표문 작성을 일찍 끝내놓고, 발표를 위한 스터디를 해야 한다. 어떻게 전달하는 것이 보다 쉽게 전달할 것인가? 마치 하나의 공식을 내가 과외하는 선생의 입장에서 학생에게 가르친다는 가정으로 연구해야 한다.

발표를 못하는 것은 절대적으로 발표를 잘하기 위한 준비의 시간이 모자라기 때문에 빚어진다. 그러니 변명하지 말라. '난 무대공포증, 대인울렁증이 있어서 발표를 못하는 것'이라고. 그리고 일단 발표하기 위하여 앞에 섰다면, 그 순간 '난 이 부분에서 듣는 이들 보다는 더 잘 안다'라는 정신적 마취를 계속 투여할 것! 교수의 피드백이 두렵더라도 당당해라. 모르는 것이 아는 것보다 많고, 틀릴 수 있기에 우리가 공부하는 것 아니겠는가.

마지막으로, '난 친구와의 대화도 못하는데…'라고 말하는 사람은 어떤 해결 방법이 있을까? 사회성이 문제 있는 것은 아니지만, 그저 말이 없는 축에 속하여 말이 없는 사람도 있을 수 있다. 선택은 두 가지다. 내가 고쳐야 한다고 생각되면 고쳐야 하고, 그럴 필요 없을 것이라면 그대로 살면 된다. 사회에서 발표력, 리더십을 강조하더라도, 꼭 세상의 모든 직업과 사람이 이것을 가질 필요는 없다.

고쳐야 한다고 결정되었을 때 무엇부터 할까? 지름길은 없다. 자꾸 해볼 수밖에. 창피함은 단지 한 번 뿐이고, 그를 통해 얻은 스킬은 계속되니 일단 이 악물고 부딪혀야 한다. 자전거를 배우려면 몇 번은 넘어져 무릎이 깨져야 한다고들 말한다. 그것이 두려우면 자전거를 배우지 못하듯이 발표의 두려움, 타인과 의사소통의 어려움은 겪어야 할 과정이다.

▍PPT 만들기

PPT는 프레젠테이션을 위한 프로그램인 마이크로소프트사의 파워포인트(powerpoint)의 약자이다. 한국의 대학가에서 이 PPT를 사용한 것은 1990년대 후반부터이다. 그 이전에는 OHP나 슬라이더, 실물화상기를 이용했었다. 점차 빔프로젝터와 컴퓨터가 강의실에 갖추어지게 되면서, 이제는 PPT가 일반화된 발표 프로그램으로 이용되고 있다. 대학가 뿐 아니라 일반 기업체에서도 마찬가지이다. 물론 최근에 키노트(keynote)라는 프로그램과 프레지(prezi)라는 프로그램도 있지만, PPT가 가장 일반적이다.

❑ 발표에 적합한 PPT 만들기

일반 회사에서 PPT는 두 가지 용도로 쓰인다. 발표, 즉 프레젠테이션은 물론 일반 문서를 작성할 때도 쓰인다. 아래한글이나 워드 프로그램이 글자(텍스트) 중심으로 문서를 만든다면, PPT는 다소 시각적인 표현이 용이하므로 이를 이용해서 기획서, 제안서 등을 만들곤 한다. 그래서 무엇을 목적으로 하느냐에 따라서 PPT는 다소 차이를 갖게 된다.

<문서용 PPT의 예>

2. 콘텐츠화 대상 선정배경

1. 기획의도

우리의 고유한 소리, 현대의 전자음으로 재생 불가능한 한국의 모든 소리를 대상으로 아카이브를 구축하되,
우선 문화산입 전반에 필요한 소리를 선별, 디지털콘텐츠화 한다.

가. 소멸되는 소리의 발굴, 기록 및 콘텐츠화
나. 디지털 영상제작, 산업별 활용범위의 확대.
다. 한국의 소리 총망라 - 범주는 근대의 소리까지
라. 재미있고 독특한 소재의 소리, 한국문화의 우수성을 반영하고 있는 소리를 대상으로 독창적인 개별 콘텐츠화.

2. 산업적 활용도

문화산업, 특히 소리 영상을 필요로 하는 산업계에 모든 한국의 소리를 제공한다. 즉 방송콘텐츠, e-book(전자책), 모바일 콘텐츠, 출판,
효과음, 음악, 인터넷콘텐츠, 해외문화상품, 게임, 애니매이션, 광고 등 문화산업 전반.
　예시) 방송콘텐츠 : [절의 하루]를 소재로 하는 프로그램 개발 제작 - 절에서 들려오는 모든 소리를 절의 고유한 영상과 함께 제작.
　　　 e-book(전자출판) : 전통육아법으로 쓸 수 있는 소리를 영상과 함께 보급.
　　　 모바일콘텐츠 : 소리 서비스 / 모바일TV서비스 / 전래놀이의 소리와 영상을 이용한 게임 프로그램 개발.
　　　 효과음 : 애니매이션 효과음(문화 산업 전반에 소요되는 한국의 소리)
　　　 해외문화상품 : 「한국의 아름다운 소리들-자연편」「한국의 아름다운 소리들-인문편」外
　　　 음악 : 음악으로의 재창출(생활도구에서 나는 소리를 응용하여 만든 음악-난타)

3. 독창성/차별성

가. 최초로 시도되는 우리 소리의 영상 제작 : 기존의 음향자료에서 탈피하여 음향+영상을 접목.
나. 한국의 소리가 총망라된 소리은행 구축
다. 일상의 소리 + 전통문화소리 : 기존에 개발된 '소리'는 주로 일상의 소리만을 선정, 녹음하고 있다. 그러므로 산업적인 활용도에서도 극히 제한된 활용범위를 가질 수 밖에 없었다. 반면 전통문화의 소리를 발굴, 영상 촬영하여 최근 문화산업계의 다양한 NEEDS에 맞춘 새로운 시도.
라. 소멸단계에 있는 우리문화의 소리를 발굴, 복원하여 현장음을 그대로 살렸기에 콘텐츠의 희귀성을 갖는다.

4. 기대효과

가. 문화 콘텐츠 창작기반 사업과 연계되어 시너지 효과를 창출할 수 있다. 특히 게임이나 애니메이션, 영상, 모바일, 인터넷 등 산업적으로 다양한 활용범위를 갖고 있다. 한국전통문화 소리 원형 자료를 영상과 함께 해외 문화 상품으로 제작하여 문화콘텐츠 핵심 생산국으로의 진입 기반을 마련한다.

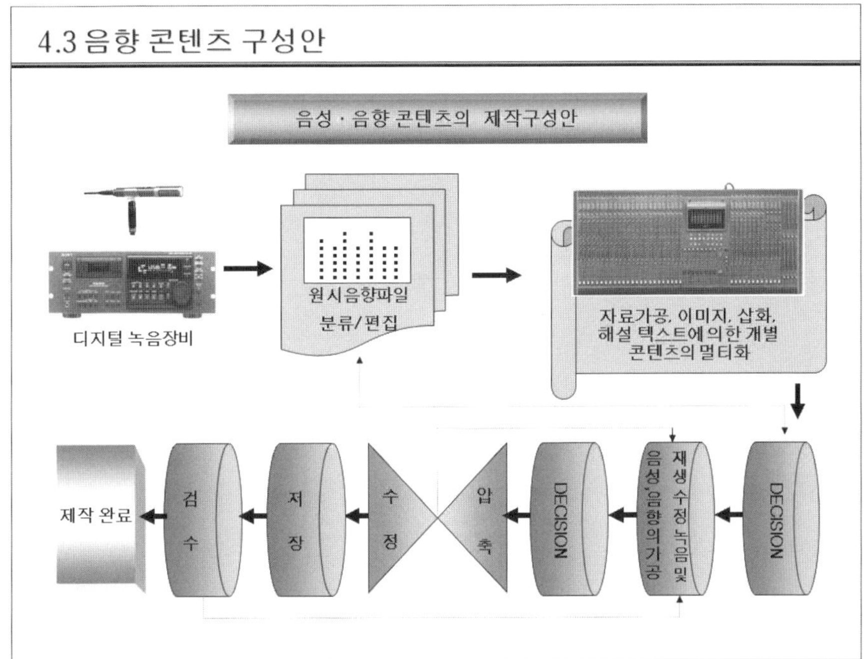

그런데 보통 대학교의 교수나 학생의 PPT들은 이에 대한 구분 없이 문서작성용 형식의 PPT로 발표를 하고 있다. 다음의 사진은 가장 일반적인 대학에서의 PPT 화면이다.

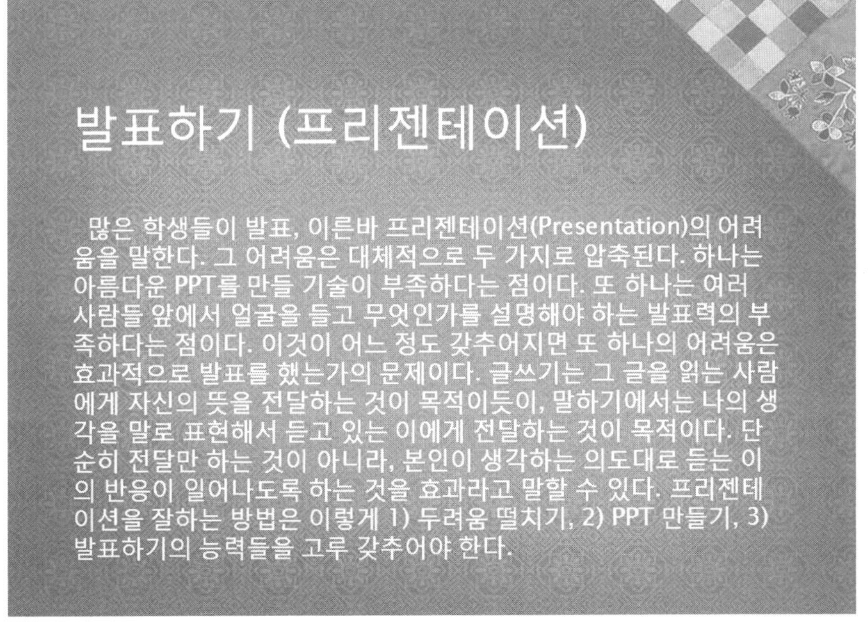

이렇게 하면 어떤 점에서 문제가 있을까? 가장 큰 문제점은 '효과적인' 발표에 실패한다는 것이다. 효과적인 발표의 핵심은 나의 발표를 듣게 만드는 것이다. 그런데 문서작성용으로 만들어진 PPT는 두 가지 면에서 듣는 이의 집중을 이끌어내지 못한다.

첫 번째는 관심 환기를 시키지 못한다. 발표는 발표자의 이야기가 중심이 되어야 하고, PPT는 그것을 보조해주는 수단이다. 따라서 말할 내용은 발표자의 머릿속에 있어야 한다. PPT에는 그 내용에 흥미를 자아낼 수 있도록 하거나, 그 내용을 압축적으로 정리하는 용도로 써야 한다. 그렇지 않으면 발표자도 PPT를 보고 읽고, 듣는 이들도 발표하는 사람을 주목하기보다 스크린을 보고 읽고 만다. 이런 발표는 사실 무용한 것이라 할 수 있다.

문서작성용의 형태로 만들어진 PPT가 듣는 이의 집중을 이끌어내지 못하는 두 번째 이유는 '가독성(可讀性)' 측면이다. 그래픽 디자이너들이 아름다운 디자인을 하더라도 '가독성'을 우선시한다. 즉, 그 내용이 무엇인지 읽을 수 있어야 한다는 것이다. 문서작성용으로 만들어진 PPT의 경우 글자 크기가 작다. 기본적으로 발표용 PPT의 경우는 글씨 크기가 28-30pt 정도여야 한다. 그렇지 않으면 스크린의 앞쪽에 앉은 이들만 겨우 읽을 뿐 다른 사람들은 무엇이 적혀있는지 읽을 수 없게 된다.

그래서 말하고자 하는 내용의 전부를 담는 이른바 텍스트(text) 중심의 화면이 아닌 보는 이의 흥미를 이끌고, 핵심만을 담는 이미지(image) 중심의 화면으로 디자인해야 한다. 앞서 텍스트 중심 화면을 이미지 중심으로 바꾸면 다음처럼 될 수 있다.

정리하자면, 발표의 목적은 '내 말을 듣게 만드는 것'이다. 나의 말을 더 효과적으로 전달하기 위한 보조의 수단으로 PPT를 사용하는 것이다. 따라서 발표(프레젠테이션)를 잘 하는 방법의 본질은 이야기(말)이고, 부차적으로 PPT 등 보조 자료의 활용인 것이다. 이야기(말)를 향상시키는 방법은 앞서도 설명하였듯이 말하고자 하는 내용의 장악이고, 반복 연습을 통해 얻어질 수 있다고 했다. 여기서는 이런 전제 아래 어떻게 PPT를 효과적으로 만들 것인가를 말하고자 한다. 그에 대한 첫 대답으로 발표용에 '적합한 PPT를 만들어라'라고 하는 것이다. 그렇게 만들기 위한 두 가지 조건

> - 말할 내용 전부를 PPT에 담으려 하지 말아라.
> - PPT 문서의 최소 글자 크기(문서작성용은 12-14pt, 발표용은 최소 28pt)

❏ 개성 있는, 아름다운 PPT 만들기

처음 PPT를 만들 때는 익숙하지 않은 프로그램이기 때문에 어렵게 느껴진다. 하얀 화면에(PPT에서는 한 페이지 한 페이지를 슬라이드라 부른다) 문자를 집어넣는 것만도 어렵게 느껴진다. 글씨만 넣으니 허전해 보여서 그것을 시각적으로 꾸며야 하는 것이 문서프로그램과는 다른 PPT의 힘겨움이다. 다행히 기본적으로 PPT 프로그램에는 템플릿이라고 하는 디자인된 화면이 제공되고, 인터넷을 활용하면 다른 템플릿들도 다운받을 수 있게 된다.

"못해도 중간은 간다"라는 말처럼 템플릿을 이용하면 무언가 만들었다는 느낌이 온다. 하지만 어느 정도 PPT와 관련한 경험이 쌓이면 템플릿이 주는 식상함을 넘어서고 싶은 욕심이 생긴다. 개성 있는, 아름다운 PPT를 만들고 싶은 마음이 생긴다. '욕심'과 '희망'은 이루라고 있는 것이기에 어떻게 하면 될까 고민해보자.

먼저 개성 있고, 아름다운 PPT를 만들려면 개성 있고, 아름다운 PPT를 많이 보는 것으로부터 출발한다. 경영학 용어로 하면 벤치마킹(benchmarking, 우량 기업의 장점을 도입해 기준으로 삼는 경영 기법을 말한다.)을 하는 것이다. 그럼 그 아름다운 PPT는 어디 있는가? 고맙게도 PPT 관련 많은 사이버 카페들이 있다. [추천할만한 곳 : 파워포인터 전문가 클럽 http://cafe.naver.com/powerpoint.cafe] 이곳에 다른 이들의 작품들이 올라와 있으므로, 그것을 보고 따라 해보고, 응용해본다.

사실 PPT는 원본을 다운 받아서 거기 쓰여진 문자들만 바꾸면 손쉽게 내 것이 되어버린다. 그러나 그렇게 하면 나만의 PPT를 만들 수는 없다. 따라서 원본을 다운받아 수정

해서 쓰지 말고, 한 번쯤, '저 기능을 구현하기 위해서는 어떻게 했을까?' 고민하고, 실제 PPT에서 연습을 해야 내 것이 될 수 있다.

개성 있고, 멋진 PPT는 세 가지 측면에서 차이를 만들어낸다.

1) 레이아웃(layout)(문자와 이미지의 배치, 색상과 글꼴의 선택, 크기)
2) 애니메이션, 전환 효과
3) 음향 효과

레이아웃(layout)이란 편집디자인에서 사용되는 용어이다. 간단히 번역하면 '배치'이다. 한 화면에 그림, 문자를 어떻게 배치할까를 고민하는 것이다. PPT에서는 문자와 이미지의 배치, 색상과 글꼴의 선택, 그것의 크기를 결정하는 것이다. 사실 문자만으로 슬라이드를 만들고, 템플릿을 이용하면 크게 배치를 신경 쓸 필요는 없다. 이미지가 있고, 템플릿이 아닌 자신만의 슬라이드를 만들 때 이 배치에 대한 감각을 요구받게 된다. 레이아웃과 관련하여 아름다운 PPT를 만들고자 할 때 중요하게 생각할 바는,

– 간단하면서도 인상적일 것(simple & impact)
– 가독성(잘 보이고, 잘 읽히게)

아래 예시를 보면, 같은 내용을 담고 있지만 왼쪽의 것보다는 오른쪽의 것이 더 보기 좋게 만든 PPT이다. 간단하고, 무엇이 핵심인지 강조를 해주고 있기 때문이다.

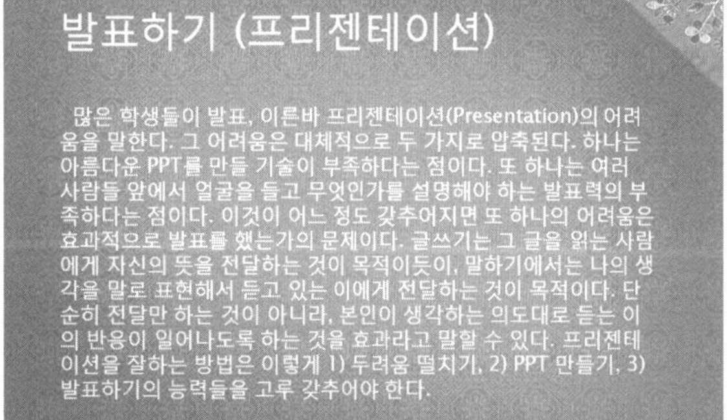

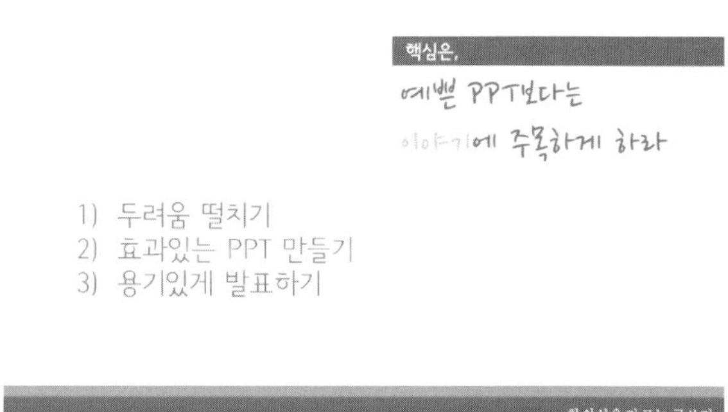

개성 있고, 멋진 PPT 만들기 중 2) 애니메이션, 전환 효과, 3) 음향 효과 넣는 방법은 이 책에서 문자로만 설명하기에는 한계가 있고, 또 이와 관련한 참고서적들이 많으므로 여기서는 생략토록 한다. 동적이고, 생동감 있는 PPT는 자칫 지루해지는 발표를 보완할 수 있는 중요한 수단이다. 그러나 그것이 과도하면 주종이 전도되는 현상이 벌어진다. 발표자의 이야기가 더 중요한 발표의 요소인데 PPT만 빛이 나고 만다. 따라서 너무 화려함만을 추구하지 말자.

PPT에 기본으로 제공되는 효과음은 그 질이 좋지 않으므로, 오히려 듣는 이들이 거부감을 일으킬 수도 있다. 따라서 그 적정 수준을 유지하는 것이 중요하다. 적정수준은 고정되어 있지 않다. 왜냐하면 발표를 듣게 되는 청중이 바로 기준이기 때문이다. 청중이 달라지면 그 기준 또한 달라지는 것이다.

발표 시에 가장 중요한 준비는 발표 목적을 확실히 하는 것과 청중 분석이다. 따라서 자신의 발표 시 PPT를 무조건 개성 있고, 아름답게 만드는 것이 능사가 아니다. 누가 듣는가, 전달하고자 하는 내용이 무엇인가에 따라 유연성 있게 PPT의 수준을 전달해야 한다. 이를테면 점잖고 차근차근 이해를 도모해야 하는 목적의 PPT 발표라면 화려하고, 요란함을 삼가해야 한다. 다소 대중적인 대상과 청중의 호기심들을 자극해야 하는 목적의 PPT라면 그에 걸맞게 PPT를 만들어야 한다.

❏ 성공적인 PPT의 구성

글을 쓸 때, 그 내용을 읽는 이에게 체계적으로 전달하기 위하여 구성을 갖추어 쓴다. 서론, 본론, 결론이 그것이다. 우리가 TV를 보거나 영화를 볼 때도 기승전결과 같은 구성을 갖춘다. 프레젠테이션을 할 때도 마찬가지로 전달할 내용만 전달하는 것이 아니라 그것에 들어가기 전 도입부(글의 서론, 프롤로그)가 필요하며, 마지막으로 다시 한 번 글을 정리하는 결말부(글의 결론, 에필로그)가 있어야 한다. 이러한 흐름으로 PPT는 다음과 같은 순서로 전개된다.

1) 표지
2) 오늘 발표의 핵심을 압축할 만한 한 마디, 또는 사진 한 장(프롤로그)
3) 목차
4) 발표내용

　　5) 발표내용을 압축할만한 핵심 환기(에필로그)
　　6) 질문(Q&A), 감사합니다

　이 목차에 따르면 보편적으로 표지, 발표내용, 마지막에 '감사합니다'라는 인사말로 PPT 문서를 작성한다. 보통 하지 않는 것이 2), 3), 5)번이다. 그런데 무엇보다 이 세 가지 부분이 발표에 있어서는 정말 중요한 부분이다.

　우리가 어떤 강연이나 강의를 들을 때 집중도가 계속 한결같지 않다. 시간에 따라 우리의 집중력은 떨어지게 된다. 가장 집중력이 좋을 시간이 발표의 첫 부분과 끝부분이다. 따라서 이 첫 부분과 끝부분에 핵심이 되는 내용을 전달해야 전체 발표를 듣지 않는 사람에게 핵심을 전달할 수 있게 된다. 무엇보다 중요한 것이 가장 첫 부분, 도입 부분이다.

　보통 사람들은 강연의 첫 부분 1분간만 들어도 판단을 하게 된다. 이 발표를 계속 들을 것인지 말 것인지를. 이 짧은 1분간 만에 청중에게 들어야 할 이유를 주지 않으면 결국 듣지 않는 발표, 허공에 외치는 발표가 되고 만다. 따라서 이 발표에 대한 흥미가 생길 수 있도록, 또는 이 발표를 왜 하고, 들어야 하는지를 첫 부분에 인상 깊게 전달해야 한다.

　예를 들어서, 〈서양 사회와 문화〉라는 강좌를 듣는다 하자. 팀별로 서양의 한 나라를 맡아 그 나라의 역사와 문화를 발표한다. 그랬을 때 어떻게 첫 도입부를 잡을 것인지에 따라 다른 팀과 차별 난 발표를 할 수 있다. 대부분의 학생들은 의무적으로 발표를 한다. 그 첫 대사는 보통 네이버 검색해서 나온 사전의 정의식으로 도입부를 잡는다.

　　스페인은 유럽 남서부, 북대서양과 지중해 연안에 위치해 있는 입헌군주 국가입니다. 전체 면적은 505370㎢, 인구는 2012년 현재 47,042,984명이며, 스페인어를 공용어로 쓰고 있고, 인구 대부분이 카톨릭을 믿고 있습니다.

　이렇게 시작하면 듣는 이들의 반응은, '뻔하겠네'이다. 만약 도입부를 이렇게 잡는다면 어떨까?

　　(PPT 화면에 빨간 스카프, 토마토, 축구공을 차례대로 넘기고 청중들에게 묻는다.)
　　어느 나라가 떠오릅니까? 네, 오늘 우리가 발표하고자 하는 나라는 전 세계적으로 유명한 투우, 토마토축제, 프리메라리그의 나라 스페인입니다.

이렇게 발표하면, 다른 이들과 차별도 되고, 오늘 발표가 무엇인가 준비한 듯한 느낌에 집중력을 얻어낼 수 있게 된다. 글을 쓸 때도 첫 문장이 중요하듯이, 발표에 있어서 첫 한 마디가 중요하다. 첫 문장, 첫 마디를 고민해서 만들어내면, 이미 읽거나 듣는 이들은 느낀다. '무엇인가 고민했구나'라는 느낌을 받게 된다.

본격적인 발표 이전에 청중으로 하여금 발표에 흥미를 갖도록 하거나, 긴장을 풀기 위한 도입부는 상당히 중요하다. 이때 다소 딱딱하지만 발표의 내용이 어떤 배경과 목적을 가지는지 전체적인 설명을 해주기도 한다. 그런 다음 발표 PPT의 구성(목차)을 보면서 어떤 순서대로, 어떤 내용을 가지고 발표할지를 먼저 말하고 본격적인 발표를 한다.

본격적인 발표를 하고 난 뒤에, 발표의 마무리 또한 첫 부분만큼이나 중요하다. 주장 컨셉의 발표에서 가장 핵심적인 사항은 한 번 더 마무리에 요약한다. 또는 여운이 남을 만한 한 마디를 남겨둠으로써 발표 내용이 머리가 아닌 가슴에 박히도록 하는 것도 무척 효과적이다.

▌발표하기

프레젠테이션의 핵심은 이쁜 PPT가 아니라, 발표자의 이야기이다.

아무리 아름다운, 기술적인 PPT를 만들었다고 하더라도 발표는 슬라이드쇼가 아니다. 발표자의 말을 도와주는 수단으로써 PPT가 있다. 청중의 시선을 PPT에 빼앗기지 않아야 성공적인 발표가 된다. 의사소통 이론 중 메라비언의 법칙(The Law of Mehrabian)이라는 것이 있다. 심리학자인 앨버트 메라비언(Albert Mehrabian)의 연구에 따르면 한 사람이 상대방으로부터 받는 이미지는 시각이 55%, 청각이 38%, 언어가 7%에 이른다는 법칙이다. 즉, 의사소통에서 실제 말하고자 하는 내용보다 그것을 전달할 때 나타나는 시각적인 요소, 청각적인 요소가 압도적으로 중요하다는 것이다. 시각적인 요소는 말하는 사람의 자세·용모와 복장·제스처 등을 말하고, 청각은 말하는 사람의 목소리, 구사하는 언어, 어조, 음색 등을 말한다. 이것을 바탕으로 프레젠테이션 발표 시 중요한 사항을 말해보면 다음과 같다.

❏ 절대 읽지 마래! 청중과의 눈빛 교감

발표는 말하고 듣는, 발표자와 청중의 의사소통(커뮤니케이션)이다. 가장 기본적으로 말을 청각적으로 듣는 것인데, 무엇보다 효과적인 의사소통은 입과 귀가 아닌 '눈'에서 일어난다. 따라서 청중의 눈빛 교감을 발표 동안 유지해야 한다. 시선을 마주쳐 주지 않으면 청중은 집중하지 않게 된다. 시선을 마주치게 되면 발표를 들어야 할 책임감을 느끼게 된다.

시선이 청중에게 향하지 않고, 컴퓨터를 향하거나, 준비해간 스크립터를 보거나, 프로젝션 스크린을 보면서 등을 돌리게 되는 경우는 발표의 자신이 없음을 단적으로 보여준다. 의무적으로 발표함을 보여주는 것이어서, 차라리 발표를 안 하는 것과 같은 것이다. 다소 부담스럽더라도 청중의 눈들과 마주치려는(아이콘택트, eye contact) 노력이 필요하다.

청중의 시선을 피하는 이유 중의 가장 대표적인 이유는 발표 내용을 장악하지 못해서 일어난다. 자기가 무엇을 말해야 할 지 자신의 머릿속에 들어있지 않고, 조사한 내용만을 그대로 앵무새처럼 전달해야 할 때 준비해간 유인물(스크립터)을 읽거나, 화면을 보면서 읽어나가게 된다. 또 그 내용에 대한 자신감이 없기에 한 마디 할 때마다 교수의 눈빛을 살피게 된다. 절대 준비해간 유인물을 읽기 위해 고개를 숙이거나, 화면을 보이기 위해 등을 보이지 마라.

시선 처리는 W와 M을 그리듯 시선을 자연스럽게 이동시킨다. 그럼 한 공간에 있는 모든 사람과 눈빛을 교환하게 된다. 가장 먼저 눈을 마주칠 때는 가장 편안한 사람으로부터 시작하는 것이 좋다. 낯선 눈빛을 먼저 보면 당황하면서 말하고자 하는 내용을 놓칠 수 있기 때문이다.

❏ '보이는 것'에 민감해하기

메러비안의 연구에서 보았듯이 '보이는 것'이 정말 중요하다. 전화로 대화를 하거나, 라디오 등 청각 매체를 통해 무엇인가를 전달할 때와 달리 보여지는 공간과 매체에서는 단연 '시각성'의 지배를 받게 된다. 이를테면 가요를 듣더라도 귀로만 들을 때는 그 소리에만 집중하지만, 만약 TV를 통해 음악프로그램을 시청하게 되면 가수의 작은 몸짓 하나가 중요한 감상의 요소가 되어버리는 것과 같다.

중요한 발표를 할 때 차려 입는 학생이 있다. 평상시 편안하게 입던 옷이 아닌, 단정하고 무엇인가 신경 써서 옷을 입게 되면 이미 발표를 위해 앞으로 나오는 과정에서 눈에 들어온다. 발표를 위해서 준비했다는 느낌이다. 용모와 복장은 중요한 시각적 표현이다.

발표할 때 안 좋은 자세들이 있다. 이를테면 단상을 양손으로 잡으면서 권위적으로 발표하거나, 한 팔로 기대거나 하는 행위들이다. 또 긴 머리를 자꾸 쓸어 올리는 모습 또한 보기에 거슬린다. 발표 이전에 머리를 묶거나 고정하여서 이런 행동이 일어나지 않도록 준비해야 한다. 의미 없는 제스처를 하는 경우도 문제이다. 너무 딱딱하게 차렷 자세를 취하는 것도 어색해 보일 수 있으나, 그보다 계속해서 손으로 무의미하게 움직이는 것이 더 보기 안 좋다.

□ '들리는 것'에 민감해하기

글에서 문체는 글의 느낌을 주는데 있어 중요하다. 같은 내용이어도 문체에 따라 흥미 있기도, 지루할 수도 있는 것처럼 문체는 글에 있어 중요한 요소이다. 글에서의 문체와 같은 것이 말에서의 목소리이다. 같은 내용이어도 어떤 목소리(voice color)로 전달되느냐에 따라 그 내용의 믿음이 더 가거나 덜 가거나 한다. 아무나 아나운서가 될 수 없는 것과 같다. 그런데 목소리는 선천적으로 타고 난다. 따라서 후천적인 훈련을 한다고 해도 목소리를 바꿀 수는 없다. 다만 훈련으로 가능한 것이 있다면 '큰소리로, 또박 또박, 천천히' 말하는 것이다.

발표는 일상 대화와 다르다. 많은 사람들이, 공간적으로 멀리 있으므로 일상 대화하듯이 하면 안 된다. 대화할 때보다 큰소리로, 그리고 천천히 발음하여 말하는 내용이 잘 전달되도록 해야 한다. 소리가 작아지고, 말할 때의 뒤끝이 자꾸 흐려지는 이유는 자신감이 없기 때문이기도 하고, 말 습관이기도 하다. 입을 크게 벌려 한 음 한 음 또박또박 발음하는 연습을 해야 한다.

우리나라에서는 유난히 억양(인토네이션, intonation)이 중요하지 않다. 영어를 들어보면 마치 노래하듯 말의 높낮이가 있다. 중국어나 베트남어는 단어의 높낮이에 따라 단어의 뜻이 달라진다. 그러나 우리는 거의 높낮이가 수평이다. 의문이나 놀람을 나타날 때 문장의 끝을 들어 올리는 정도이다. 그래서 영어회화를 해도 마치 한국어처럼 높낮이 없이 한다. 말할 때 높낮이가 없이 수평적으로 하게 되면 듣는 입장에서 지루하게 된다. 따라서 강조할 때 강조를 해주는 억양의 변화를 신경 쓸 필요가 있다.

대학 3, 4학년 등 취업을 준비하면서 면접 등을 위해 말하기(speech) 강의를 많이 듣는다. 그런데 이 강의를 들은 학생의 경우 마치 공장에서 찍혀 나온 제품처럼 너무나 일률적이며, 부자연스러운 경우가 많다. 가장 어색한 경우가 문장의 끝인 '-다'할 때 뒤 끝을 올리는 경우이다. 뒤 끝을 올리면서 발음하면 무척 웃기게 들린다. 아나운서들이 발음하듯, 뒤 끝을 다소 내려서 발음하는 것이 이상적이다. 어떤 느낌인지 뉴스 아나운서의 '-다' 부분을 신경 쓰며 들어보아라.

글쓰기의 전략과 과정[개인 프레젠테이션]

실습과제

자기소개 3종 세트(set)

01 일반적인 문서 자기소개서
- 일반적인 자소서의 양식으로 자기소개를 한다.
  성장배경, 자신의 장점과 단점, 자신의 비전, 핵심역량
- 분량은 A4 2페이지, 각 항목 균등 서술

02 프레젠테이션용 자기소개
- 이력서와 달리 '나와 나의 비전' 소개에 집중
- '컨셉'(concept)을 가지고 재미있고, 인상적으로
- PPT 페이지는 4-5페이지
- 프레지 작성도 가능하나 PPT에 더 높은 점수

03 동영상 자기소개(나를 팝니다!)
- 3분 이내로 자신을 누군가가 뽑아줄 것으로 염두에 둔 자기광고
- 사진 슬라이드쇼를 동영상으로 변환하는 것 안 됨.
- 실제 움직이는 영상의 촬영, 자막, 배경음악이 있어야 함.
- 재미있고, 인상적일 것.

글쓰기의 전략과 과정[팀 프레젠테이션]

실습과제

01 포스트잇

포스트잇 한 묶음으로, 캠퍼스에서 가치 있는 일을 하려고 한다.
어떤 일을 할 것인지 제안서와 실제 그것의 실행 영상을 제작하라.

02 만원의 행복

만원을 가지고, 캠퍼스에서 가치 있는 일을 하려고 한다.
어떤 일을 할 것인지 제안서와 실제 그것의 실행 영상을 제작하라.

[평가기준]
- 남들이 안 할 만한 것을 할 것
- 아이디어의 발상과 그것의 구체화 과정들이 모두 설명될 것
- '가치'에 대한 정의를 다방면으로 해볼 것
- 가치의 파급력을 키우려는 노력할 것

4) 보고서(레포트) 쓰기

보고서는 정해진 규격이 있는 글이다. 개성적인 글이 아니므로 자기가 쓰고 싶은 대로 개성을 발휘해서는 안 된다. 보통 보고서는 교수들이 쓰는 학술논문의 체제를 바탕으로 한다. 그래서 서론, 본론, 결론이라는 구성도 있어야 하며, 형식적으로도 이것저것 챙겨야 할 것들이 있다.

▌보고서 성격에 따라 내용이 달라진다.

교수들이 요구하는 보고서는 다양하다. 논문의 형식을 요구하는 연구 보고서를 요구하기도 하고, 조사나 답사 보고서를 요하기도 한다. 실험, 관찰 보고서도 있고, 감상이나 요약 보고서도 있다. 각 보고서의 특징에 맞추어 그 구성 내용은 달라질 수밖에 없다.

연구보고서는 앞서 설명한 논문의 축소판이다. 보통 학부생의 경우 연구보고서를 쓸 만큼의 실력은 갖추어지지 않았으므로, 이런 과제를 받으면 이글 저글 짜깁기를 할 것이다. 짜깁기를 하는 것을 알면서도 과제를 내는 교수라면 무엇을 볼 것인가 생각하라? 즉, 1) 어떤 자료들을 폭넓게 이용했는가?, 2) 이용할 때 각주를 제대로 달았는가? 아님 자기가 말한 것처럼 꾸몄는가?, 3) 전체 내용이 본인의 생각이 아니더라도 결론이나 서론 부분에서 자신의 생각은 있는가?, 4) 보고서의 체계를 잘 구성하였는가? 가 관건이 된다.

조사보고서는 서론에 조사 목적, 조사 대상과 조사 방법, 본론에는 조사의 결과와 분석, 결론에는 결과 요약과 조사 목적과 관련한 대책/전망을 담는다.

감상/비평 보고서는 형식이 보다 자유롭다. 그래서 서론 본론, 결론이라는 딱딱한 제목 보다는 함축적이고, 강한 제목을 쓴다. 이런 보고서에서 유의할 점은, 1) 단락마다의 제목을 활용하여 지루함을 없앤다. 2) 절대적으로 자신의 생각을 써야 한다. 3) 나의 감상이 소중한 것이 아니라 남의 감상도 소중하다. 그들의 감상과 나의 감성은 어떤 차이가 있는가? 4) 의문 나는 점을 감상하면서 적고 자기 나름의 해답을 찾는다. 5) '좋다/유익했다'라는, 말 그대로 감상이 아닌 그것을 통해 어떤 것을 생각하게 되었는지 확장해서 쓴다. 6) 감상하거나 비평할 대상을 요약하고, 그것의 구조를 파악하라. 즉, 내용도 중요하지만 형식도 비판해봐라.

처음부터 보고서 작성을 잘 할 수 없다. 잘하고 싶다면 먼저 많은 보고서를 찾아봐라. 그리고 그 형식들을 취해야 한다.

▌보고서에서 중요한 것 – Report는 제목이 아니다.

보고서를 받을 때 가장 난감한 경우가 많은 학생들이 표지에 'REPORT'라고 써서 내는 것이다. 비유하자면, 대형 서점에 갔는데 모든 책들이 표지에 '책'이라고 써놓고 있는 것과 같다. 레포트는 그 글의 형식을 의미하지, 주제를 의미하지 않는다. 레포트의 표지에는 그 과제의 제목을 적어야 한다.

과제의 제목은 일반적으로 그 제목만으로 글의 내용을 짐작할 수 있어야 한다. 그래서 분명하고, 직선적이어야 한다. 물론 과제의 성격에 따라 다르게도 한다. 이를테면 다소 수필적인 과제, 창의성이 필요한 과제라면 나름대로의 카피라이팅 실력을 발휘하여, 마치 신문이나 잡지의 낚시성 제목처럼 정하기도 한다. 그러나 대학의 일반적인 레포트들은 '학술적'이기에 분명하고 직선적인 제목을 정하도록 한다.

▌표지는 보고서의 얼굴

표지는 레포트의 얼굴이다. 표지는 책에서 표지처럼 보고서의 인상을 좌우한다. 따라서 표지를 만드는 시간을 아까워말기 바란다. 또한 표지는 한 가지 정도만 신경 써서 만들어놓으면 계속 사용할 수 있으므로 한번 제대로 만들어놓을 필요가 있다. 내가 잘 만들기 위해서는 잘 만들어진 레포트의 표지를 봐야한다. 마치 위에서 설명한 글을 쓰기 전에 먼저 자료를 수집하는 것과 같은 이치이다. 레포트 표지는 인터넷 검색에서 '레포트 표지'라고 검색해도 좋고, 네이버 한글서식(http://hangeul.naver.com/document)에서 무료로 한글 서식을 주기도 하여 이를 응용하면 보다 나은 표지를 만들 수 있다.

표지 다음에는 목차가 필요하다. 한두 장 쓰는 보고서에는 목차가 필요 없지만, 제법 분량이 있는 보고서는 목차가 필요하다. 목차는 두 가지 기능을 갖는다. 하나는 특정 부분을 찾아갈 수 있도록 안내하는 기능이고, 또 하나는 글을 전체적으로 추측해볼 수 있는 기능이다. 따라서 목차는 페이지 번호가 적혀있어야 하며, 제목들이 구체적으로 적혀 있어야 한다. 만약 목차의 제목이 서론, 본론, 결론이라면 목차는 굳이 필요 없는 것이다. 그것으로 글의 내용을 짐작할 수 없기 때문이다.

교수에 따라 표지와 목차를 불필요한 것으로 생각하는 이들도 많다. 그래서 명시적으로 '표지 없이 바로 제목, 이름 쓰고 내용 쓰라'는 요구할 때가 있다. 이런 경우에는 굳이 표지를 만들 필요는 없다.

독서의
숲,
한적한 산책의
권유

교 과 목　：글쓰기
담당교수　：김형근 교수님
학　　과　：프랑스어문학과
학　　번　：201210651
이　　름　：이영은
제 출 일　：2012년 11월 16일

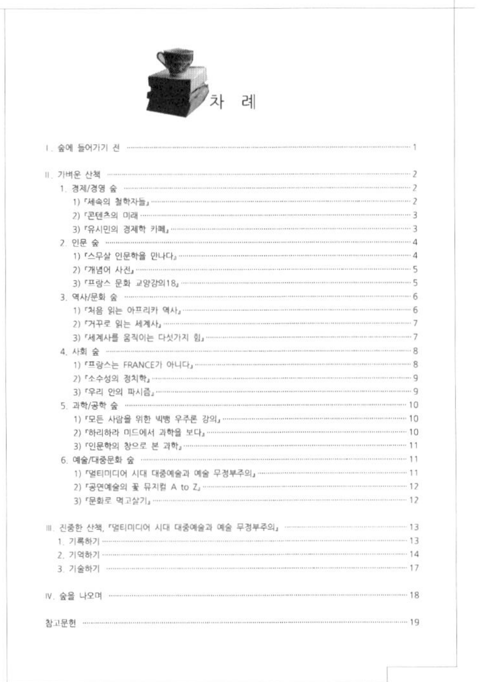

차　례

Ⅰ. 숲에 들어가기 전 ………………………………………………………………… 1

Ⅱ. 가벼운 산책 …………………………………………………………………………… 2
　1. 경제/경영 숲 ……………………………………………………………………… 2
　　1) 『세속의 철학자들』 ………………………………………………………… 2
　　2) 『콘텐츠의 미래』 …………………………………………………………… 3
　　3) 『유시민의 경제학 카페』 ………………………………………………… 3
　2. 인문 숲 …………………………………………………………………………… 4
　　1) 『스무살 인문학을 만나다』 ……………………………………………… 4
　　2) 『개념어 사전』 ……………………………………………………………… 5
　　3) 『프랑스 문화 교양강의18』 ……………………………………………… 5
　3. 역사/문화 숲 …………………………………………………………………… 6
　　1) 『처음 읽는 아프리카 역사』 …………………………………………… 6
　　2) 『거꾸로 읽는 세계사』 …………………………………………………… 7
　　3) 『세계사를 움직이는 다섯가지 힘』 …………………………………… 7
　4. 사회 숲 …………………………………………………………………………… 8
　　1) 『프랑스는 FRANCE가 아니다』 ………………………………………… 8
　　2) 『소수성의 정치학』 ………………………………………………………… 9
　　3) 『우리 안의 파시즘』 ……………………………………………………… 9
　5. 과학/공학 숲 …………………………………………………………………… 10
　　1) 『모든 사람을 위한 빅뱅 우주론 강의』 ……………………………… 10
　　2) 『하리하라 미드에서 과학을 보다』 …………………………………… 10
　　3) 『인문학의 창으로 본 과학』 …………………………………………… 11
　6. 예술/대중문화 숲 ……………………………………………………………… 11
　　1) 『멀티미디어 시대 대중예술과 예술 무정부주의』 ………………… 11
　　2) 『공연예술의 꽃 뮤지컬 A to Z』 ……………………………………… 12
　　3) 『문화로 먹고살기』 ……………………………………………………… 12

Ⅲ. 진중한 산책, 『멀티미디어 시대 대중예술과 예술 무정부주의』 ………… 13
　1. 기록하기 ………………………………………………………………………… 13
　2. 기억하기 ………………………………………………………………………… 14
　3. 기술하기 ………………………………………………………………………… 17

Ⅳ. 숲을 나오며 …………………………………………………………………………… 18

참고문헌 ……………………………………………………………………………………… 19

잡지를 통해 본 세상과 나의 비전
04) 잡지 만들기

교 과 목 : 글쓰기 원리와 실제 월78
담당교수 : 김 형 근 교수님
학　　과 : 경영학과
학　　번 : 20112187
이　　름 : 박 연 주
제 출 일 : 2011.12.11

목　　　차

Ⅰ. 가치를 인식하기 ……………………………………………………………………… 1

Ⅱ. 가치를 발견하기 ……………………………………………………………………… 2

　1. 내가 선택한 잡지 CEO ………………………………………………………… 2
　　1) CEO 잡지소개 ………………………………………………………………… 2
　　2) 비슷한 잡지 …………………………………………………………………… 2
　　　(1) Excellence ………………………………………………………………… 2
　　　(2) HRD ………………………………………………………………………… 3
　　　(3) TRADE ……………………………………………………………………… 4
　　3) CEO를 선택한 이유 ………………………………………………………… 4
　　4) 최고의 기사 …………………………………………………………………… 5
　　　(1) 1월 - 운수 좋은 날 (주)JS복재성 대표 …………………………… 5
　　　(2) 2월 - 유토피아 경영 한미파스스 김종훈 회장 …………………… 5
　　　(3) 3월 - 신한화구 한봉근 대표 ………………………………………… 6

　2. 내가 만든 잡지 WHO …………………………………………………………… 7
　　1) WHO …………………………………………………………………………… 7
　　2) 인터뷰를 통한 비전 미리보기 …………………………………………… 9
　　　(1) CEO : 손길 컨설팅 정순선CEO ……………………………………… 9
　　　(2) 특집기사 : 백석대학교 경상학부 최승준 전임교수 ……………… 11

Ⅲ. 가치를 나누기 ………………………………………………………………………… 13

▍페이지번호

장수가 많은 문서의 경우 페이지번호는 필수다. 그리고 페이지번호를 매겨야 목차에도 그 페이지를 반영할 수 있다. 그런데 페이지는 보통 표지와 목차에는 넣지 않는다. 실제 서론이 시작되는 페이지를 1page로 한다. 그런데 문서 작성을 하여 페이지번호 명령을 주면 표지부터 1번하고 메겨진다. 그리고 그냥 그렇게 출력해서 제출한다. 하지만 문서 편집의 완결성이 부족한 것이다. 표지와 목차 페이지에 가서 '감추기' 명령을 통해 쪽번호를 지워줘야 하고, 서론에 가서는 '새번호로시작하기'라는 명령어를 써야 한다.

▍항목의 순서 기호

큰제목이 있고, 중간제목, 작은제목 등 제목들도 위아래가 있다. 이 위아래 서열은 숫자 등의 기호를 통해서 하게 되어 있다. 이 기호는 나름대로의 약속을 통해 정해지므로 자기가 쓰고 싶은 대로 쓰면 안 된다. 가끔 문서들을 보면 네모, 세모, 동그라미들이 난무하는데 이는 이 항목 순서 기호를 익히지 않은 탓이다. 항목 순서는 다음과 같다. 이것의 순서는 그대로 지켜져야 한다. 항목의 순서는 여러 방식이 있지만 가장 흔히 사용하는 방식은 다음과 같다.

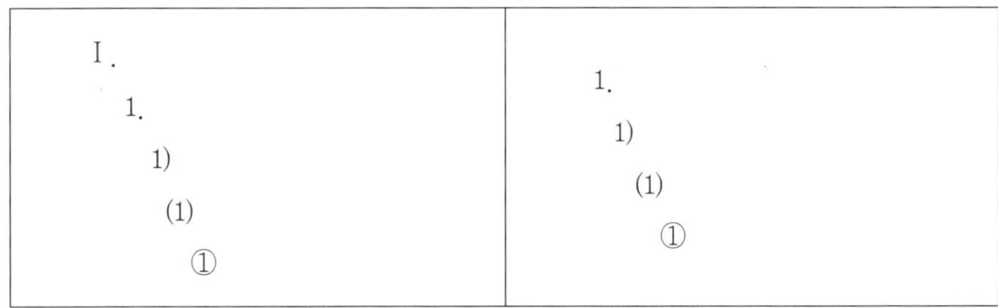

로마자로 시작하거나 숫자로 시작할 수 있어 선택하면 된다. 숫자 대신에 한글이나 영어 알파벳을 넣을 수 있으나 이들을 섞어 쓰지는 않는다. 그리고 임의적으로 특수기호(●■◆▲◎)를 사용하지 않아야 한다.

목차와 실제 본문에서는 이런 상위항목과 하위항목을 시각적으로 구분해야 한다. 항목 간의 줄간격을 띄우고, 상위항목과 항위항목의 관계를 보여줄 수 있도록 들여쓰기를 해야 한다. 아래의 예시 화면을 보면 어떻게 작성되어야 느낌을 알 수 있다. 왼쪽의 경우 편집이 잘된 경우이고, 우측은 편집되지 않은 상태이다.

<table>
<tr><td valign="top" width="50%">

목   차

I. 동행을 시작하기에 앞서........1

II. 동행의 즐거움........2

  1. 동반자 만나기........2
    1) 나의 동반자를 찾아서........2
    2) 처음 보는 동반자........4

  2. 함께 걷기........4
    1) 동반자와의 약속........4
    2) 7일간의 일정........6
      (1) 주간계획표........6
      (2) 성품점검........7
      (3) 내공쌓기........7
      (4) 할 일........8

  3. 함께 걸어 온 길........8
    1) 7일 동안의 행적........8
      (1) 성품점검........8
      (2) 내공쌓기........9
      (3) 할 일........10
    2) 동반자로부터........11
      (1) 카카오톡 묵상 나눔........11
      (2) 동반자의 마지막 이야기........14

III. 각자의 길로........16

</td><td valign="top" width="50%">

목   차

I. 동행을 시작하기에 앞서........1
II. 동행의 즐거움........2
1. 동반자 만나기........2
1) 나의 동반자를 찾아서........2
2) 처음 보는 동반자........4
2. 함께 걷기........4
1) 동반자와의 약속........4
2) 7일간의 일정........6
(1) 주간계획표........6
(2) 성품점검........7
(3) 내공쌓기........7
(4) 할 일........8
3. 함께 걸어 온 길........8
1) 7일 동안의 행적........8
(1) 성품점검........8
(2) 내공쌓기........9
(3) 할 일........10
2) 동반자로부터........11
(1) 카카오톡 묵상 나눔........11
(2) 동반자의 마지막 이야기........14
III. 각자의 길로........16

</td></tr>
</table>

▌각주와 참고문헌

학술보고서의 경우는 각주와 참고문헌이 필수적으로 들어간다. 이에 대한 부분은 부록의 〈각주 및 참고문헌 작성〉 참조.

부록

- 한글 맞춤법 규정
- 각주 및 참고문헌 작성
- 혼동되는 표현들
- 문장 부호
- 문서 교정기호들
- 글쓰기에 유용한 인터넷 사이트

한글 맞춤법 규정

　국가에서는 국민의 어문 생활에 도움을 주고자 '어문규정'을 하였다. 이 어문규정에는 〈한글 맞춤법〉, 〈표준어 규정〉, 〈외래어 표기법〉, 〈로마자 표기법〉의 내용으로 구성되어 있다. 그 내용 전체는 '국립국어원' 홈페이지를 참조하면 된다. 〈한글 맞춤법〉은 문교부, 즉 오늘날의 교육부에서 1988년 고시한 것을 오늘날 준용하고 있다. 그 구성은 총 6장과 부록으로 구성된다.

<table>
<tr><td>

한글 맞춤법

제1장 총칙

제2장 자모

제3장 소리에 관한 것

　제1절 된소리

　제2절 구개음화

　제3절 'ㄷ' 소리받침

　제4절 모음

　제5절 두음법칙

　제6절 겹쳐 나는 소리

제4장 형태에 관한 것

　제1절 체언과 조사

　제2절 어간과 어미

　제3절 접미사가 붙어서 된 말

　제4절 합성어 및 접두사가 붙는 말

　제5절 준말

</td></tr>
</table>

제5장 띄어쓰기
  제1절 조사
  제2절 의존명사, 단위를 나타내는 명사 및 열거하는 말 등
  제3절 보조용언
  제4절 고유 명사 및 전문 용어
제6장 그 밖의 것
부 록 문장부호

문교부 고시 제88-1호(1988. 1. 19.)

한글 맞춤법

제1장 총칙

제1항 한글 맞춤법은 표준어를 소리대로 적되, 어법에 맞도록 함을 원칙으로 한다.

제2항 문장의 각 단어는 띄어 씀을 원칙으로 한다.

제3항 외래어는 '외래어 표기법'에 따라 적는다.

제2장 자모

제4항 한글 자모의 수는 스물넉 자로 하고, 그 순서와 이름은 다음과 같이 정한다.

ㄱ(기역)	ㄴ(니은)	ㄷ(디귿)	ㄹ(리을)	ㅁ(미음)
ㅂ(비읍)	ㅅ(시옷)	ㅇ(이응)	ㅈ(지읒)	ㅊ(치읓)
ㅋ(키읔)	ㅌ(티읕)	ㅍ(피읖)	ㅎ(히읗)	
ㅏ(아)	ㅑ(야)	ㅓ(어)	ㅕ(여)	ㅗ(오)
ㅛ(요)	ㅜ(우)	ㅠ(유)	ㅡ(으)	ㅣ(이)

[붙임 1] 위의 자모로써 적을 수 없는 소리는 두 개 이상의 자모를 어울러서 적되,

그 순서와 이름은 다음과 같이 정한다.

ㄲ(쌍기역)	ㄸ(쌍디귿)	ㅃ(쌍비읍)	ㅆ(쌍시옷)	ㅉ(쌍지읒)	
ㅐ(애)	ㅒ(얘)	ㅔ(에)	ㅖ(예)	ㅘ(와)	ㅙ(왜)
ㅚ(외)	ㅝ(워)	ㅞ(웨)	ㅟ(위)	ㅢ(의)	

[붙임 2] 사전에 올릴 적의 자모 순서는 다음과 같이 정한다.

자음: ㄱ ㄲ ㄴ ㄷ ㄸ ㄹ ㅁ ㅂ ㅃ ㅅ ㅆ ㅇ ㅈ ㅉ ㅊ ㅋ ㅌ ㅍ ㅎ
모음: ㅏ ㅐ ㅑ ㅒ ㅓ ㅔ ㅕ ㅖ ㅗ ㅘ ㅙ ㅚ ㅛ ㅜ ㅝ ㅞ ㅟ ㅠ ㅡ ㅢ ㅣ

제3장 소리에 관한 것

제1절 된소리

제5항 한 단어 안에서 뚜렷한 까닭 없이 나는 된소리는 다음 음절의 첫소리를 된소리로 적는다.

1. 두 모음 사이에서 나는 된소리

소쩍새	어깨	오빠	으뜸	아끼다
기쁘다	깨끗하다	어떠하다	해쓱하다	가끔
거꾸로	부썩	어찌	이따금	

2. 'ㄴ, ㄹ, ㅁ, ㅇ' 받침 뒤에서 나는 된소리

산뜻하다	잔뜩	살짝	훨씬
담뿍	움찔	몽땅	엉뚱하다

다만, 'ㄱ, ㅂ' 받침 뒤에서 나는 된소리는, 같은 음절이나 비슷한 음절이 겹쳐 나는 경우가 아니면 된소리로 적지 아니한다.

국수	깍두기	딱지	색시
싹둑(~싹둑)	법석	갑자기	몹시

제2절 구개음화

제6항 ‘ㄷ, ㅌ’ 받침 뒤에 종속적 관계를 가진 ‘－이(－)’나 ‘－히－’가 올 적에는, 그 ‘ㄷ, ㅌ’이 ‘ㅈ, ㅊ’으로 소리나더라도 ‘ㄷ, ㅌ’으로 적는다.(ㄱ을 취하고, ㄴ을 버림.)

ㄱ	ㄴ	ㄱ	ㄴ
맏이	마지	핥이다	할치다
해돋이	해도지	걷히다	거치다
굳이	구지	닫히다	다치다
같이	가치	묻히다	무치다
끝이	끄치		

제3절 ‘ㄷ’ 소리 받침

제7항 ‘ㄷ’ 소리로 나는 받침 중에서 ‘ㄷ’으로 적을 근거가 없는 것은 ‘ㅅ’으로 적는다.

덧저고리	돗자리	엇셈	웃어른	핫옷	무릇	사뭇
얼핏	자칫하면	뭇[衆]	옛	첫	헛	

제4절 모음

제8항 ‘계, 례, 몌, 폐, 혜’의 ‘ㅖ’는 ‘ㅔ’로 소리나는 경우가 있더라도 ‘ㅖ’로 적는다.(ㄱ을 취하고, ㄴ을 버림.)

ㄱ	ㄴ	ㄱ	ㄴ
계수(桂樹)	게수	혜택(惠澤)	헤택
사례(謝禮)	사레	계집	게집
연몌(連袂)	연메	핑계	핑게
폐품(廢品)	페품	계시다	게시다

다만, 다음 말은 본음대로 적는다.

게송(偈頌)	게시판(揭示板)	휴게실(休憩室)

제9항 ‘의’나, 자음을 첫소리로 가지고 있는 음절의 ‘ㅢ’는 ‘ㅣ’로 소리나는 경우가 있더라도 ‘ㅢ’로 적는다.(ㄱ을 취하고, ㄴ을 버림.)

ㄱ	ㄴ	ㄱ	ㄴ
의의(意義)	의이	닁큼	닁큼
본의(本義)	본이	띄어쓰기	띠어쓰기
무늬[紋]	무니	씌어	씨어
보늬	보니	틔어	티어
오늬	오니	희망(希望)	히망
하늬바람	하니바람	희다	히다
닐리리	닐리리	유희(遊戲)	유히

제5절 두음 법칙

제10항 한자음 '녀, 뇨, 뉴, 니'가 단어 첫머리에 올 적에는, 두음 법칙에 따라 '여,
요, 유, 이'로 적는다.(ㄱ을 취하고, ㄴ을 버림.)

ㄱ	ㄴ	ㄱ	ㄴ
여자(女子)	녀자	유대(紐帶)	뉴대
연세(年歲)	년세	이토(泥土)	니토
요소(尿素)	뇨소	익명(匿名)	닉명

다만, 다음과 같은 의존 명사에서는 '냐, 녀' 음을 인정한다.

냥(兩)	냥쭝(兩-)	년(年)(몇 년)

[붙임 1] 단어의 첫머리 이외의 경우에는 본음대로 적는다.

남녀(男女)	당뇨(糖尿)	결뉴(結紐)	은닉(隱匿)

[붙임 2] 접두사처럼 쓰이는 한자가 붙어서 된 말이나 합성어에서, 뒷말의 첫
소리가 'ㄴ' 소리로 나더라도 두음 법칙에 따라 적는다.

신여성(新女性)	공염불(空念佛)	남존여비(男尊女卑)

[붙임 3] 둘 이상의 단어로 이루어진 고유 명사를 붙여 쓰는 경우에도 붙임 2에 준하여

적는다.

<table>
<tr><td>한국여자대학</td><td>대한요소비료회사</td></tr>
</table>

제11항 한자음 '랴, 려, 례, 료, 류, 리'가 단어의 첫머리에 올 적에는, 두음 법칙에 따라 '야, 여, 예, 요, 유, 이'로 적는다.(ㄱ을 취하고, ㄴ을 버림.)

ㄱ	ㄴ	ㄱ	ㄴ
양심(良心)	량심	용궁(龍宮)	룡궁
역사(歷史)	력사	유행(流行)	류행
예의(禮儀)	례의	이발(理髮)	리발

다만, 다음과 같은 의존 명사는 본음대로 적는다.

> 리(里) : 몇 리냐?
> 리(理) : 그럴 리가 없다.

[붙임 1] 단어의 첫머리 이외의 경우에는 본음대로 적는다.

개량(改良)	선량(善良)	수력(水力)	협력(協力)
사례(謝禮)	혼례(婚禮)	와룡(臥龍)	쌍룡(雙龍)
하류(下流)	급류(急流)	도리(道理)	진리(眞理)

다만, 모음이나 'ㄴ' 받침 뒤에 이어지는 '렬, 률'은 '열, 율'로 적는다.(ㄱ을 취하고, ㄴ을 버림.)

ㄱ	ㄴ	ㄱ	ㄴ
나열(羅列)	나렬	분열(分裂)	분렬
치열(齒列)	치렬	선열(先烈)	선렬
비열(卑劣)	비렬	진열(陳列)	진렬
규율(規律)	규률	선율(旋律)	선률
비율(比率)	비률	전율(戰慄)	전률
실패율(失敗率)	실패률	백분율(百分率)	백분률

[붙임 2] 외자로 된 이름을 성에 붙여 쓸 경우에도 본음대로 적을 수 있다.

신립(申砬)	최린(崔麟)	채륜(蔡倫)	하륜(河崙)

[붙임 3] 준말에서 본음으로 소리나는 것은 본음대로 적는다.

국련(국제연합)	대한교련(대한교육연합회)

[붙임 4] 접두사처럼 쓰이는 한자가 붙어서 된 말이나 합성어에서, 뒷말의 첫소리가 'ㄴ' 또는 'ㄹ' 소리로 나더라도 두음 법칙에 따라 적는다.

역이용(逆利用)	연이율(年利率)	열역학(熱力學)	해외여행(海外旅行)

[붙임 5] 둘 이상의 단어로 이루어진 고유 명사를 붙여 쓰는 경우나 십진법에 따라 쓰는 수(數)도 붙임 4에 준하여 적는다.

서울여관	신흥이발관	육천육백육십육(六千六百六十六)

제12항 한자음 '라, 래, 로, 뢰, 루, 르'가 단어의 첫머리에 올 적에는, 두음 법칙에 따라 '나, 내, 노, 뇌, 누, 느'로 적는다.(ㄱ을 취하고, ㄴ을 버림.)

ㄱ	ㄴ	ㄱ	ㄴ
낙원(樂園)	락원	뇌성(雷聲)	뢰성
내일(來日)	래일	누각(樓閣)	루각
노인(老人)	로인	능묘(陵墓)	릉묘

[붙임 1] 단어의 첫머리 이외의 경우에는 본음대로 적는다.

쾌락(快樂)	극락(極樂)	거래(去來)	왕래(往來)
부로(父老)	연로(年老)	지뢰(地雷)	낙뢰(落雷)
고루(高樓)	광한루(廣寒樓)	동구릉(東九陵)	가정란(家庭欄)

[붙임 2] 접두사처럼 쓰이는 한자가 붙어서 된 단어는 뒷말을 두음 법칙에 따라 적는다.

내내월(來來月)   상노인(上老人)   중노동(重勞動)   비논리적(非論理的)

제6절 겹쳐 나는 소리

제13항 한 단어 안에서 같은 음절이나 비슷한 음절이 겹쳐 나는 부분은 같은 글자로
적는다.(ㄱ을 취하고, ㄴ을 버림.)

ㄱ	ㄴ	ㄱ	ㄴ
딱딱	딱닥	꼿꼿하다	꼿곳하다
쌕쌕	쌕색	놀놀하다	놀롤하다
씩씩	씩식	눅눅하다	눙눅하다
똑딱똑딱	똑닥똑닥	밋밋하다	민밋하다
쓱싹쓱싹	쓱삭쓱삭	싹싹하다	싹삭하다
연연불망(戀戀不忘)	연련불망	쌉쌀하다	쌉살하다
유유상종(類類相從)	유류상종	씁쓸하다	씁슬하다
누누이(屢屢-)	누루이	짭짤하다	짭잘하다

제4장 형태에 관한 것

제1절 체언과 조사

제14항 체언은 조사와 구별하여 적는다.

떡이	떡을	떡에	떡도	떡만
손이	손을	손에	손도	손만
팔이	팔을	팔에	팔도	팔만
밤이	밤을	밤에	밤도	밤만
집이	집을	집에	집도	집만
옷이	옷을	옷에	옷도	옷만
콩이	콩을	콩에	콩도	콩만
낮이	낮을	낮에	낮도	낮만
꽃이	꽃을	꽃에	꽃도	꽃만

밭이	밭을	밭에	밭도	밭만
앞이	앞을	앞에	앞도	앞만
밖이	밖을	밖에	밖도	밖만
넋이	넋을	넋에	넋도	넋만
흙이	흙을	흙에	흙도	흙만
흙이	흙을	흙에	흙도	흙만
삶이	삶을	삶에	삶도	삶만
여덟	여덟을	여덟에	여덟도	여덟만
곬이	곬을	곬에	곬도	곬만
값이	값을	값에	값도	값만

제2절 어간과 어미

제15항 용언의 어간과 어미는 구별하여 적는다.

먹다	먹고	먹어	먹으니
신다	신고	신어	신으니
믿다	믿고	믿어	믿으니
울다	울고	울어	(우니)
넘다	넘고	넘어	넘으니
입다	입고	입어	입으니
웃다	웃고	웃어	웃으니
찾다	찾고	찾아	찾으니
좇다	좇고	좇아	좇으니
같다	같고	같아	같으니
높다	높고	높아	높으니
좋다	좋고	좋아	좋으니
깎다	깎고	깎아	깎으니
앉다	앉고	앉아	앉으니
많다	많고	많아	많으니
늙다	늙고	늙어	늙으니
젊다	젊고	젊어	젊으니
넓다	넓고	넓어	넓으니

훑다	훑고	훑어	훑으니
읊다	읊고	읊어	읊으니
옳다	옳고	옳아	옳으니
없다	없고	없어	없으니
있다	있고	있어	있으니

[붙임 1] 두 개의 용언이 어울려 한 개의 용언이 될 적에, 앞말의 본뜻이 유지되고 있는 것은 그 원형을 밝히어 적고, 그 본뜻에서 멀어진 것은 밝히어 적지 아니한다.

(1) 앞말의 본뜻이 유지되고 있는 것

넘어지다	늘어나다	늘어지다	돌아가다	되짚어가다
들어가다	떨어지다	벌어지다	엎어지다	접어들다
틀어지다	흩어지다			

(2) 본뜻에서 멀어진 것

드러나다	사라지다	쓰러지다

[붙임 2] 종결형에서 사용되는 어미 '-오'는 '요'로 소리나는 경우가 있더라도 그 원형을 밝혀 '오'로 적는다.(ㄱ을 취하고, ㄴ을 버림.)

ㄱ	ㄴ
이것은 책이오.	이것은 책이요.
이리로 오시오.	이리로 오시요.
이것은 책이 아니오.	이것은 책이 아니요.

[붙임 3] 연결형에서 사용되는 '이요'는 '이요'로 적는다.(ㄱ을 취하고, ㄴ을 버림.)

ㄱ	ㄴ
이것은 책이요, 저것은 붓이요 또 저것은 먹이다.	이것은 책이오, 저것은 붓이오, 또 저것은 먹이다.

제16항 어간의 끝음절 모음이 'ㅏ, ㅗ'일 때에는 어미를 '-아'로 적고, 그 밖의 모음일 때에는 '-어'로 적는다.

1. '-아'로 적는 경우

나아	나아도	나아서	돌아	돌아도	돌아서
막아	막아도	막아서			
얇아	얇아도	얇아서	보아	보아도	보아서

2. '-어'로 적는 경우

개어	개어도	개어서	저어	저어도	저어서
겪어	겪어도	겪어서	주어	주어도	주어서
되어	되어도	되어서	피어	피어도	피어서
베어	베어도	베어서	희어	희어도	희어서
쉬어	쉬어도	쉬어서			

제17항 어미 뒤에 덧붙는 조사 '-요'는 '-요'로 적는다.

읽어	읽어요	참으리	참으리요	좋지	좋지요

제18항 다음과 같은 용언들은 어미가 바뀔 경우, 그 어간이나 어미가 원칙에 벗어나면 벗어나는 대로 적는다.

1. 어간의 끝 'ㄹ'이 줄어질 적

갈다:	가니	간	갑니다	가시다	가오
놀다:	노니	논	놉니다	노시다	노오
불다:	부니	분	붑니다	부시다	부오
둥글다:	둥그니	둥근	둥급니다	둥그시다	둥그오
어질다:	어지니	어진	어집니다	어지시다	어지오

[붙임] 다음과 같은 말에서도 'ㄹ'이 준 대로 적는다.

마지못하다	마지않다
(하)다마다	(하)자마자
(하)지 마라	(하)지 마(아)

2. 어간의 끝 'ㅅ'이 줄어질 적

긋다:	그어	그으니	그었다	잇다:	이어	이으니	이었다
낫다:	나아	나으니	나았다	짓다:	지어	지으니	지었다

3. 어간의 끝 'ㅎ'이 줄어질 적

그렇다:	그러니	그럴	그러면	그러오
까맣다:	까마니	까말	까마면	까마오
동그랗다:	동그라니	동그랄	동그라면	동그라오
퍼렇다:	퍼러니	퍼럴	퍼러면	퍼러오
하얗다:	하야니	하얄	하야면	하야오

4. 어간의 끝 'ㅜ, ㅡ'가 줄어질 적

푸다:	퍼	펐다	담그다:	담가	담갔다
뜨다:	떠	떴다	고프다:	고파	고팠다
끄다:	꺼	껐다	따르다:	따라	따랐다
크다:	커	컸다	바쁘다:	바빠	바빴다

5. 어간의 끝 'ㄷ'이 'ㄹ'로 바뀔 적

걷다[步]:	걸어	걸으니	걸었다	묻다[問]:	물어	물으니	물었다
듣다[聽]:	들어	들으니	들었다	싣다[載]:	실어	실으니	실었다

6. 어간의 끝 'ㅂ'이 'ㅜ'로 바뀔 적

깁다:	기워	기우니	기웠다	맵다:	매워	매우니	매웠다
굽다[炙]:	구워	구우니	구웠다	무겁다:	무거워	무거우니	무거웠다
가깝다:	가까워	가까우니	가까웠다	밉다:	미워	미우니	미웠다
괴롭다:	괴로워	괴로우니	괴로웠다	쉽다:	쉬워	쉬우니	쉬웠다

다만, '돕-, 곱-'과 같은 단음절 어간에 어미 '-아'가 결합되어 '와'로 소리나는 것은 '-와'로 적는다.

돕다[助]:	도와	도와서	도와도	도왔다
곱다[麗]:	고와	고와서	고와도	고왔다

7. '하다'의 활용에서 어미 '-아'가 '-여'로 바뀔 적

하다:	하여	하여서	하여도	하여라	하였다

8. 어간의 끝음절 '르' 뒤에 오는 어미 '-어'가 '-러'로 바뀔 적

이르다[至]:	이르러	이르렀다	누르다:	누르러	누르렀다
노르다:	노르러	노르렀다	푸르다:	푸르러	푸르렀다

9. 어간의 끝음절 '르'의 'ㅡ'가 줄고, 그 뒤에 오는 어미 '-아/-어'가 '-라/-러'로 바뀔적

가르다:	갈라	갈랐다	부르다:	불러	불렀다
거르다:	걸러	걸렀다	오르다:	올라	올랐다
구르다:	굴러	굴렀다	이르다:	일러	일렀다
벼르다:	별러	별렀다	지르다:	질러	질렀다

제3절 접미사가 붙어서 된 말

제19항 어간에 '-이'나 '-음/-ㅁ'이 붙어서 명사로 된 것과 '-이'나 '-히'가 붙어서 부사로 된 것은 그 어간의 원형을 밝히어 적는다.

1. '-이'가 붙어서 명사로 된 것

길이	깊이	높이	다듬이	땀받이	달맞이
먹이	미닫이	벌이	벼훑이	살림살이	쇠붙이

2. '-음/-ㅁ'이 붙어서 명사로 된 것

걸음	묶음	믿음	얼음	엮음	울음
웃음	졸음	죽음	앎	만듦	

3. '-이'가 붙어서 부사로 된 것

같이	굳이	길이	높이	많이	실없이
좋이	짓궂이				

4. '-히'가 붙어서 부사로 된 것

밝히	익히	작히

다만, 어간에 '-이'나 '-음'이 붙어서 명사로 바뀐 것이라도 그 어간의 뜻과 멀어진 것은 원형을 밝히어 적지 아니한다.

굽도리	다리[髢]	목거리(목병)	무녀리
코끼리	거름(비료)	고름[膿]	노름(도박)

[붙임] 어간에 '-이'나 '-음' 이외의 모음으로 시작된 접미사가 붙어서 다른 품사로 바뀐 것은 그 어간의 원형을 밝히어 적지 아니한다.

(1) 명사로 바뀐 것

귀머거리	까마귀	너머	뜨더귀	마감	마개
마중	무덤	비렁뱅이	쓰레기	올가미	주검

(2) 부사로 바뀐 것

| 거뭇거뭇 | 너무 | 도로 | 뜨덤뜨덤 | 바투 | 불긋불긋 |
| 비로소 | 오긋오긋 | 자주 | 차마 | | |

(3) 조사로 바뀌어 뜻이 달라진 것

| 나마 | 부터 | 조차 |

제20항 명사 뒤에 '- 이'가 붙어서 된 말은 그 명사의 원형을 밝히어 적는다.

1. 부사로 된 것

| 곳곳이 | 낱낱이 | 몫몫이 | 샅샅이 | 앞앞이 | 집집이 |

2. 명사로 된 것

| 곰배팔이 | 바둑이 | 삼발이 | 애꾸눈이 | 육손이 |
| 절뚝발이/절름발이 | | | | |

[붙임] '- 이' 이외의 모음으로 시작된 접미사가 붙어서 된 말은 그 명사의 원형을 밝히어 적지 아니한다.

| 꼬락서니 | 끄트머리 | 모가치 | 바가지 | 바깥 | 사타구니 |
| 싸라기 | 이파리 | 지붕 | 지푸라기 | 짜개 | |

제21항 명사나 혹은 용언의 어간 뒤에 자음으로 시작된 접미사가 붙어서 된 말은 그 명사나 어간의 원형을 밝히어 적는다.

1. 명사 뒤에 자음으로 시작된 접미사가 붙어서 된 것

| 값지다 | 홑지다 | 넋두리 | 빛깔 | 옆댕이 | 잎사귀 |

2. 어간 뒤에 자음으로 시작된 접미사가 붙어서 된 것

낚시	늙정이	덮개	뜯게질
갉작갉작하다	갉작거리다	뜯적거리다	뜯적뜯적하다
굵다랗다	굵직하다	깊숙하다	넓적하다
높다랗다	늙수그레하다	얽죽얽죽하다	

다만, 다음과 같은 말은 소리대로 적는다.

(1) 겹받침의 끝소리가 드러나지 아니하는 것

할짝거리다	널따랗다	널찍하다	말끔하다	말쑥하다
말짱하다	실쭉하다	실큼하다	얄따랗다	얄팍하다
짤따랗다	짤막하다	실컷		

(2) 어원이 분명하지 아니하거나 본뜻에서 멀어진 것

넙치	올무	골막하다	납작하다

제22항 용언의 어간에 다음과 같은 접미사들이 붙어서 이루어진 말들은 그 어간을
밝히어 적는다.

1. '-기-, -리-, -이-, -히-, -구-, -우-, -추-, -으키-, -이키-, -
애-'가 붙는 것

맡기다	옮기다	웃기다	쫓기다	뚫리다	울리다
낚이다	쌓이다	핥이다	굳히다	굽히다	넓히다
앉히다	얽히다	잡히다	돋구다	솟구다	돋우다
갖추다	곧추다	맞추다	일으키다	돌이키다	없애다

다만, '-이-, -히-, -우-'가 붙어서 된 말이라도 본뜻에서 멀어진 것은 소리대로
적는다.

도리다(칼로 ~)	드리다(용돈을 ~)	고치다	바치다(세금을 ~)
부치다(편지를 ~)	거두다	미루다	이루다

2. '-치-, -뜨리-, -트리-'가 붙는 것

놓치다	덮치다	떠받치다	받치다	밭치다	부딪치다
뻗치다	엎치다	부딪뜨리다/부딪트리다		쏟뜨리다/쏟트리다	
젖뜨리다/젖트리다		찢뜨리다/찢트리다		흩뜨리다/흩트리다	

[붙임] '-업-, -읍-, -브-'가 붙어서 된 말은 소리대로 적는다.

미덥다	우습다	미쁘다

제23항 '-하다'나 '-거리다'가 붙는 어근에 '-이'가 붙어서 명사가 된 것은 그 원형을
밝히어 적는다.(ㄱ을 취하고, ㄴ을 버림.)

ㄱ	ㄴ	ㄱ	ㄴ
깔쭉이	깔쭈기	살살이	살사리
꿀꿀이	꿀꾸리	쌕쌕이	쌕쌔기
눈깜짝이	눈깜짜기	오뚝이	오뚜기
더펄이	더퍼리	코납작이	코납자기
배불뚝이	배불뚜기	푸석이	푸서기
삐죽이	삐주기	홀쭉이	홀쭈기

[붙임] '-하다'나 '-거리다'가 붙을 수 없는 어근에 '-이'나 또는 다른 모음으로 시작
되는 접미사가 붙어서 명사가 된 것은 그 원형을 밝히어 적지 아니한다.

개구리	귀뚜라미	기러기	깍두기	꽹과리	날라리
누더기	동그라미	두드러기	딱따구리	매미	부스러기
뻐꾸기	얼루기	칼싹두기			

제24항 '-거리다'가 붙을 수 있는 시늉말 어근에 '-이다'가 붙어서 된 용언은 그 어근
을 밝히어 적는다.(ㄱ을 취하고, ㄴ을 버림.)

ㄱ	ㄴ	ㄱ	ㄴ
깜짝이다	깜짜기다	속삭이다	속사기다
꾸벅이다	꾸버기다	숙덕이다	숙더기다
끄덕이다	끄더기다	울먹이다	울머기다
뒤척이다	뒤처기다	움직이다	움지기다
들먹이다	들머기다	지껄이다	지꺼리다
망설이다	망서리다	퍼덕이다	퍼더기다
번득이다	번드기다	허덕이다	허더기다
번쩍이다	번쩌기다	헐떡이다	헐떠기다

제25항 '-하다'가 붙는 어근에 '-히'나 '-이'가 붙어서 부사가 되거나, 부사에 '-이'가 붙어서 뜻을 더하는 경우에는 그 어근이나 부사의 원형을 밝히어 적는다.

1. '-하다'가 붙는 어근에 '-히'나 '-이'가 붙는 경우

급히	꾸준히	도저히	딱히	어렴풋이	깨끗이

[붙임] '-하다'가 붙지 않는 경우에는 소리대로 적는다.

갑자기	반드시(꼭)	슬며시

2. 부사에 '-이'가 붙어서 역시 부사가 되는 경우

곰곰이	더욱이	생긋이	오뚝이	일찍이	해죽이

제26항 '-하다'나 '-없다'가 붙어서 된 용언은 그 '-하다'나 '-없다'를 밝히어 적는다.

1. '-하다'가 붙어서 용언이 된 것

딱하다	숱하다	착하다	텁텁하다	푹하다

2. '-없다'가 붙어서 용언이 된 것

부질없다	상없다	시름없다	열없다	하여없다

제4절 합성어 및 접두사가 붙은 말

제27항 둘 이상의 단어가 어울리거나 접두사가 붙어서 이루어진 말은 각각 그 원형을
밝히어 적는다.

국말이	꺾꽂이	꽃잎	끝장	물난리	밑천	부엌일
싫증	옷안	웃옷	젖몸살	첫아들	칼날	팥알
헛웃음	홀아비	홑몸	흙내	값없다	겉늙다	굶주리다
낮잡다	맞먹다	받내다	벋놓다	빗나가다	빛나다	새파랗다
샛노랗다	시꺼멓다	싯누렇다	엇나가다	엎누르다	엿듣다	옻오르다
짓이기다	헛되다					

[붙임 1] 어원은 분명하나 소리만 특이하게 변한 것은 변한 대로 적는다.

할아버지	할아범

[붙임 2] 어원이 분명하지 아니한 것은 원형을 밝히어 적지 아니한다.

골병	골탕	끌탕	며칠	아재비
오라비	업신여기다	부리나케		

[붙임 3] '이[齒, 虱]'가 합성어나 이에 준하는 말에서 '니' 또는 '리'로 소리날 때에는
'니'로 적는다.

간니	덧니	사랑니	송곳니	앞니	어금니
윗니	젖니	톱니	틀니	가랑니	머릿니

제28항 끝소리가 'ㄹ'인 말과 딴 말이 어울릴 적에 'ㄹ' 소리가 나지 아니하는 것은
아니 나는 대로 적는다.

다달이(달 – 달 – 이)	따님(딸 – 님)	마되(말 – 되)	마소(말 – 소)
무자위(물 – 자위)	바느질(바늘 – 질)	부나비(불 – 나비)	부삽(불 – 삽)
부손(불 – 손)	소나무(솔 – 나무)	싸전(쌀 – 전)	여닫이(열 – 닫이)
우짖다(울 – 짖다)	화살(활 – 살)		

제29항 끝소리가 'ㄹ'인 말과 딴 말이 어울릴 적에 'ㄹ' 소리가 'ㄷ' 소리로 나는 것은 'ㄷ'으로 적는다.

반짇고리(바느질~)	사흗날(사흘~)	삼짇날(삼질~)	섣달(설~)
숟가락(술 ~)	이튿날(이틀 ~)	잗주름(잘~)	푿소(풀~)
섣부르다(설~)	잗다듬다(잘~)	잗다랗다(잘~)	

제30항 사이시옷은 다음과 같은 경우에 받치어 적는다.

1. 순 우리말로 된 합성어로서 앞말이 모음으로 끝난 경우

(1) 뒷말의 첫소리가 된소리로 나는 것

고랫재	귓밥	나룻배	나뭇가지	냇가	댓가지	뒷갈망
맷돌	머릿기름	모깃불	못자리	바닷가	뱃길	볏가리
부싯돌	선짓국	쇳조각	아랫집	우렁잇속	잇자국	잿더미
조갯살	찻집	쳇바퀴	킷값	핏대	햇볕	혓바늘

(2) 뒷말의 첫소리 'ㄴ, ㅁ' 앞에서 'ㄴ' 소리가 덧나는 것

멧나물	아랫니	텃마당	아랫마을	뒷머리
잇몸	깻묵		빗물	

(3) 뒷말의 첫소리 모음 앞에서 'ㄴㄴ' 소리가 덧나는 것

도리깻열	뒷윷	두렛일	뒷일	뒷입맛
베갯잇	욧잇	깻잎	나뭇잎	댓잎

2. 순 우리말과 한자어로 된 합성어로서 앞말이 모음으로 끝난 경우

(1) 뒷말의 첫소리가 된소리로 나는 것

귓병	머릿방	뱃병	봇둑	사잣밥	샛강	아랫방
자릿세	전셋집	찻잔	찻종	촛국	콧병	탯줄
텃세	핏기	햇수	횟가루	횟배		

(2) 뒷말의 첫소리 'ㄴ, ㅁ' 앞에서 'ㄴ' 소리가 덧나는 것

곗날	제삿날	훗날	툇마루	양칫물

(3) 뒷말의 첫소리 모음 앞에서 'ㄴㄴ' 소리가 덧나는 것

가욋일	사삿일	예삿일	훗일

3. 두 음절로 된 다음 한자어

곳간(庫間)	셋방(貰房)	숫자(數字)	찻간(車間)
툇간(退間)	횟수(回數)		

제31항 두 말이 어울릴 적에 'ㅂ' 소리나 'ㅎ' 소리가 덧나는 것은 소리대로 적는다.

1. 'ㅂ' 소리가 덧나는 것

댑싸리(대ㅂ싸리)	멥쌀(메ㅂ쌀)	볍씨(벼ㅂ씨)	입때(이ㅂ때)
입쌀(이ㅂ쌀)	접때(저ㅂ때)	좁쌀(조ㅂ쌀)	햅쌀(해ㅂ쌀)

2. 'ㅎ' 소리가 덧나는 것

머리카락(머리ㅎ가락)	살코기(살ㅎ고기)	수캐(수ㅎ개)	수컷(수ㅎ것)
수탉(수ㅎ닭)	안팎(안ㅎ밖)	암캐(암ㅎ개)	암컷(암ㅎ것)
암탉(암ㅎ닭)			

제5절 준말

제32항 단어의 끝모음이 줄어지고 자음만 남은 것은 그 앞의 음절에 받침으로 적는다.

본말	준말	본말	준말
기러기야	기럭아		
어제그저께	엊그저께	가지고, 가지지	갖고, 갖지
어제저녁	엊저녁	디디고, 디디지	딛고, 딛지

제33항 체언과 조사가 어울려 줄어지는 경우에는 준 대로 적는다.

본말	준말	본말	준말
그것은	그건	너는	넌
그것이	그게	너를	널
그것으로	그걸로	무엇을	뭣을/무얼/뭘
나는	난	무엇이	뭣이/무에
나를	날		

제34항 모음 'ㅏ, ㅓ'로 끝난 어간에 '-아/-어, -았-/-었-'이 어울릴 적에는 준 대로 적는다.

본말	준말	본말	준말
가아	가	가았다	갔다
나아	나	나았다	났다
타아	타	타았다	탔다
서어	서	서었다	섰다
켜어	켜	켜었다	켰다
펴어	펴	펴었다	폈다

[붙임 1] 'ㅐ, ㅔ' 뒤에 '-어, -었-'이 어울려 줄 적에는 준 대로 적는다.

본말	준말	본말	준말
개어	개	개었다	갰다
내어	내	내었다	냈다
베어	베	베었다	벴다
세어	세	세었다	셌다

[붙임 2] '하여'가 한 음절로 줄어서 '해'로 될 적에는 준 대로 적는다.

본말	준말	본말	준말
하여	해	하였다	했다
더하여	더해	더하였다	더했다
흔하여	흔해	흔하였다	흔했다

제35항 모음 'ㅗ, ㅜ'로 끝난 어간에 '-아/-어, -았-/-었-'이 어울려 'ㅘ/ㅝ, 왔/
  웠'으로 될 적에는 준 대로 적는다.

본말	준말	본말	준말
꼬아	꽈	꼬았다	꽜다
보아	봐	보았다	봤다
쏘아	쏴	쏘았다	쐈다
두어	둬	두었다	뒀다
쑤어	쒀	쑤었다	쒔다
주어	줘	주었다	줬다

[붙임 1] '놓아'가 '놔'로 줄 적에는 준 대로 적는다.

[붙임 2] 'ㅚ' 뒤에 '-어, -었-'이 어울려 'ㅙ, 왰'으로 될 적에도 준 대로 적는다.

본말	준말	본말	준말
괴어	괘	괴었다	괬다
되어	돼	되었다	됐다
뵈어	봬	뵈었다	뵀다
쇠어	쇄	쇠었다	쇘다
쐬어	쐐	쐬었다	쐤다

제36항 'ㅣ' 뒤에 '-어'가 와서 'ㅕ'로 줄 적에는 준 대로 적는다.

본말	준말	본말	준말
가지어	가져	가지었다	가졌다
견디어	견뎌	견디었다	견뎠다
다니어	다녀	다니었다	다녔다
막히어	막혀	막히었다	막혔다
버티어	버텨	버티었다	버텼다
치이어	치여	치이었다	치였다

제37항 'ㅏ, ㅕ, ㅗ, ㅜ, ㅡ'로 끝난 어간에 '-이-'가 와서 각각 'ㅐ, ㅖ, ㅚ, ㅟ, ㅢ'로
  줄 적에는 준 대로 적는다.

본말	준말	본말	준말
싸이다	쌔다	누이다	뉘다
펴이다	폐다	뜨이다	띄다
보이다	뵈다	쓰이다	씌다

제38항　‘ㅏ, ㅗ, ㅜ, ㅡ’ 뒤에 ‘-이어’가 어울려 줄어질 적에는 준 대로 적는다.

본말	준말	본말	준말
싸이어	쌔어　싸여	뜨이어	띄어
보이어	뵈어　보여	쓰이어	씌어　쓰여
쏘이어	쐬어　쏘여	트이어	틔어　트여
누이어	뉘어　누여		

제39항　어미 ‘-지’ 뒤에 ‘않-’이 어울려 ‘-잖-’이 될 적과 ‘-하지’ 뒤에 ‘않-’이 어울려 ‘-찮-’이 될 적에는 준 대로 적는다.

본말	준말	본말	준말
그렇지 않은	그렇잖은	만만하지 않다	만만찮다
적지 않은	적잖은	변변하지 않다	변변찮다

제40항　어간의 끝음절 ‘하’의 ‘ㅏ’가 줄고 ‘ㅎ’이 다음 음절의 첫소리와 어울려 거센소리로 될 적에는 거센소리로 적는다.

본말	준말	본말	준말
간편하게	간편케	다정하다	다정타
연구하도록	연구토록	정결하다	정결타
가하다	가타	흔하다	흔타

[붙임 1]　‘ㅎ’이 어간의 끝소리로 굳어진 것은 받침으로 적는다.

않다	않고	않지	않든지
그렇다	그렇고	그렇지	그렇든지
아무렇다	아무렇고	아무렇지	아무렇든지

어떻다	어떻고	어떻지	어떻든지
이렇다	이렇고	이렇지	이렇든지
저렇다	저렇고	저렇지	저렇든지

[붙임 2] 어간의 끝음절 '하'가 아주 줄 적에는 준 대로 적는다.

본말	준말	본말	준말
거북하지	거북지	넉넉하지 않다	넉넉지 않다
생각하건대	생각건대	못하지 않다	못지않다
생각하다 못해	생각다 못해	섭섭하지 않다	섭섭지 않다
깨끗하지 않다	깨끗지 않다	익숙하지 않다	익숙지 않다

[붙임 3] 다음과 같은 부사는 소리대로 적는다.

결단코	결코	기필코	무심코	아무튼	요컨대
정녕코	필연코	하마터면	하여튼	한사코	

제5장 띄어쓰기

제1절 조사

제41항 조사는 그 앞말에 붙여 쓴다.

꽃이	꽃마저	꽃밖에	꽃에서부터	꽃으로만
꽃이나마	꽃이다	꽃입니다	꽃처럼	어디까지나
거기도	멀리는	웃고만		

제2절 의존 명사, 단위를 나타내는 명사 및 열거하는 말 등

제42항 의존 명사는 띄어 쓴다.

아는 것이 힘이다.	나도 할 수 있다.
먹을 만큼 먹어라.	아는 이를 만났다.
네가 뜻한 바를 알겠다.	그가 떠난 지가 오래다.

제43항 단위를 나타내는 명사는 띄어 쓴다.

한 개	차 한 대	금 서 돈	소 한 마리
옷 한 벌	열 살	조기 한 손	연필 한 자루
버선 한 죽	집 한 채	신 두 켤레	북어 한 쾌

다만, 순서를 나타내는 경우나 숫자와 어울리어 쓰이는 경우에는 붙여 쓸 수 있다.

두시 삼십분 오초	제일과	삼학년	육층
1446년 10월 9일	2대대	16동 502호	제1실습실
80원	10개	7미터	

제44항 수를 적을 적에는 '만(萬)' 단위로 띄어 쓴다.

십이억 삼천사백오십육만 칠천팔백구십팔	12억 3456만 7898

제45항 두 말을 이어 주거나 열거할 적에 쓰이는 다음의 말들은 띄어 쓴다.

국장 겸 과장	열 내지 스물	청군 대 백군	책상, 걸상 등이 있다
이사장 및 이사들	사과, 배, 귤 등등	사과, 배 등속	부산, 광주 등지

제46항 단음절로 된 단어가 연이어 나타날 적에는 붙여 쓸 수 있다.

그때 그곳	좀더 큰 것	이말 저말	한잎 두잎

제3절 보조 용언

제47항 보조 용언은 띄어 씀을 원칙으로 하되, 경우에 따라 붙여 씀도 허용한다.(ㄱ을 원칙으로 하고, ㄴ을 허용함.)

ㄱ	ㄴ
불이 꺼져 간다.	불이 꺼져간다.
내 힘으로 막아 낸다.	내 힘으로 막아낸다.
어머니를 도와 드린다.	어머니를 도와드린다.
그릇을 깨뜨려 버렸다.	그릇을 깨뜨려버렸다.

비가 올 듯하다.	비가 올듯하다.
그 일은 할 만하다.	그 일은 할만하다.
일이 될 법하다.	일이 될법하다.
비가 올 성싶다.	비가 올성싶다.
잘 아는 척한다.	잘 아는척한다.

다만, 앞말에 조사가 붙거나 앞말이 합성 동사인 경우, 그리고 중간에 조사가 들어갈 적에는 그 뒤에 오는 보조 용언은 띄어 쓴다.

잘도 놀아만 나는구나!	책을 읽어도 보고…….	네가 덤벼들어 보아라.
강물에 떠내려가 버렸다.	그가 올 듯도 하다.	잘난 체를 한다.

제4절 고유 명사 및 전문 용어

제48항 성과 이름, 성과 호 등은 붙여 쓰고, 이에 덧붙는 호칭어, 관직명 등은 띄어 쓴다.

김양수(金良洙)	서화담(徐花潭)	채영신 씨
최치원 선생	박동식 박사	충무공 이순신 장군

다만, 성과 이름, 성과 호를 분명히 구분할 필요가 있을 경우에는 띄어 쓸 수 있다.

남궁억/남궁 억	독고준/독고 준	황보지봉(皇甫芝峰)/황보 지봉

제49항 성명 이외의 고유 명사는 단어별로 띄어 씀을 원칙으로 하되, 단위별로 띄어 쓸 수 있다.(ㄱ을 원칙으로 하고, ㄴ을 허용함.)

ㄱ	ㄴ
대한 중학교	대한중학교
한국 대학교 사범 대학	한국대학교 사범대학

제50항 전문 용어는 단어별로 띄어 씀을 원칙으로 하되, 붙여 쓸 수 있다.(ㄱ을 원칙으

로 하고, ㄴ을 허용함.)

ㄱ	ㄴ
만성 골수성 백혈병	만성골수성백혈병
중거리 탄도 유도탄	중거리탄도유도탄

제6장 그 밖의 것

제51항 부사의 끝음절이 분명히 '이'로만 나는 것은 '－이'로 적고, '히'로만 나거나 '이'나 '히'로 나는 것은 '－히'로 적는다.

1. '이'로만 나는 것

가붓이	깨끗이	나붓이	느긋이	둥긋이	따뜻이	반듯이
버젓이	산뜻이	의젓이	가까이	고이	날카로이	대수로이
번거로이	많이	적이	헛되이	겹겹이	번번이	일일이
집집이	틈틈이					

2. '히'로만 나는 것

극히	급히	딱히	속히	작히	족히	특히	엄격히	정확히

3. '이, 히'로 나는 것

솔직히	가만히	간편히	나른히	무단히	각별히	소홀히
쓸쓸히	정결히	과감히	꼼꼼히	심히	열심히	급급히
답답히	섭섭히	공평히	능히	당당히	분명히	상당히
조용히	간소히	고요히	도저히			

제52항 한자어에서 본음으로도 나고 속음으로도 나는 것은 각각 그 소리에 따라 적는다.

본음으로 나는 것	속음으로 나는 것
승낙(承諾)	수락(受諾), 쾌락(快諾), 허락(許諾)
만난(萬難)	곤란(困難), 논란(論難)

안녕(安寧)	의령(宜寧), 회령(會寧)
분노(忿怒)	대로(大怒), 희로애락(喜怒哀樂)
토론(討論)	의논(議論)
오륙십(五六十)	오뉴월, 유월(六月)
목재(木材)	모과(木瓜)
십일(十日)	시방정토(十方淨土), 시왕(十王), 시월(十月)
팔일(八日)	초파일(初八日)

제53항 다음과 같은 어미는 예사소리로 적는다.(ㄱ을 취하고, ㄴ을 버림.)

ㄱ	ㄴ	ㄱ	ㄴ
– (으)ㄹ거	– (으)ㄹ꺼나	– (으)ㄹ지니라	– (으)ㄹ찌니라
– (으)ㄹ걸	– (으)ㄹ껄	– (으)ㄹ지라도	– (으)ㄹ찌라도
– (으)ㄹ게	– (으)ㄹ께	– (으)ㄹ지어다	– (으)ㄹ찌어다
– (으)ㄹ세	– (으)ㄹ쎄	– (으)ㄹ지언정	– (으)ㄹ찌언정
– (으)ㄹ세	– (으)ㄹ쎄라	– (으)ㄹ진대	– (으)ㄹ찐대
– (으)ㄹ수	– (으)ㄹ쑤록	– (으)ㄹ진저	– (으)ㄹ찐저
– (으)ㄹ시	– (으)ㄹ씨	– 올시다	– 올씨다
– (으)ㄹ지	– (으)ㄹ찌		

다만, 의문을 나타내는 다음 어미들은 된소리로 적는다.

– (으)ㄹ까?	– (으)ㄹ꼬?	– (스)ㅂ니까?	– (으)리까?	– (으)ㄹ쏘냐?

제54항 다음과 같은 접미사는 된소리로 적는다.(ㄱ을 취하고, ㄴ을 버림.)

ㄱ	ㄴ	ㄱ	ㄴ
심부름꾼	심부름군	귀때기	귓대기
익살꾼	익살군	볼때기	볼대기
일꾼	익살꾼일군	판자때기	판잣대기
장꾼	장군	뒤꿈치	뒷굼치
장난꾼	장난군	팔꿈치	팔굼치
지게꾼	지겟군	이마빼기	이맛배기

지게꾼	지겟군	이마빼기	이맛배기
때깔	땟갈	코빼기	콧배기
빛깔	빛갈	객쩍다	객적다
성깔	성갈	겸연쩍다	겸연적다

제55항 두 가지로 구별하여 적던 다음 말들은 한 가지로 적는다.(ㄱ을 취하고, ㄴ을 버림.)

ㄱ	ㄴ
맞추다(입을 맞춘다. 양복을 맞춘다.)	맞추다
뻗치다(다리를 뻗친다. 멀리 뻗친다.)	뻐치다

제56항 '- 더라, - 던'과 '- 든지'는 다음과 같이 적는다.

1. 지난 일을 나타내는 어미는 '- 더라, - 던'으로 적는다.(ㄱ을 취하고, ㄴ을 버림.)

ㄱ	ㄴ
지난 겨울은 몹시 춥더라.	지난 겨울은 몹시 춥드라.
깊던 물이 얕아졌다.	깊든 물이 얕아졌다.
그렇게 좋던가?	그렇게 좋든가?
그 사람 말 잘하던데!	그 사람 말 잘하든데!
얼마나 놀랐던지 몰라.	얼마나 놀랐든지 몰라.

2. 물건이나 일의 내용을 가리지 아니하는 뜻을 나타내는 조사와 어미는 '(−)든지'로 적는다.(ㄱ을 취하고, ㄴ을 버림.)

ㄱ	ㄴ
배든지 사과든지 마음대로 먹어라	배던지 사과던지 마음대로 먹어라.
가든지 오든지 마음대로 해라.	가던지 오던지 마음대로 해라.

제57항 다음 말들은 각각 구별하여 적는다.

가름	둘로 가름.
갈음	새 책상으로 갈음하였다.
거름	풀을 썩힌 거름.
걸음	빠른 걸음.
거치다	영월을 거쳐 왔다.
걷히다	외상값이 잘 걷힌다.
걷잡다	걷잡을 수 없는 상태.
겉잡다	겉잡아서 이틀 걸릴 일.
그러므로(그러니까)	그는 부지런하다. 그러므로 잘 산다.
그럼으로(써) (그렇게 하는 것으로)	그는 열심히 공부한다. 그럼으로(써) 은혜에 보답한다.
노름	노름판이 벌어졌다.
놀음(놀이)	즐거운 놀음.
느리다	진도가 너무 느리다.
늘이다	고무줄을 늘인다.
늘리다	수출량을 더 늘린다.
다리다	옷을 다린다.
달이다	약을 달인다.
다치다	부주의로 손을 다쳤다.
닫히다	문이 저절로 닫혔다.
닫치다	문을 힘껏 닫쳤다.
마치다	벌써 일을 마쳤다.
맞히다	여러 문제를 더 맞혔다.
목거리	목거리가 덧났다.
목걸이	금 목걸이, 은 목걸이.

바치다	나라를 위해 목숨을 바쳤다.
받치다	우산을 받치고 간다. 책받침을 받친다.
받히다	쇠뿔에 받혔다.
밭치다	술을 체에 밭친다.
반드시	약속은 반드시 지켜라.
반듯이	고개를 반듯이 들어라.
부딪치다	차와 차가 마주 부딪쳤다.
부딪히다	마차가 화물차에 부딪혔다.
부치다	힘이 부치는 일이다.　　편지를 부친다. 논밭을 부친다.　　빈대떡을 부친다. 식목일에 부치는 글.　　회의에 부치는 안건. 인쇄에 부치는 원고.　　삼촌 집에 숙식을 부친다.
붙이다	우표를 붙인다.　　책상을 벽에 붙였다. 흥정을 붙인다.　　불을 붙인다. 감시원을 붙인다.　　조건을 붙인다. 취미를 붙인다.　　별명을 붙인다.
시키다	일을 시킨다.
식히다	끓인 물을 식힌다.
아름	세 아름 되는 둘레.
알음	전부터 알음이 있는 사이.
앎	앎이 힘이다.
안치다	밥을 안친다.
앉히다	윗자리에 앉힌다.
어름	두 물건의 어름에서 일어난 현상.
얼음	얼음이 얼었다.
이따가	이따가 오너라.
있다가	돈은 있다가도 없다.

저리다	다친 다리가 저린다.
절이다	김장 배추를 절인다.
조리다	생선을 조린다. 통조림, 병조림.
졸이다	마음을 졸인다.
주리다	여러 날을 주렸다.
줄이다	비용을 줄인다.
하노라고	하노라고 한 것이 이 모양이다.
하느라고	공부하느라고 밤을 새웠다.
-느니보다(어미)	나를 찾아오느니보다 집에 있거라.
-는 이보다(의존명사)	오는 이가 가는 이보다 많다.
- (으)리만큼(어미)	나를 미워하리만큼 그에게 잘못한 일이
- (으)ㄹ 이만큼 (의존 명사)	찬성할 이도 반대할 이만큼이나 많을
-(으)러(목적)	공부하러 간다.
-(으)려(의도)	서울 가려 한다.
- (으)로서(자격)	사람으로서 그럴 수는 없다.
- (으)로써(수단)	닭으로써 꿩을 대신했다.
- (으)므로(어미)	그가 나를 믿으므로 나도 그를 믿는다.
(-ㅁ, -음)으로(써)(조사)	그는 믿음으로(써) 산 보람을 느꼈다.

문장 부호

문장 부호의 이름과 그 사용법은 다음과 같이 정한다.

Ⅰ. 마침표[終止符]

1. 온점(.), 고리점(。)

가로쓰기에는 온점, 세로쓰기에는 고리점을 쓴다.

(1) 서술, 명령, 청유 등을 나타내는 문장의 끝에 쓴다.

> 젊은이는 나라의 기둥이다.
> 황금 보기를 돌같이 하라.
> 집으로 돌아가자.

다만, 표제어나 표어에는 쓰지 않는다.

> 압록강은 흐른다(표제어)
> 꺼진 불도 다시 보자(표어)

(2) 아라비아 숫자만으로 연월일을 표시할 적에 쓴다.

> 1919. 3. 1.(1919 년 3 월 1 일)

(3) 표시 문자 다음에 쓴다.

> 1. 마침표   ㄱ. 물음표   가. 인명

(4) 준말을 나타내는 데 쓴다.

> 서. 1987. 3. 5.(서기)

2. 물음표(?)

의심이나 물음을 나타낸다.

(1) 직접 질문할 때에 쓴다.

> 이제 가면 언제 돌아오니?
> 이름이 뭐지?

(2) 반어나 수사 의문(修辭疑問)을 나타낼 때 쓴다.

> 제가 감히 거역할 리가 있습니까?
> 이게 은혜에 대한 보답이냐?
> 남북 통일이 되면 얼마나 좋을까?

(3) 특정한 어구 또는 그 내용에 대하여 의심이나 빈정거림, 비웃음 등을 표시할 때, 또는 적절한 말을 쓰기 어려운 경우에 소괄호 안에 쓴다.

> 그것 참 훌륭한(?) 태도야.
> 우리 집 고양이가 가출(?)을 했어요.

[붙임 1] 한 문장에서 몇 개의 선택적인 물음이 겹쳤을 때에는 맨 끝의 물음에만 쓰지만, 각각 독립된 물음인 경우에는 물음마다 쓴다.

> 너는 한국인이냐, 중국인이냐?
> 너는 언제 왔니? 어디서 왔니? 무엇하러?

[붙임 2] 의문형 어미로 끝나는 문장이라도 의문의 정도가 약할 때에는 물음표 대신 온점(또는 고리점)을 쓸 수도 있다.

> 이 일을 도대체 어쩐단 말이냐.
> 아무도 그 일에 찬성하지 않을 거야. 혹 미친 사람이면 모를까.

3. 느낌표(!)

감탄이나 놀람, 부르짖음, 명령 등 강한 느낌을 나타낸다.

(1) 느낌을 힘차게 나타내기 위해 감탄사나 감탄형 종결 어미 다음에 쓴다.

> 앗!
>
> 아, 달이 밝구나!

(2) 강한 명령문 또는 청유문에 쓴다.

> 지금 즉시 대답해!
>
> 부디 몸조심하도록!

(3) 감정을 넣어 다른 사람을 부르거나 대답할 적에 쓴다.

> 춘향아!
>
> 예, 도련님!

(4) 물음의 말로써 놀람이나 항의의 뜻을 나타내는 경우에 쓴다.

> 이게 누구야!
>
> 내가 왜 나빠!

[붙임] 감탄형 어미로 끝나는 문장이라도 감탄의 정도가 약할 때에는 느낌표 대신 온점(또는 고리점)을 쓸 수도 있다.

> 개구리가 나온 것을 보니, 봄이 오긴 왔구나.

Ⅱ. 쉼표[休止符]

1. 반점(,), 모점(´)

가로쓰기에는 반점, 세로쓰기에는 모점을 쓴다. 문장 안에서 짧은 휴지를 나타낸다.

(1) 같은 자격의 어구가 열거될 때에 쓴다.

> 근면, 검소, 협동은 우리 겨레의 미덕이다.
> 충청도의 계룡산, 전라도의 내장산, 강원도의 설악산은
> 모두 국립 공원이다.

다만, 조사로 연결될 적에는 쓰지 않는다.

> 매화와 난초와 국화와 대나무를 사군자라고 한다.

(2) 짝을 지어 구별할 필요가 있을 때에 쓴다.

> 닭과 지네, 개와 고양이는 상극이다.

(3) 바로 다음의 말을 꾸미지 않을 때에 쓴다.

> 슬픈 사연을 간직한, 경주 불국사의 무영탑.
> 성질 급한, 철수의 누이동생이 화를 내었다.

(4) 대등하거나 종속적인 절이 이어질 때에 절 사이에 쓴다.

> 콩 심으면 콩 나고, 팥 심으면 팥 난다.
> 흰 눈이 내리니, 경치가 더욱 아름답다.

(5) 부르는 말이나 대답하는 말 뒤에 쓴다.

> 애야, 이리 오너라.
> 예, 지금 가겠습니다.

(6) 제시어 다음에 쓴다.

> 빵, 빵이 인생의 전부이더냐?
> 용기, 이것이야말로 무엇과도 바꿀 수 없는 젊은이의 자산이다.

(7) 도치된 문장에 쓴다.

> 이리 오세요, 어머님.
> 다시 보자, 한강수야.

(8) 가벼운 감탄을 나타내는 말 뒤에 쓴다.

> 아, 깜빡 잊었구나.

(9) 문장 첫머리의 접속이나 연결을 나타내는 말 다음에 쓴다.

> 첫째, 몸이 튼튼해야 된다.
> 아무튼, 나는 집에 돌아가겠다.

다만, 일반적으로 쓰이는 접속어(그러나, 그러므로, 그리고, 그런데 등) 뒤에는 쓰지 않음을 원칙으로 한다.

> 그러나 너는 실망할 필요가 없다.

(10) 문장 중간에 끼어든 구절 앞뒤에 쓴다.

> 나는, 솔직히 말하면, 그 말이 별로 탐탁하지 않소.
> 철수는 미소를 띠고, 속으로는 화가 치밀었지만, 그들을 맞았다.

(11) 되풀이를 피하기 위하여 한 부분을 줄일 때에 쓴다.

> 여름에는 바다에서, 겨울에는 산에서 휴가를 즐겼다.

(12) 문맥상 끊어 읽어야 할 곳에 쓴다.

> 갑돌이가 울면서, 떠나는 갑순이를 배웅했다.
> 갑돌이가, 울면서 떠나는 갑순이를 배웅했다.
> 철수가, 내가 제일 좋아하는 친구이다.
> 남을 괴롭히는 사람들은, 만약 그들이 다른 사람에게 괴롭힘을 당해 본다면,
> 남을 괴롭히는 일이 얼마나 나쁜 일인지 깨달을 것이다.

(13) 숫자를 나열할 때에 쓴다.

> 1, 2, 3, 4

(14) 수의 폭이나 개략의 수를 나타낼 때에 쓴다.

> 5, 6 세기   6, 7 개

(15) 수의 자릿점을 나타낼 때에 쓴다.

> 14,314

2. 가운뎃점(·)

열거된 여러 단위가 대등하거나 밀접한 관계임을 나타낸다.

(1) 쉼표로 열거된 어구가 다시 여러 단위로 나누어질 때에 쓴다.

> 철수·영이, 영수·순이가 서로 짝이 되어 윷놀이를 하였다.
> 공주·논산, 천안·아산·천원 등 각 지역구에서 2 명씩 국회의원을 뽑는다.
> 시장에 가서 사과·배·복숭아, 고추·마늘·파, 조기·명태·고등어를 샀다.

(2) 특정한 의미를 가지는 날을 나타내는 숫자에 쓴다.

> 3·1 운동   8·15 광복

(3) 같은 계열의 단어 사이에 쓴다.

> 경북 방언의 조사연구
> 충북충남 두 도를 합하여 충청도라고 한다.
> 동사형용사를 합하여 용언이라고 한다.

3. 쌍점(:)

(1) 내포되는 종류를 들 적에 쓴다.

> 문장 부호 : 마침표, 쉼표, 따옴표, 묶음표 등.
> 문방 사우 : 붓, 먹, 벼루, 종이.

(2) 소표제 뒤에 간단한 설명이 붙을 때에 쓴다.

> 일시 : 1984 년 10 월 15 일 10 시.
> 마침표 : 문장이 끝남을 나타낸다.

(3) 저자명 다음에 저서명을 적을 때에 쓴다.

> 정약용 : 목민심서, 경세유표.
> 주시경 : 국어 문법, 서울 박문 서관, 1910.

(4) 시(時)와 분(分), 장(章)과 절(節) 따위를 구별할 때나, 둘 이상을 대비할 때에 쓴다.

> 오전 10:20(오전 10 시 20 분)
> 요한 3:16(요한 복음 3 장 16 절)
> 대비 65:60(65 대 60)

4. 빗금(/)

(1) 대응, 대립되거나 대등한 것을 함께 보이는 단어와 구, 절 사이에 쓴다.

> 남궁만/남궁 만   백이십오 원/125 원
> 착한 사람/악한 사람   맞닥뜨리다/맞닥트리다

(2) 분수를 나타낼 때에 쓰기도 한다.

> 3/4 분기   3/20

Ⅲ. 따옴표[引用符]

1. 큰따옴표(" "), 겹낫표(『 』)

가로쓰기에는 큰따옴표, 세로쓰기에는 겹낫표를 쓴다. 대화, 인용, 특별 어구 따위를 나타낸다.

(1) 글 가운데서 직접 대화를 표시할 때에 쓴다.

> "전기가 없었을 때는 어떻게 책을 보았을까?"
> "그야 등잔불을 켜고 보았겠지."

(2) 남의 말을 인용할 경우에 쓴다.

> 예로부터 "민심은 천심이다."라고 하였다.
> "사람은 사회적 동물이다."라고 말한 학자가 있다.

2. 작은따옴표(' '), 낫표(「 」)

가로쓰기에는 작은따옴표, 세로쓰기에는 낫표를 쓴다.

(1) 따온 말 가운데 다시 따온 말이 들어 있을 때에 쓴다.

> "여러분! 침착해야 합니다. '하늘이 무너져도 솟아날 구멍이 있다.'고 합니다."

(2) 마음속으로 한 말을 적을 때에 쓴다.

> '만약 내가 이런 모습으로 돌아간다면, 모두들 깜짝 놀라겠지.'

[붙임] 문장에서 중요한 부분을 두드러지게 하기 위해 드러냄표 대신에 쓰기도 한다.

> 지금 필요한 것은 '지식'이 아니라 '실천'입니다.
> '배부른 돼지'보다는 '배고픈 소크라테스'가 되겠다.

Ⅳ. 묶음표[括弧符]

1. 소괄호(( ))

(1) 원어, 연대, 주석, 설명 등을 넣을 적에 쓴다.

> 커피(coffee)는 기호 식품이다.
> 3·1 운동(1919) 당시 나는 중학생이었다.
> '무정(無情)'은 춘원(6·25 때 납북)의 작품이다.
> 니체(독일의 철학자)는 이렇게 말했다.

(2) 특히 기호 또는 기호적인 구실을 하는 문자, 단어, 구에 쓴다.

> (1) 주어　　　(ㄱ) 명사　　　(라) 소리에 관한 것

(3) 빈자리임을 나타낼 적에 쓴다.

> 우리나라의 수도는(　　)이다.

2. 중괄호({ })

여러 단위를 동등하게 묶어서 보일 때에 쓴다.

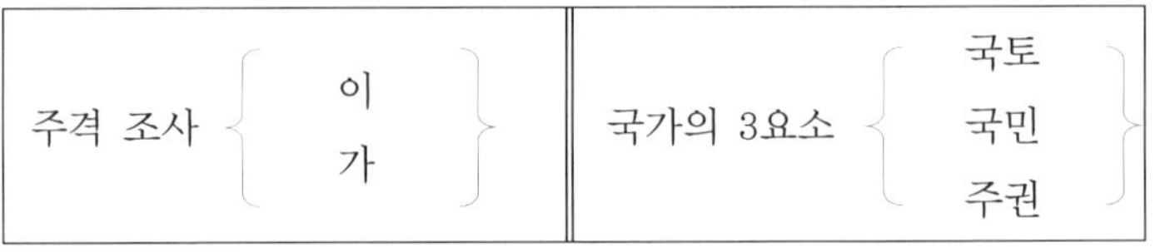

3. 대괄호([ ])

(1) 묶음표 안의 말이 바깥 말과 음이 다를 때에 쓴다.

> 나이[年歲]　　　낱말[單語]　　　手足[손발]

(2) 묶음표 안에 또 묶음표가 있을 때에 쓴다.

> 명령에 있어서의 불확실[단호(斷乎)하지 못함]은 복종에 있어서
> 의 불확실[모호(模糊)함]을 낳는다.

Ⅴ. 이음표[連結符]

1. 줄표(—)

이미 말한 내용을 다른 말로 부연하거나 보충함을 나타낸다.

(1) 문장 중간에 앞의 내용에 대해 부연하는 말이 끼어들 때 쓴다.

> 그 신동은 네 살에-보통 아이 같으면 천자문도 모를 나이에-벌써 시를 지었다.

(2) 앞의 말을 정정 또는 변명하는 말이 이어질 때 쓴다.

> 어머님께 말했다가-아니, 말씀드렸다가-꾸중만 들었다.
> 이건 내 것이니까-아니, 내가 처음 발견한 것이니까-절대로 양보할 수가 없다.

2. 붙임표(-)

(1) 사전, 논문 등에서 합성어를 나타낼 적에, 또는 접사나 어미임을 나타낼 적에 쓴다.

> 겨울 – 나그네   불 – 구경   손 – 발
> 휘 – 날리다   슬기 – 롭다   – (으)ㄹ걸

(2) 외래어와 고유어 또는 한자어가 결합되는 경우에 쓴다.

> 나일론 – 실   디 – 장조   빛 – 에너지   염화 – 칼륨

3. 물결표(〜)

(1) '내지'라는 뜻에 쓴다.

> 9 월 15 일 ～ 9 월 25 일

(2) 어떤 말의 앞이나 뒤에 들어갈 말 대신 쓴다.

> 새마을 :   ～ 운동   ～ 노래
> – 가(家) :   음악～   미술～

Ⅵ. 드러냄표[顯在符]

1. 드러냄표(˙ , ˚)

˙이나 ˚을 가로쓰기에는 글자 위에, 세로쓰기에는 글자 오른쪽에 쓴다. 문장 내용 중에서 주의가 미쳐야 할 곳이나 중요한 부분을 특별히 드러내 보일 때 쓴다.

> 한글의 본 이름은 훈민정음 이다.
> 중요한 것은 왜 사느냐가 아니라 어떻게 사느냐 하는 문제이다.

[붙임] 가로쓰기에서는 밑줄(＿)을 치기도 한다.

> 다음 보기에서 명사가 <u>아닌</u> 것은?

Ⅶ. 안드러냄표[潛在符]

1. 숨김표(××, ○○)

알면서도 고의로 드러내지 않음을 나타낸다.

(1) 금기어나 공공연히 쓰기 어려운 비속어의 경우, 그 글자의 수효만큼 쓴다.

> 배운 사람 입에서 어찌 ○○○란 말이 나올 수 있느냐?
> 그 말을 듣는 순간 ×××란 말이 목구멍까지 치밀었다.

(2) 비밀을 유지할 사항일 경우, 그 글자의 수효만큼 쓴다.

> 육군 ○○ 부대 ○○○ 명이 작전에 참가하였다.
> 그 모임의 참석자는 김×× 씨, 정×× 씨 등 5 명이었다.

2. 빠짐표(☐)

글자의 자리를 비워 둠을 나타낸다.

(1) 옛 비문이나 서적 등에서 글자가 분명하지 않을 때에 그 글자의 수효만큼 쓴다.

> 大師爲法主☐☐賴之大☐薦(옛 비문)

(2) 글자가 들어가야 할 자리를 나타낼 때 쓴다.

> 훈민정음의 초성 중에서 아음(牙音)은 □□□의 석 자다.

3. 줄임표(……)

(1) 할 말을 줄였을 때에 쓴다.

> "어디 나하고 한번……."
> 하고 철수가 나섰다.

(2) 말이 없음을 나타낼 때에 쓴다.

> "빨리 말해!"
> "……."

각주 및 참고문헌 작성

전문적인 글, 특히 논문에서는 각주와 참고문헌이 필수적으로 존재한다. 각주는 앞서서 예를 든 것처럼 내용을 보충하거나, 그 내용과 관련한 참고문헌을 제시하거나 할 때 이용된다. 참고문헌(자료)은 글을 다 쓴 뒤 가장 마지막에 참고가 되었던 책, 논문, 신문기사, 인터넷 기사, 멀티미디어 자료를 정리하는 것이다.

각주와 참고문헌을 밝히는 이유는 여러 가지가 있다. 우선 글의 윤리성 때문이다. 예를 들어, 함부로 연예인의 사진을 이용하여 어떤 상품을 무단으로 만들면 '초상권'이라는 법적 권리에 저촉된다. 글에 대한 법적 권리를 저작권이라고 한다. 따라서 다른 이의 글을 쓸 때는 반드시 누가 썼는지 그 사람의 이름과 그것이 실려 있는 출처를 반드시 밝혀야 한다. 대학에서 과제를 내줄 경우 많은 학생들이 여러 저작들을 짜깁기하여 내는 경우 보통 이런 각주와 참고문헌 없이 낸다. 이것은 엄밀한 의미에서 범죄행위라 할 수 있다. 적어도 원문 그대로를 섞어서 짜깁기하기보다, 본인이 이해한 바를, 본인의 언어를 이용해서 쓰고, 그에 대한 견해가 누구의 것임을 각주와 참고문헌으로 밝히는 것이 좋은 과제 수행이라 할 수 있다.

각주와 참고문헌을 밝히는 두 번째 이유는, 제 3자가 글을 읽을 때 인용된 원글을 확인해보고 싶을 때 찾아볼 수 있도록 안내하는 구실을 한다. 우리가 공부를 할 때도 마찬가지로 어떤 책이나 글을 읽을 때 거기서 언급된 각주와 참고문헌의 자료들을 연쇄적으로 찾아보면 상당히 도움이 됨을 알 수 있다.

각주는 한자로 '脚註'라고 적는다. '다리 각'과 '뜻풀이할 주'를 합성하여 '다리 부분에다 뜻풀이한 것'이라 거칠게 해석할 수 있다. 각주가 문서의 하단 부분에 위치하므로 그렇게 표현한 것이다. 각주는 본문 중에 그 보충 설명을 다 하게 되면 논지가 흐려질 수 있으므로, 각주를 이용하여 보충의 역할을 한다. 또한 만약 인용한 글이 있다면 각주를 통해 그 인용이 어디에서 비롯된 것인지 정보를 밝혀야 한다. 이는 논문의 윤리성과 관련하여 중요한 일이다.

하려고 하는 것은 유능한 심부름꾼이다. 그렇다고 보통 신화들과 같이 평범하지 않고 특별한 능력을 가진 인물이다. 이 인물을 차지하기 위하여 극명한 대결이 드러나지는 않는다. 육체와 영혼을 나눠 갖는 것으로 대결 대신 화해를 선택한다. 그러나 그 화해의 이면에는 저승왕의 속임수가 있었다. 사람은 혼이 육체에서 빠지면 죽기 때문에 결국은 염라왕 차지가 된 것이다. 이와 같이 이승왕 김치원은 죽음이라는 신비한 비밀을 알지 못하여 패하게 된다. 김치원이 죽음의 신비를 모르는 증거는 여러 번 등장한다. 일반인의 상식으로서는 이승과 저승이 나뉘어져 오갈 수 없음에도 불구하고, 강림이를 저승으로 보낸다. 또 강림에게 저승 들어갈 증표를 씨줄 때 빨간종이에 흰글씨가 아닌 흰종이에 빨간글씨를 써주는 대목도 있다. 이 부분은 <천지왕본풀이>에서 대별왕과 소별왕이 겨루는 지혜 대결과도 유사하다.16) 창세신화의 인세차지경쟁이 국조신화에는 국토차지경쟁으로, <차사본풀이>에서는 인재(人材)차지경쟁으로 변이되어 나타났다고 보여진다.17)

창세신화에서는 인간의 창조 부분만이 등장할 뿐 죽음에 대한 내용이 드러나지 않는다. 그러나 창세신화 <창세가>에서는 인세차지경쟁이 속임수로 인하여 그 주체자가 바뀌어 인간세상이 악이 퍼지게 된다. 이 내용은 인간세상이 왜 불완전하게 되었느냐 하는 물음에 대한 신화적 해석이다. <차사본풀이>가 제기하고 있는 인간세상에 왜 죽음의 질서가 뒤바뀌게 되었는가 하는 물음 또한 인간 근원적인 질문에 해당된다. 다만 <창세가>에서는 속임수와 인간세상의 악이 인과관계로 연결되었지만, <차사본풀이>는 삽화적으로 덧붙여져 있다는 점이 차이난다. 하지만 창세신화에서 주목하고 있는 관심인 인세차지경쟁, 악의 근원이라는 문제를 <차사본풀이>에서는 인재차지경쟁, 죽음의 질서라는 문제로 대치되고 있다.

<차사본풀이>가 국조신화 내지는 창세신화와의 관련성이 있는 대목은 강림이와 저승왕의 대결을 통해서도 등장한다. 강림이에게 잡힌 염라왕이 강림이를 따돌리기 위해 이승의 굿을 받아먹으러 가고, 거기서 여러 모습으로 변신하나, 강림이는 좀더 상위의 존재로 변신하여 잡아낸다.

16) 박종성, 「창세서사시 변이 전승과 시대적 변천」, 『한국 창세서사시 연구』(태학사, 1999), 271~276쪽.
17) 이렇게 변이되는 과정은 신에 대한 관념의 약화와도 맞물려 있다. 창세신화에서는 신들과의 대결 구도이지만, 차사본풀이에서 보이는 것은 인간 김치원과 신 염라왕의 대결로 표현되고 있다.

송사간 편차가 심하지만 평균적으로 **TV** 프로그램의 **10~15%** 내외 정도가 다큐인데, 그나마도 우리가 생각하는 정통 다큐멘터리는 그 비율은 많지 않다.8) 그래서 그 다큐멘터리들은 특별난 프로그램으로 취급되고 있다. 이는 그 프로그램들의 명칭에서도 반증된다. <KBS 스페셜>, <MBC 스페셜>, <SBS 스페셜>, <EBS 다큐프라임> 등이 그러한 프로그램들이다. 이외에도 **KBS**는 네트워크특선이라는 이름으로 지역**KBS**에서 만들어져서 한 지역에만 방송되었던 작품 중 우수한 작품을 선정하여 내보내는 작품도 있다. **EBS**는 <낭만한국>, <한국기행>이라는 시리즈들도 있다. 이렇게 1주일에 1회 정도 정기적으로 다큐멘터리를 방영하는 시간대도 있고 이와 별도로 특별한 계기가 되면 특별 제작된 다큐멘터리가 상영되곤 한다. 무척 꾸준하면서도 다양한 다큐멘터리가 제작되고 있지만 시청자에게 큰 반향을 일으키지 못하고 있는 현실이다.9)

민속을 소재로 한 **TV** 다큐멘터리는 질적으로나 양적으로 부족한 현실이다. 대중문화의 대표적인 매체인 **TV**는 대중의 관심을 보여주는 척도이다. 그런 면에서 '민속'이라는 소재가 현대, 대중에게 전반적으로 친숙해하거나, 좋아할 만한 아이템(item)은 아니라는 것을 말해주고 있다. 방송이 현실 대중의 인식에 따라갈 것인가, 아니면 인식 제고에 이바지할 것인가, 특히 다큐멘터리에 있어서는 이에 대한 고민과 반성은 오래전부터 해오고 있었던 것으로

8) 방송계에서는 **KBS**의 <VJ 특공대>, MBC <TV 특종 놀라운 세상> 등 VJ물들도 모두 다큐멘터리로 다루고 있다. 시청률로 요약되는 방송 시스템에서 생존하기 위해서 무거운 다큐멘터리보다는 다소 가볍고 대중성 있는 다큐멘터리가 요즘은 많이 생산되고 있는 중이다. 일종의 다큐멘터리의 장르 확장 내지는 장르 변형이 이루어지고 있다. 김희경, 「**TV** 다큐멘터리의 상업성과 공익성 절충 모델로서의 장르 확장에 관한 연구」, 『방송과 커뮤니케이션』 5권 1호(문화방송, 2004).
9) **MBC**에서 방영된 <아마존의 눈물> 3부작이 평균 시청률 **20%**가 넘기며, 극장용으로도 만들어져 상영된 것은 대단히 이례적이었다. 문제는 방송의 영향력을 '시청률'이라는 양적 평가 지수로 설명하는 것이다. 이를테면, 그 방송 가치의 지속성, 시청대상의 다양성 등 질적인 평가 지수가 더 중요한 영향력으로 보인다. 이에 대한 방송계의 인식이 없는 것은 아니다. 다만 방송은 광고수익을 통한 제작비 마련이 곧 프로그램의 존폐에 해당되므로 긴 호흡으로, 질적 가치를 기다릴 수 없는 한계가 있다.

참고문헌은 글을 마무리 짓고, 그 글에 인용된 책, 논문, 인터넷 또는 신문 기사 등의 정보를 정리한 것이다. 각주에서 언급되었던 책 내지 논문 제목들을 모아서 글의 가장 뒤편에는 참고문헌을 정리한다. 각주에서는 해당 참고 페이지를 적지만, 참고문헌에는 이를 적지 않는 차이가 있다.

설명이나 보충하는 각주는 문제가 없겠으나, 어떤 글을 인용했을 때 그 글에 대한 서지 사항을 적는 각주 그리고 참고문헌은 그것을 표기하는 약속이 있다. 그런데 이 약속이 학문 분야마다 다양하다. 미국에서는 APA(American Psychological Association, 미국 심리학회), MLA(Modern Language Association), CMS(Chicago Manual of Style, 시카고대학출판부) 스타일 등이 많이 쓰이는 양식이며, 이를 응용하여 국내의 여러 학회들(학문하는 사람

들의 학문 연구모임)에서 따르기도 한다. 그러나 한국 학회들에서는 나름의 편집 규정들을
가지고 있기에 통일되지 않는다. 이를테면 같은 책을 가지고도 다음과 같이 표기를 다양
하게 할 수 있다.

> 김헌선, 『설화 연구 방법의 통일성과 다양성』, 보고사, 2009.
> 김헌선, 『설화 연구 방법의 통일성과 다양성』(보고사, 2009)
> 김헌선(2009), 『설화 연구 방법의 통일성과 다양성』, 보고사.
> 김헌선(2009). 설화 연구 방법의 통일성과 다양성. 서울: 보고사.
> 김헌선. 2009. 『설화 연구 방법의 통일성과 다양성』. 서울: 보고사.

이중 어느 것이 맞는 것이 아니라, 다양한 것이므로 학생 개인의 전공 분야에서 준수하
는 바를 따르면 된다.(본인이 듣는 강의의 교재를 보고 그 형식에 따르면 된다.) 중요한 것은,
어떤 글을 인용하거나, 그 글을 기반으로 자신의 의견을 첨가할 때는 반드시 원글의 출처
를 표기해야만 한다는 점이다. 그리고 그 출처는 기본적으로 글쓴 이, 글 제목 또는 책
제목, 출판사, 출판년도의 정보를 담고 있다.(각주의 경우에는 페이지번호까지 적어주어야
한다.) 그런데 참조물이 책 외에도 논문, 신문기사, 인터넷 기사 등 다양하다. 이에 한
예를 가지고 다양한 출처에 대한 표기 차이를 설명하도록 한다.

1. 저서

책의 제목은 국내서의 경우에는 『 』, 또는 ≪ ≫을 쓰고, 국외서의 경우에는 *이탤릭체*
로 쓴다.

> 1) 단독저서 : 김헌선, 『설화 연구 방법의 통일성과 다양성』, 보고사, 2009.
> 2) 공   저 : 김헌선 외, 『한국신화의 정체성을 밝힌다』, 지식산업사, 2008.
> 3) 번 역 서 : 레비 스트로스, 박옥줄 역, 『슬픈 열대』, 한길사, 1998.
> 4) 원   서 : Levi Strauss, *Tristes Tropiques*, Penguin, 1992.

각주의 경우에는 그 페이지를 표시해주어야 한다. 한글로 적을 때는 '쪽' 또는 '면'이라
적고 숫자의 뒤에 적는다. 영어로 표기할 때는 페이지의 약자인 p를 소문자로 숫자의

앞에 적는다. 해당 페이지가 한 페이지가 아닌 여러 페이지의 경우일 때는 pp라 표기한다.

> 김헌선, 『설화 연구 방법의 통일성과 다양성』, 보고사, 2009. 29쪽(면).
> 김헌선, 『설화 연구 방법의 통일성과 다양성』, 보고사, 2009. p.29.
> 김헌선, 『설화 연구 방법의 통일성과 다양성』, 보고사, 2009. 29-32쪽.
> 김헌선, 『설화 연구 방법의 통일성과 다양성』, 보고사, 2009. pp.29-32.

2. 논문

국내 논문의 경우에는 「」, 또는 〈 〉을 쓰고, 국외 논문의 경우에는 " "를 쓴다. 논문의 경우는 그 논문이 실려있는 논문집도 써주어야 한다. 논문집은 앞의 저서에 해당되는 것이므로 국내논문의 경우 『』, 또는 《 》 국외논문의 경우 *이탤릭체*로 표기한다. 학위논문의 경우는 「」, 또는 〈 〉로 표시한다.

> 김헌선, 「한국민요의 문화지도 착상과 예비적 시론」, 『비교민속학』 46집, 비교민속학회, 2011.
> Robert A. Jeorges, "Toward an Understanding of Storytelling Events," *Journal of American Folklore*, Vol.82, No.326, 1969.
> 김형근, 「남해안굿 갈래 연구 : 현장, 연행, 구조의 측면에서」, 경기대학교 박사학위논문, 2009.

3. 신문기사

종이신문의 경우는 그 페이지를 적어주고, 인터넷으로 검색된 경우에는 그 인터넷주소(url)을 적는다.

> 〈'백화점 폭탄테러'협박…3천여명 대피 소동〉, 『한겨레』, 2013. 2. 8 : 9.
> 〈'백화점 폭탄테러'협박…3천여명 대피 소동〉, 『한겨레』, 2013. 2. 8(www.hani.co.kr/ arti/society/area/573301.html)

4. 사전류

각주의 경우 : 〈추석〉,『한국민족문화대백과사전』13, 한국정신문화연구원, 1996. 57쪽.
참고문헌의 경우 :『한국민족문화대백과사전』13, 한국정신문화연구원, 1996.

5. 인터넷

인터넷 기사를 참조할 때는 다음의 정보를 담아야 한다. 1) 정보의 제목, 2) 정보가 실려 있는 홈페이지 한글이름, 3) 실제 정보가 실려있는 주소(URL), 4) 검색일. 앞서의 참고자료와 달리 인터넷의 정보는 수정이 가능하기에 반드시 검색일자를 표기해야만 한다.

〈설 연휴, 서울역 광장에서 풍물놀이 한마당〉, 문화관광부 홈페이지, http://www.mcst.
go.kr/web/notifyCourt/press/mctPressView.jsp?pSeq=12565(2013. 2. 8. 현재).

참고문헌을 정리하면 다양한 자료들이 있을 수 있다. 이를 보기 좋게 정리할 필요가 있다. 저서와 논문 등 자료별로 묶어서 정리한다. 1) 사전 및 총류, 2) 저서와 논문, 3) 신문기사 및 인터넷 기사 순서이다. 책과 논문의 경우 국내의 것을 먼저, 국외의 것을 뒤로 정렬한다. 위에서 언급된 자료들을 가지고 예를 들어보자.

〈참고문헌〉
김헌선, 『설화 연구 방법의 통일성과 다양성』, 보고사, 2009.
김헌선 외, 『한국신화의 정체성을 밝힌다』, 지식산업사, 2008.
레비 스트로스, 박옥줄 역,『슬픈 열대』, 한길사, 1998.
Levi Strauss, Tristes Tropiques, Penguin, 1992.
김헌선, 「한국민요의 문화지도 착상과 예비적 시론」,『비교민속학』46집, 비교민속학회,
2011.
Robert A. Jeorges, "Toward an Understanding of Storytelling Events," Journal of
American Folklore, Vol.82, No.326, 1969.
김형근, 「남해안굿 갈래 연구 : 현장, 연행, 구조의 측면에서」, 경기대학교 박사학위논문,
2009.
〈'백화점 폭탄테러'협박…3천여명 대피 소동〉, 『한겨레』, 2013. 2. 8 : 9.

『한국민족문화대백과사전』13, 한국정신문화연구원, 1996.
〈설 연휴, 서울역 광장에서 풍물놀이 한마당〉, 문화관광부 홈페이지, http://www.mcst.
　　go.kr/web/notifyCourt/press/mctPressView.jsp?pSeq=12565(2013. 2. 8. 현재).

　이것은 정렬을 하지 않은 상태이다. 이를 보는 사람이 편리하게 정렬해주면 다음과
같이 할 수 있다. 저자의 가나다순을 기준으로 정렬하는 것이다. 같은 저자의 것은 출판
연도를 기준으로 한다. 같은 저자의 경우는 보통 밑줄로 표시하여 같음을 표시한다.

〈참고문헌〉
『한국민족문화대백과사전』13, 한국정신문화연구원, 1996.
김헌선, 『설화 연구 방법의 통일성과 다양성』, 보고사, 2009.
＿＿＿, 「한국민요의 문화지도 착상과 예비적 시론」, 『비교민속학』46집, 비교민속학회,
　　2011.
＿＿＿ 외, 『한국신화의 정체성을 밝힌다』, 지식산업사, 2008.
김형근, 「남해안굿 갈래 연구 : 현장, 연행, 구조의 측면에서」, 경기대학교 박사학위논문,
　　2009.
레비 스트로스, 박옥줄 역, 『슬픈 열대』, 한길사, 1998.
Levi Strauss, *Tristes Tropiques*, Penguin, 1992.
Robert A. Jeorges, "Toward an Understanding of Storytelling Events," *Journal of
　　American Folklore*, Vol.82, No.326, 1969.
〈'백화점 폭탄테러'협박…3천여명 대피 소동〉, 『한겨레』, 2013. 2. 8 : 9.
〈설 연휴, 서울역 광장에서 풍물놀이 한마당〉, 문화관광부 홈페이지, http://www.mcst.go.
　　kr/web/notifyCourt/press/mctPressView.jsp?pSeq=12565(2013. 2. 8. 현재).

　『한국민족문화대백과사전』은 총류에 속하므로 가장 위에 정렬되어 있고, 그다음 저서
와 논문은 저자의 가나다순(국내서) 또는 알파벳순으로 정렬하였다. 그리고 같은 저자의
것은 출판연도가 빠른 순서대로 정렬하였다. 그리고 가장 마지막에는 신문기사, 인터넷
기사 또는 여기에는 없지만 CD, DVD 등 멀티미디어 자료들을 넣으면 된다.

문서 교정기호들

기호	명칭	설명	교정 전	교정 후
∨	띄움표	띄어 쓸 것	내 힘으로는 할수없었다	내 힘으로는 할 수 없었다
⌒	붙임표	붙여쓰기 할 것	빨리 갈 수만 있다면 무엇 이든지 할게	빨리 갈 수만 있다면 무엇이든지 할게
∨	넣음표	글자나 부호를 삽입할 것	글쓰기는 단순히 문법 배우는 것이 아니다	글쓰기는 단순히 문법을 배우는 것이 아니다
♂	고침표	틀린 글자를 고쳐라	차마 인간으로써 그렇게 할 순 없다	차마 인간으로서 그렇게 할 순 없다
♂	뺌표	필요 없는 글자를 빼라	우리 스스로는 동기부여가 잘 안된다.	우리 스스로는 동기부여가 잘 안된다.
=	지움표	필요 없는 내용은 지워라	정말 나로서는 ~~다로서는~~ 고민을 한 것이다	정말 나로서는 고민을 한 것이다
⌐	줄바꿈표	줄을 바꿀 것	-그런 일은 흔한 일이었다. 한편-	-그런 일은 흔한 일이었다. 한편-
> <	줄비움표	줄과 줄 사이 여백을 넣을 것	-그런 일은 흔한 일이었다. 한편 정부의 새로운 정책-	-그런 일은 흔한 일이었다. 한편 정부의 새로운 정책-
⤾	줄이음표	떨어져있는 문장과 문장 잇기	-그런 일은 흔한 일이었다. 한편 정부의 새로운 정책-	-그런 일은 흔한 일이었다. 한편 정부의 새로운 정책-
∽	자리바꿈표	앞뒤 순서를 바꿔라	어제 그대는	그대는 어제
↳	자리옮김표	원하는 만큼 자리를 옮길 것	글쓰기 강의 정말 좋아요 글쓰기 강의 정말 좋아요	글쓰기 강의 정말 좋아요 　　　글쓰기 강의 정말 좋아요

혼동되는 표현들

　글을 어법에 맞게 쓰는 것이 중요하다. 그러나 아주 많은 어법들을 모두 외워서 적용해 쓰기는 힘들다. 따라서 보통 문서편집 프로그램에서 제공하는 맞춤법 검사기를 이용하곤 한다. 그러나 써보면 알겠지만 맞춤법 검사기는 맞는 것을 알려주기 보다는, 사용자의 선택을 묻는다. 사실 모르기 때문에 어느 것이 맞는지 모를 경우 그 기능이 무용하게 된다. 따라서 보다 더 나은 서비스를 제공해주는 맞춤법 검사 프로그램이 있다. 부산대학교 인공지능연구실과(주)나라인포테크가 공동으로 만든 한국어 맞춤법/문법 검사기로 해당 사이트에서 무료로 서비스되고 있다.(http://speller.cs.pusan.ac.kr/) 그렇더라도, 대략적인 띄어쓰기(한글 맞춤법 규정 중 제5장 띄어쓰기)와 여기서 설명하는 '혼동되는 맞춤법' 정도는 상식적으로 알 필요가 있다.

1. -로서 / -로써

조사 '로서'는 사람 또는 사람이 갖는 지위, 신분, 자격을 나타낸다.
조사 '로써'는 수단이나 도구를 나타냅니다.
사람은 도구가 될 수 없으므로, 사람에게 '-로써'를 붙여서는 안 된다.

[예문]
인간으로서 그런 일을 할 수는 없는 것이다.
이 문제의 해결방법으로써 새로운 대안을 제시하겠습니다.
어제 회의에서 그는 의장으로서 책임을 다하였다.

2. -대로 / -데로

'대로'는 어떤 상태나 행동이 나타나는 그 즉시라는 뜻을 나타낸다.

'데로'는 '곳'이나 장소의 뜻을 나타낸다.

위의 두 말이 혼동된다면 대신 '-곳으로'를 집어넣어 말이 되면 '-데로'가 되는 것이다.

[예문]

소리가 나는 데로 발걸음을 옮겼다.

내가 도착하는 대로 너에게 전화할게.

너는 늘 좋은 데로 놀러가는구나.

네가 편한 대로 생각해. 그래도 사실은 변하지 않을 테니깐.

3. 되 / 돼

'돼'는 '되어'의 축약.

따라서 혼동될 때는 '되어'를 넣어봐서 말이 되면 '돼', 안되면 '되'

또는 '해'를 넣어봐서 말이 되면 '되어', '하'를 넣어봐서 말이 되면 '되'

우리가 많이 쓰게 되는 '됐다'. 절대 '됬다'라는 표기는 이 세상에 존재하지 않음.

[예문]

얼마면 돼?

안된다.

이제 나는 대학생이 됐다.

이제 먹어도 되죠?

언제쯤 그 문제들이 해결될까?

4. 안- / 않-

부정을 나타낼 대 무조건 '않-'을 쓰는 사람들이 있다. '않하다' '않되요'처럼.

'안-' 자체도 부정의 의미를 갖으며 부정을 나타낼 말 앞에 온다.

‘않-’는 부정을 나타낼 말 뒤에 온다. -았/-다/-습니다/-아요/-고/-아/-는 등과 함께 쓴다.

이 둘의 구분법은 ‘안-’, ‘않-’을 빼도 말이 되면 ‘안-’, 말이 안되면 ‘않-’

[예문]
이제 더 이상 사랑 따위는 하지 <u>않을래</u>.
그 일을 먼저 처리하지 <u>않고서는</u> 해결이 되지 <u>않을</u> 듯싶다.
저녁을 <u>안 먹고</u> 어떻게 사니?
과제를 <u>안했다</u> / 과제를 하지 <u>않았다</u>.

5. -던(지) / -든(지)

‘-던(지)’는 지난 일을 나타낼 때
‘-든(지)’는 선택이나, ‘무엇이나 가리지 않음’을 나타낼 때

[예문]
잠시 전에 내게 찾아왔<u>던</u> 사람 누구였더라?
죽이 됐<u>든</u> 밥이 됐<u>든</u> 너 맘대로 해.

6. 왠 / 웬

‘웬’은 ‘어찌된, 어떠한’의 뜻
‘왠’은 ‘왠지’로만 사용하며 ‘왜 그런지’의 축약

[예문]
<u>왠지</u> 모를 두려움에 떨어야 했다.
<u>웬만하면</u> 다른 선택권도 준비하는 것이 낫다.

7. 체 / 채

‘체’는 거짓 태도나 모양을 나타낼 때, ‘척’으로 바꾸어 쓸 수 있다.
‘채’는 그 상태 그대로라는 뜻으로 ‘–채로’로 자주 쓰인다.
‘체’나 ‘채’는 의존명사이므로 앞말과 띄어 쓴다.

[예문]
못 본 <u>체</u> 하다
그 사람은 너무 아는 <u>체</u> 하는 경향이 있다.
나 홀로 남겨진 <u>채</u> 그들은 떠나버렸다.
이유도 모른 <u>채</u> 난 그와 헤어져야 했다.

8. 어떡해 / 어떻게

‘어떡해’는 ‘어떻게 해’의 줄임말, 서술어로만 쓰인다.
‘어떻게’는 ‘어떠하다’가 줄어든 ‘어떻다’에 어미 ‘–게’가 결합

[예문]
그 프로젝트는 현재 <u>어떻게</u> 진행되고 있어요?
이미 차가 떠나버렸다. 나 이제 <u>어떡해.</u>
와우, 무척 오랜만이야. 그래 요즘은 <u>어떻게</u>(지내니)?

글쓰기에 유용한 인터넷 사이트

1. 맞춤법/문법 검사기

나라인포테크 '한국어 맞춤법/문법 검사기' http://speller.cs.pusan.ac.kr/

맞춤법, 띄어쓰기 등은 전공자들도 자주 틀린다. 완전하게 머리와 습관으로 해도 실수하기 때문이다. 일반인이라면 더더욱 힘들다. 아래한글과 같은 문서에서 제공하는 것보다 더 기능이 좋은 검사기가 있다. 무엇인가 표현할 때 혼동된다면 위의 사이트를 이용해 볼 것.

2. 한글 무료 폰트와 서식

네이버 한글 http://hangeul.naver.com/

〈네이버 한글〉이라는 서비스에는 네이버에서 무료로 주는 폰트와 서식이 있다. 바탕체, 맑은고딕, 굴림체 등의 폰트는 이제 너무 식상해버렸다. 그래서 고딕과 명조여도 산뜻한 느낌의 폰트들이 많이 개발되고 있다. 그중 최근 많이 쓰는 폰트가 네이버 나눔명조와 나눔고딕, 손글씨 등의 폰트이다. 이 폰트를 무료로 주고 있다. 또한 실생할에서 필요한 다양한 아래한글, 워드, ppt, excel 예제 문서를 제공해주고 있다. 대학 보고서(레포트)의 표지, PPT 발표를 위한 템플릿 등 대학생에게 정말 필요하고, 멋진 문서들이 있다.

3. 멋진 파워포인트 만들기

네이버카페 〈파워포인트전문가클럽〉 http://cafe.naver.com/powerpoint

멋진 파워포인트를 만들려면 잘 만들어진 파워포인트를 봐야 한다. 그것들을 보면 신기함과 함께 어떻게 저런 효과를 낼 수 있을지 궁금증이 생기게 된다. 이런 것들을 설명도 해주고, 때로는 템플릿도 주는 파워포인트 달인들이 모인 동호회가 많다. 그중 가장 대표적인 것이 네이버의 〈파워포인트전문가클럽〉

4. 스펙 쌓기

스펙업 http://cafe.naver.com/specup

씽유닷컴 http://www.thinkuniv.com

스펙정보 취토카페 http://cafe.daum.net/4toeic

취업, 인턴, 공모전, 스터디 정보 http://cafe.daum.net/gointern

시간이 많아도 무엇을 해야 할지 모르는 학생들이 많다. '스펙, 스펙' 말하지만 무엇을 어떻게 시작해야 하는지 모른다. 다양한 대학생 활동을 위한 정보들이 있는 곳들이다.

5. 책 추천

네이버 오늘의 책 http://book.naver.com/todaybook/todaybook_lst.nhn

네이버 지식인의 서재 http://book.naver.com/bookshelf/index.nhn

책을 읽고 싶은데 어떤 책들을 읽을지 감이 안 잡힌다. 그래서 추천을 받고 싶다면 네이버의 〈오늘의 책〉과 〈지식인의 서재〉가 좋다. 매일 매일 책을 추천해준다. 매일 매일 볼 필요는 없이 지금까지 추천된 책들을 한번 훑어보고, 흥미가 생기는 책을 골라 읽으면 된다. 자신의 전공과 관심에 관련된 책을 고르고 싶다면 〈지식인의 서재〉 메뉴가 좋다. 이를테면 프로듀서가 꿈이라면, 유명한 프로듀서는 어떤 책들을 읽으며 그의 꿈을 키웠는지 알고 싶어 할 것이다. 〈지식인의 서재〉는 사회 저명인사들이 자신을 키워온 책들을 소개해주고 있어 유용하다.

6. 무료 이미지

프리이미지넷(http:/www.freeimagenet.com)

Pixabay(http://pixabay.com/)

Everystockphoto(http://www.everystockphoto.com/)

Moguefile(http://www.morguefile.com/)

Flickr(http:/www.flickr.com)

stock.xchng(http:/www.sxc.hu)

freedigitalphotos(http://www.freedigitalphotos.net/)

photl(http://www.photl.com/)

imagebase(http://www.imagebase.net/)

PPT를 만들 때 배경이나 삽입 이미지가 필요할 때가 있다. 보통 많이 이용하는 곳이 구글 이미지이지만, 인터넷에서 함부로 이미지를 사용할 경우 저작권에 위촉된다. 학교 내에서만 사용할 경우 문제가 되지 않기도 하지만, 혹 그것이 인터넷 상에 올려지면서 감시에 걸리기도 한다. 그럴 경우 벌금을 물어야 할 경우가 생긴다. 또한 네이버와 구글 에서 찾는 이미지는 아마추어 이미지들이 많아서 작가들의 이미지와의 질적 차이도 있 다. 사진의 질이 좋으면서 무료인 이미지로 위의 사이트들이 있다.

■ **김형근**

경기대와 대학원에서 국문학 전공으로 박사학위를 받았다. 주전공은 구비문학
으로, 전공 관련 다수의 논문과 책을 쓴 바 있다. 문화콘텐츠 회사인 코리아루트
에서 콘텐츠제작자(프로듀서)로 5년간 일하며 제안서, 프젠테이션, 방송원고 등
실용 글쓰기를 주업으로 삼았다. 2006년부터 대학에서 강의를 시작으로 여러 대
학교에서 글쓰기, 한문, 구비문학, 민속학 등 다양한 강의들을 맡아왔다. 그가
강의하는 글쓰기는 매뉴얼로 굳어진 강의가 아닌 수강생들의 상황에 따른 융통
성을 중요시하고 있다.

감성과 실용의 글쓰기

2013년 12월 30일 초판 1쇄
2014년 9월 5일 2쇄

지은이 김형근
펴낸이 김흥국
펴낸곳 도서출판 보고사

등록 1990년 12월 13일 제6-0429호
주소 서울특별시 성북구 보문동7가 11번지 2층
전화 922-5120~1(편집), 922-2246(영업)
팩스 922-6990
메일 kanapub3@naver.com
http://www.bogosabooks.co.kr

ISBN 979-11-5516-175-3 03800

정가 12,000원
사전 동의 없는 무단 전재 및 복제를 금합니다.
잘못 만들어진 책은 바꾸어 드립니다.

이 도서의 국립중앙도서관 출판시도서목록(CIP)은 서지정보유통지원시스템 홈페이지(http://seoji.nl.go.kr)와 국가자
료공동목록시스템(http://www.nl.go.kr/kolisnet)에서 이용하실 수 있습니다. (CIP제어번호: CIP2013028195)